盗墓笔记·

十年

南派三叔 著

北京联合出版公司
Beijing United Publishing Co.,Ltd.

这本书的编辑让我写三个序言、三个后记，恐怕是因为旧文成册，怕读者骂没有诚意。但最终我的序就如同我现在的头发一样短，再想写长，也写不长了。后记则再怎么写，也写不出来了，我已经写过最好的后记。我想在后记这件事情上，上帝已经拿走我的福利了。

人到了这个年纪，话就短了一截，让人难过，也落得轻松。

说回来本书，确实就是旧文成册，虽然做了修订，但也没有修订太多，想看新文的朋友，恐怕要失望了。但《盗墓笔记．十年》总归是可看的短篇，不出版总归可惜，之前也任性说了封笔，到如今不出版书也有大几年了，也算是说封就封，如今也是说复出就复出了，总归是个不要脸的作家，就接受了自己。

就算到了现在，出版一本书，对于我的意义还是非凡的。比起上线一部电视剧、上映一部电影，仍然是出版一本书，让我更加心驰神往。这本书的修订开始于两年前，两周就可以完成的工作，到现在才完成，我自己也是佩服自己。

序言除了可以讲讲写书的过程，还有就是可以有一个别人无法反驳的地方，说说自己的心路历程。不像微博等社交软件，总有各种各样的人教你如何处世，在这里总归是我的，只要说的内容出版社认可，就没有什么大问题。

仍然感谢还在看这个故事的各位，故事并没有那么功利，它就是一个故事，相遇相逢都没有那么多企图，最多就是那点儿书价。仍如第一次出版，我如履薄冰，诚惶诚恐，生怕就此断送了写字的道路。但这本书里，总归多了一些任性的、觉得说得出口的道理。

年纪总归有点儿用处哟。

愿各位万事如意，一切顺心。

——南派三叔

目錄

十手

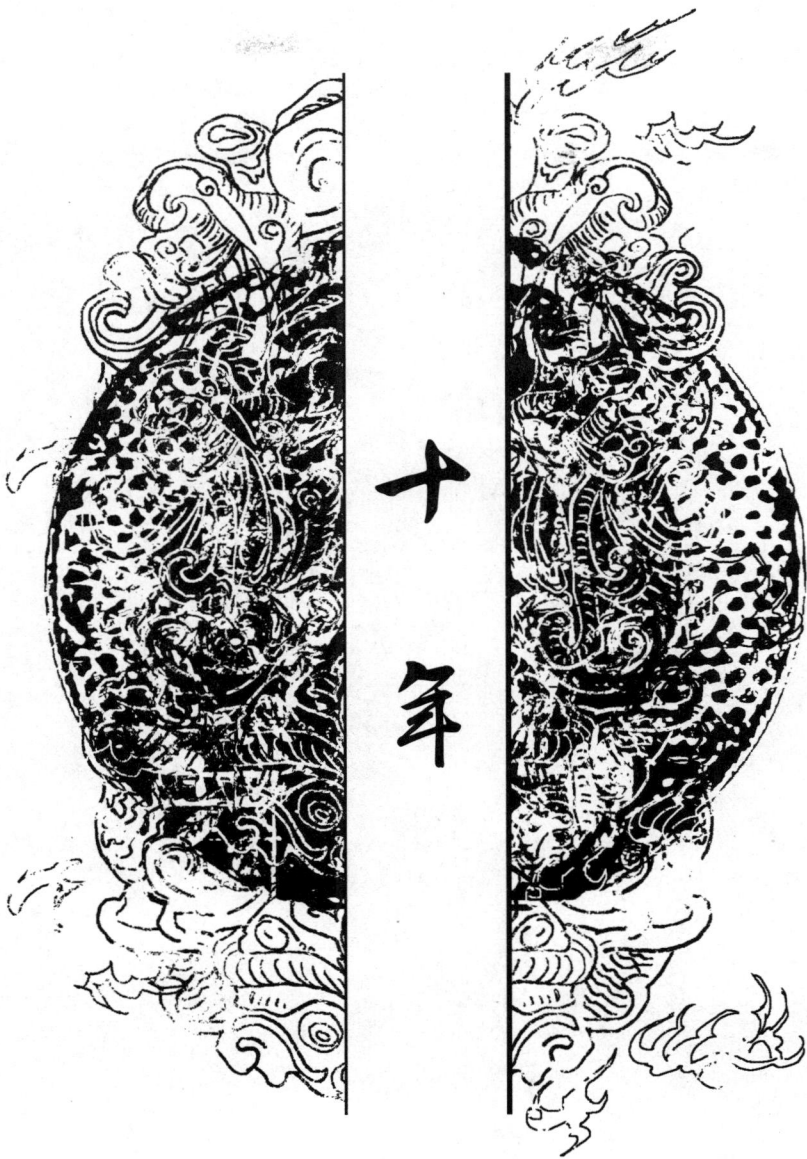

十年

我们只是，好久不见。

　　如今再给《十年》这个短篇写序，我也不知道自己何德何能，竟然可以为这篇文字写序言。

　　《十年》对于我来说是永恒的回忆，从我打算对故事留白，到最后决定把这个结局写出来，我的心境发生了变化，犹如从一个少年到一个老人。我是真的打算给自己的这段岁月画上一个句号。我希望它是圆满的，它是平和的，它是宽容的。

　　如今再修订《十年》，我仍然能感觉到当时的耐心与笔力，也弥补了一些当年情绪强压下的缺失。

　　当年的更新是不可改变的，你我共同经历的，终将被忘却，它也是你们生命中或许清晰、或许模糊的回忆，但那段经历是永恒的，也是修订无法再达到的。

　　总之，谢谢那一年的8月17日，《十年》是个好看的故事，如果是一个老读者，请放心享用。

温度已经升高了。

我戒了一段时间烟，但是这时候控制不住又点上了一根。太阳正在升起来，露水和闷热让人有些焦躁，烟能让我冷静下来。

"也许他早就走了。"胖子在边上也抽着烟，"你知道他的脾气，咱们就是太纯良了，老被老人家骗。"

"那他就算彻底得罪我了。"我想了想，觉得不是没有这种可能性。但是如果这种可能成真，我是应该恼怒，还是替他高兴？

潘子的墓碑在晨光中慢慢清晰起来，上面有些灰暗的刻字，描红都剥落了。字的一笔一画我都很熟悉，那是我自己写的。

很长时间我都没有接受潘子不在我身边了这个事实。如今，我接受了。十年后，即使没有他，我坐在墓碑前面，也没有一丝的动摇。

有人拼命想从石头变成一个人，而我，却不知不觉变成了一块石头。

胖子在潘子面前倒上一麻袋纸钱，用打火机点起来，我从包里掏出几条白沙烟，压到纸钱上面。

"这么有钱了，还不给大潘整点儿高级货！"胖子道。

"这是给我自己备的。"我对他说。如果这次不成，那这些烟就先烧在潘子那儿。说句玩笑话，如果三叔也在下面，估计这两个人已经把阎王爷整下来等着我下去享受荣华富贵呢，我给自己准备点儿心头好没错。

胖子在潘子墓碑前念念有词，我大概都知道他会说些什么，这么多年，懒得听也懒得说他了。

一堆纸钱烧了15分钟才烧完，我站起来，胖子也站了起来，我们都看着对方。胖子的鬓角有些白发了，但是他的气质一点儿都没有变化，而我变了太多。

不管怎么说，已经经历过那一切的人，是不可能错过这一刻的。

"走了走了，别矫情。"胖子拍着我，"你得努力找回你以前的感觉，这是最后一次了，咱得开开心心地把这事办了。"

我们走到公墓外，几个伙计正在不停地打电话，看到我们过去都迎了上来。我晃了晃手腕，给他们下达命令，他们往各自的车队跑去。

外面的车队把这里围得水泄不通，车灯闪烁，我能看到车里一双一双眼睛，都充满了欲望。

即使到现在，这帮人有时候仍会犯错误，这么密集的队伍在这里集合，太引人注目了。

有多少人，我真的记不清楚。这十年里所有在我身边的、愿意帮我的，全部在这条路上。这就是吴家小三爷的全部身家了。

我和胖子上到我的吉普车内，副驾驶座上的哑姐递给我对讲机。我拨到对应的频率喊道："所有吴家堂口的，按个喇叭和你们潘爷说一声'我们走了'。"

漫山遍野，我能看到的和不能看到的地方，同时响起了震天的汽车鸣笛声。

"出发，我们去个凉爽的地方过这个夏天。"我把对讲机丢给哑姐。

车队马达轰鸣启动，胖子看着窗外，我的手机响了，是小花的微信："北京和长沙的车队已经先开出了。"

我深吸了一口气，揉了揉自己面无表情的脸。

十年了。

第二章

箭头

从杭州出发的这段路太熟悉了，我很快便昏昏睡去。我现在已经不像当年一样，疲惫感如潮水般让人跪下再也起不来。它现在更像一种慢性病，你想起来它就在这里，你不去想，它似乎也没什么存在感。

整件事情，我一直在做减法，从之前把事情不停地复杂化，到现在我只专注于自己的核心目的。我曾经不止一次问自己："你到底要什么？你是要答案，还是想要身边的人平安？"

我现在要把这件事情结束，彻底把这个几千年前开始的无限但不循环的阴谋结束。为此，过去的几年，我曾把伤害转移到了无辜的人身上。

只要结果是好的，我愿意成为最后一个像三叔那样的人，即使这样会带来自我厌恶感。好就好在，只要直面这些事情，就都能尘埃落定。像开最后一班的环线公交车司机，到达终点就下班了，还可以在途中看风景、听音乐。

到达二道白河是一周之后，我把时间拖得很长，这样所有人都能得到充分的休息，也可以减少他们心中的欲望。

二道白河非常热闹，似乎长白山景区在做一些活动，很多年轻人在此聚集。比起我刚入行的时候，现在中国的无人区越来越少，公路越修越多，所有人都往荒郊野外跑，长此下去，汪藏海当年想隐藏的东西，恐怕也坚持不了多久。

先锋队伍休息了一天，就往山里进发。长白松宾馆里的经理和我们关系不错，胖子直接在宾馆里安置了一个临时总部。因为人实在太多，小花他们散落在附近的宾馆里。那天晚上，光烤全羊就被吃掉三十多只。

北方的夏天比较凉爽，在露天的农家乐里，老板推荐了夏天才有的刺老芽（一种野菜）和牛毛广（一种野菜），胖子觉得奇怪："这丫不是咱铺子后院的野草吗？这能吃吗？"

"怎么能是野草？这是种的，老好吃了。"老板是个大姐，"等下你大哥回来你可别乱说，小心他削你，这是他种的。"

"现在是市场经济时代，怎么能削顾客呢？"胖子不愿意了。他想了想还是没吃，撕了条羊腿过来，撒好孜然和胡椒后脆香，我看着他吃都流口水。

"削顾客是我们农家乐的特色。"大姐就乐了。如果不是微胖，这大姐的身条儿比哑姐还顺。胖子抹了抹嘴边的油，对我道："这大姐也结婚了，咱们以后别来这家吃，换一家有小姑娘的。"

"羊肉火气大还是咋的，老瞄人家，大哥是得削你。"我看着也乐了。小花从门外进来，穿着黑色的皮夹克，提着两瓶葡萄酒，问我怎么也"东北腔"起来了。搬了凳子坐下后，小花轻声道："先锋有发现。"说着，在桌子上放下一件东西。

桌子是用杉木废料轧出来的比较简陋的铁脚桌子，凳子是塑料带靠背的那种，大排档里常用，胖子要把两个叠在一起才能安心坐下。

那是一枚形状奇怪的箭头，和我在爷爷骨灰中发现的那些箭头一模一样。那些箭头在爷爷体内藏了那么多年，他都没有对任何人提起过，我们怀疑这些箭头来自某个不知名的古墓。而这个古墓，一定和最核心的秘密有关。

我还记得开棺看到爷爷的骨灰坛时，我自己的精神状态，如今看到这枚箭头，仍然感觉心里压抑。箭头锈得厉害，上面还有很多腐朽的木皮，应该是从木料之中取出的。我看向小花，想听他说出来龙去脉。这枚箭头，是从何处取得的？

第三章

林场

　　小花告诉我，这是从一个老乡家里找出来的。自从吃过亏，我都习惯事先在老乡家里搜一遍东西，从搜到的东西里能看出很多的文章来。比如，这个地方以前的经济情况怎么样，有没有什么传说等，这些碎片很多时候能拼凑出很多信息。

　　"这人叫苗学东，老爸是林场的工人，这枚箭头是从一根朽木中挖出来的，是他老爸在锯木头的时候发现的。他说这样的箭头，在他们林场的一些老木头里时常能找到，都烂成疙瘩了。"

　　"林场？"胖子转头问大姐："大姐，你们这儿还有林场呢？"

　　"东北哪能没林场？"大姐头也不抬。

　　"还在砍树呢？能给咱们子孙后代留点儿树吗？"胖子怒道，"你不知道树能产生氧气吗？没氧气胖爷怎么活？"

　　"你有能耐你去林场号叫去，又不是我砍的树。"大姐大怒道。

　　胖子嘀咕着，回头看小花："这大姐知道林场在哪儿，待会儿让她带咱们去，阿花你接着说。"

　　"我不叫阿花。"小花抚了抚额。

　　我点上了烟，让胖子别打岔。

　　"那林场的地下有很多枯木，挖开地面，能看到一层一层的烂木头。"小花说道，"都是当年建设兵团从深山里运出来的，因木质或者调度问题没有被加工运出去，堆积太久之后就腐烂了。苗学东说，那些木头里肯定还有这样的箭头。"

　　树干中有箭头，不知道是在哪个朝代发生的战斗中射入树干的。如果大量的树木都有，那这些树木应该来自同一个古战场。从箭头的制式看，有可能是当年蒙古人和万奴王在最后那场大战时使用的。

我们几个人对视了一眼。

有一件事情我们之前一直在整理，就是我们通过哪条路径再进去。事实上，我们上一次来时的地貌已经发生了翻天覆地的变化，我们不可能凭借记忆再次找到云顶天宫，且不说这一次小哥还不在我们身边。

最好的计划是通过我们出来的那条裂缝进去，但也是一样，裂缝所在的地方因为时间隔了太久，雪山变化，也几乎不能凭借记忆找到。我们首先要做的就是全面勘探四周的地形，弄清楚云顶天宫整个的修建逻辑，寻找最短的路径。

但这件事情我不能告诉手下，如果老板都不知道路就带他们来了，是会军心不稳的。

好在我们出发早，我并不急，离约定的日子还有好久，我甚至可以在这里度个短假。

叫上人，让大姐带路，带着苗学东，我们就前往林场了。

车绕着山路开了好久，越开路越窄，好在这个年代没有土路了，水泥路直通到半山腰的一个大铁门门口。打开门，开车进去，里面是一片很大的开山开出来的平地，上面堆了零零星星的木头，苗学东说最近也没有太多木头了。

吉普车继续往前开，上了一条杂草丛生的泥路，很快来到了林场的后门，我们看到了一扇更老、更小的铁门。铁门完全生锈，上面爬满了菟丝子。一边铁门有一根转轴已经生锈断裂，另一边铁门几乎是挂着的，上面还有四个字——严防山火。爬满菟丝子的砖墙上，似乎有一块已经朽烂的板子。

"后面是老林场。"苗学东说，"东西在老场区。"

我们上去扯掉菟丝子，那个年代的锁用料就是足，虽然全部锈了，但还是结实得要命。看林场里没人，我们用衣服包住手抓着菟丝子翻了过去，有人把工具丢了进来。

林场场区内都是过膝盖的杂草，我们能看到里面是一个小一点儿的全是杂草的广场，没有木头，只有几间低矮的厂房。

我刚想往前走，胖子就蹲了下来："有问题。"

"怎么了？"我问道。

胖子看了看正在爬进来的苗学东，喊道："这林场里发生过什么事情吗？"

"发生过什么事？"苗学东很纳闷，不知道怎么回答。这是个本地的年轻人，显然不明白我们这些人在这里干吗。"没发生过什么事啊！"

"那你们干吗把这门锁起来？这里面什么值钱的东西都没有。"胖子说道。

"嘿，老板，你这关注点也太怪了。这里面难道还有野兽不成？"苗学东径直走入草丛里，一路走到广场的中间。

我点着烟，看着"严防山火"的字在各处都有，随手把烟掐了。

看胖子的表情，他一点儿也没有放松，苗学东莫名其妙地回头看着在门口纹丝不动的我们。

我蹲下去："胖子，要是真没事，咱们是一群神经病的名声肯定会在乡里传开。"

"天真，胖爷我打了半辈子手枪，视力会下降，但是眼睛抓东西只会越来越毒，这地方不对劲。"胖子回头——他对我的伙计都很熟悉——叫了一声："坎肩！"

坎肩也是当兵的，我的队伍里有不少退伍的，都散在这一行里，因听说潘子的事情而对我有好感，这才聚集过来的。潘子就是这样的人，即使不在了，影子和过去还是会成为一种力量。

"胖爷，您说话。"坎肩弯下腰。

"东北角那棵树，边上三寸，别打偏了。"胖子说道。

我和小花都看着，这么多年了，胖子严肃起来，还是要重视的。胖子刚说完，就见坎肩反手掏出弹弓，拉弓拉到极限，"啪"，一道破空声响起。这种土制弹弓威力极大，就听到"哎呀"一声，一个人从胖子说的那棵树后翻了出来，捂着脖子翻倒在地。

这人翻出来之后，广场四周那些大树后头的草丛里和灌木后，立即就有了动静，看样子藏了不少人。

"自由射击。"胖子哭笑不得地看着站在中间的苗学东。坎肩用弹弓一个一个地把藏起来的人都轰了出来。每一道破空声后，就是一声惨叫，躲着的人被打中不同的地方，疼得上蹿下跳。

一共十七个人，全被打散了。这些人跑出来之后，有几个还想往我们这里冲，见我们几个甩出了甩棍，就改变了主意，回头往广场边缘的林子里跑，很快跑得连影子都没有了。广场中就剩下苗学东一个人，完全不知道发生了什么事情。

我们来到苗学东身边，就问："这些人是谁啊？"

苗学东结巴道："不……认识……不是本地人。"这时，林子里有人在叫："吴邪，你他妈等着。"

我立即就想起来这人是谁了。

"我不可以有敌人。"这几年来我一直贯彻这句话。因为我需要在这个事件来临的时候，获得最大的帮助，除去所有的阻碍。所有盘口的人全部出动，很容易让人觉得我发现了什么了不得的东西，从而引起行业内部的警觉，这个时候阻碍往往就会出现。

我没有精力再去对付这些人，所以我一直以来坚决不树敌，也常常倾巢出动，让人感觉我是好大喜功之辈，这都是为了不引起别人的注意。

但是，无论我怎么做，还是有一个人把我当成敌人。

而这个人，我无法对他如何。

他的名字叫王盟，我入行之时，他是我店里唯一的伙计。我回来之后，发现他在我铺子的原址上开了一家店，叫作王山居，他显然没有想到我会回来。

就像丧偶的人终于忘记了过去，准备开始新生活的时候，死去的另一半又突然出现一样，他对我的回归非常不适应。

吴邪不在的时候，王盟在各地都要受到"死去"老板的朋友和部下的照顾。吴邪回来了，王盟不再是王老板，似乎得回到柜台后面扫雷去了。不过，经历了那么多，这小子才第一次开始抗争。

他知道我太多的事情了，但他带着乌合之众不像是来找我置气的，也不知道他到底想干吗。

他能照顾好自己，我决定暂时不去理会，摆头让所有人抄起家伙，问苗学东："怎么整？"

　　"这底下全是烂木头，挖开就是一层一层的，这么多年都埋在下面。我爸说，他记不清木头是从哪儿伐来的，但是他记得他是在林场的东北角发现这箭头的。"

　　我们来到东北角，开始挖地。小花看着王盟跑掉的方向，有些发愣，忽然说道："你们看这座山，像什么？"

第五章

铁轨

我顺着小花的目光望去，我们在山腰，能看到山坳对面的山，山势挺拔，长的都是树龄不长的小树。因为这里以前是林场，附近的树应该已经被伐过一遍了。这座山不大，并无什么奇特之处。随即，我就看到了小花说的那座山。

在我面前这座山的后面，很远的地方，有一座大山，大山隐没在云雾中，能看到山顶有白雪。

这座山看着离我们就很远，俗话说"望山跑死马"，目测都这么远了，实际距离可能更夸张。山的形状很像一枚印玺，这就是吸引小花注意的原因。

"这座山跟我们要去的山在不在同一个方向？"

如果这座山在三圣雪山附近，或者在同一条山脉上，这个形状就可能不是巧合。

小花用手机把山拍了下来，问苗学东那是什么山。苗学东摇头："现在年轻人都把目光往外看，谁还关心家里的山？而且这种山这里有的是，得问老猎人才知道。不过现在应该找不到老猎人了。"

十年的时间可以改变什么？当年我们进到这种地方，还能找到老猎人。八十到九十多岁的，往往还能寻访到一些。十年之后，那些老猎人，可能一个都没有了。

有时间的话，我们可以花一周时间往里走走看，靠近这座山，应该能看得更加清楚。

挖掘还在继续，地表已被铲开，挖下去一米多就开始出现碎木头，腐烂的木头碎屑和泥土混在一起。木头虽然已经腐烂到松软，但要挖开还是很困难，时不时会碰到中间坚硬的部分。很快，这些人都筋疲力尽了，我们已经算是体力非常好的城里人了，但纯体力活儿还是超出了我们的想象。

一直挖到天黑，结果只挖出一个看上去很寒酸的大坑来。想想当年秦始皇挖个陵就要动用七十万人，看来也是不得已的。

我又叫来另外一队人，后来干脆就搬来帐篷在这里睡下。我生起篝火，一边还有人像淘金一样用筛子筛这些土和木头。

挖到六米左右，下面就没有木头了，那就再往边上挖。天亮的时候，有人把睡袋里的我摇醒，让我看发现的东西。

又一枚箭头，还是湿的，应该是刚刚筛出来的，我出去在晨光下看，和我爷爷骨灰里的箭头一模一样。

整个林场已经被挖得不成样子了，这枚箭头是在最开始挖的地方十米外的地下被发现的，同时挖出的还有很多松果，说明木材是落叶松。

"至少咱们知道了这些箭头射入树干的地方有很多落叶松，按照这里原始丛林的保有量，咱们需要搜索的范围已经减少了一半，只要200年就可以找完了。"胖子说道，"胖爷我从现在开始每天打打太极拳，能帮你对付30年，剩下的日子你加油！"

我白了他一眼，抓了一把筛出来的各种松球壳、小石头，说："如果能知道当年伐木的路线，范围还能缩小。"实在不行，只有按原路硬上。那条路我还依稀记得。不过，如果是这样，现在就得出发了，因为一旦下雪，地貌会变化，让人无法分辨。

"找一找这里的地下，应该有荒废的铁路。"小花忽然说道。

我们转头看他，他道："所有的林场都通铁路，林场的木头需要火车运出去，铁道兵在前面架设铁轨，后面的建设兵团跟着伐木和建设林场。"

这里的小火车是指专门用来做特种运输的火车，比正常的火车小很多。

坎肩一声令下，这批伙计丢掉家伙就开始在草丛里找铁轨。

很快就找到了铁轨，铁已经生锈，下面的枕木还在，枕木下面是碎石头。这里也长满了杂草，但因为是碎石，杂草稍微稀疏一点儿。

铁轨横穿广场，一头通到一幢已经没有顶的破败砖屋内，另一头往王盟刚才跑的方向延伸过去，深入深山。

"我们顺着铁轨进去找吗？"坎肩问我，"路可不好走，要么就直接出发去云顶天宫，这些箭头查清楚了，并没有实际的帮助吧？"

我并不是在查箭头，而是在找一条最安全的路。

"那是云顶天宫，不是路边的野坑子，你这种态度，未必能活着回来。"我拍了拍他身上的灰，"不会耽搁多少时间。"

　　坎肩点头："需要不需要动用吉普车？"

　　我"啧"了一声，越野吉普车进到这种山里，其实十分危险，因为东北的山里有太多的泡子，车一进去直接没顶，四驱五驱都没用。我转头问小花："你财大气粗的，知道哪儿有卖火车的吗？"

第六章

菟丝子茧

小花冷冷地看着我，显然不想理我。其他人则期待地看着小花，希望他真能买一辆火车来，行路进山我们太久没干了。

"专心点儿。"小花后来说。

他确实老是提醒我要专注，这个其实也是让我撑下来的原因之一。最后，当然没有买火车，我清点了人数，一共十二个，还找人借了将近二十匹骡子，一边骑一边驮着补给，我们就出发了，沿着火车的铁轨一路往里走。

十年过去了，这样的旅程我已经非常熟悉了。我穿上已经很旧但还是特别好用的冲锋衣，整理好所有的鞋子、帐篷、防蚊器械，三把大白狗腿刀入鞘，分别横在骡子背上、自己腰间和背包侧面，小满哥带着三只吃饱的獒犬，我们一行就往原始丛林里去了。

一路无话。走了四天，已经进入原始丛林腹地，只路过了一片看上去明显树龄不够的松树林子。小花说不可能是这儿，但是以防万一，我们还是找了一圈，并没有发现什么特别之处。但我和胖子对视的时候，都知道，这附近有一种熟悉的气息。

虽然地貌已经完全不同，但这里的山势有淡淡的熟悉感，应该是回到了当时的路线附近，而且就是当年我们逃出来的时候，出口附近的那块区域。

我们并没有看到这里有任何缝隙，但山体缝隙很容易被植物根系腐蚀而坍塌，也很容易被泥石流覆盖。

"这片被砍伐过的林子离林场只有四天的路程，我们上次走了一周才出来，我们出来的那个口子，应该就在从这里辐射三天路程的区域内。"胖子轻声和我说。

于是，我们继续前进。

晚上的林子又潮湿又阴冷，我们燃起篝火，煮上方便面。小满哥每天都有收获，不是野兔就是山鸡。坎肩和胖子都好野味，两个人每天烤着不同的东西吃。我这几年已经吃不了太多肉了，只能吃一两口。

搜索一周之后，我们来到一处山坳，胖子首先"咦"了一声，其他人也全部停了下来。

山坳之中有一团巨大的菟丝子，密密麻麻，像一个巨大的茧。这团菟丝子的周围有很多"毛棍子"，就是因被菟丝子完全缠绕而死去的枯树。菟丝子也都死了，黄黄的丝帐一样的一大片。地上的野草枯萎发黄，但是特别高，显然枯萎之前疯长过一阵子。

我们都被这个菟丝子茧吸引住了，走近看时，发现这个茧实在巨大，里面似乎有一块巨石。

"应该就是这里了。"我的直觉告诉我。四周是一片松树林子，稀稀拉拉的，两边山势平缓，这块石头突兀地出现在山坳里，显得非常奇怪。

人们开始用金属探测器扫描地面，很快就有发现，翻起土表筛土，没多久就筛出了一些铁疙瘩，不是古代铠甲的碎片，就是兵器的铁渣、箭头之类的。

"是个古战场。"胖子做出霍去病的样子，转头指着一面山，"这块巨石应该是在一边的山上，蒙古人的队伍进到这里之后，万奴王的军队推下这块巨石，然后跟着巨石冲锋下来。"

是埋伏战吗？是的话，应该有很多落石才对。只有一块巨石，应该是攻坚战。我看向胖子指的方向，说道："万奴王的军队在守一处重要的地方，蒙古人攀山进攻，马上就要攻破的时候，一块巨石一路碾下。我们从这里上山，大家放亮招子，山头上肯定有东西。"

第七章

裂缝

从山脚下直线爬上山头，这对于普通人来说极为困难，但是对于小花这种可以在悬崖甚至反坡上攀爬如飞的人，这种攀登就和玩似的。

十分钟后，小花已经远远爬在了前头，我们一行人看着他踏春一样的行径，非常愤慨。

"年轻人就是腰好。"胖子喘着粗气说道。他的体力已大不如以前了："想当年，我在东北倒斗的时候，这样的山一天七上七下，都不带出汗的。"

"胖爷，您之前也在东北混过？"坎肩想帮胖子背东西，被胖子一手推开，坎肩就接着问，"那您知道不知道东北的'四大舒坦'是什么？"

"这谁不知道啊。"胖子道，"他娘的不就是穿大鞋、放响屁、坐牛车、看大戏，我告诉你，其他我不知道，放响屁这事，有一次差点儿把你们东家的小命放没了。胖爷我还是一如既往地贯彻这个革命传统。"

"牛，胖爷果然见多识广。"坎肩拧开一瓶白酒，"我也在东北混过，我和大哥心连心，必须喝一个，来来来。"

酒很香，不知道是什么酒，坎肩把胖子身上的装备接过大半，顺手把酒递给他："胖爷，踏实喝。"

我赞许地看了坎肩一眼。胖子抿了一口酒，打了个激灵，夸我道："你比你家三叔厉害，你看你这些伙计，个个人精似的。坎肩，等进去胖爷给你摸好东西，保证比你东家的货色还好。"

刚说完，其他人立即上前，递烟的递烟，接背包的接背包。

小花在上头打了个呼哨，我们加快了速度，来到山头附近。正值日落，从树干之间望出，夕阳晚照，整个山谷铺满霞光。霞光映在莽莽山林之上，树冠上每片叶子的下面，都好像有一群金色的萤火虫，硬是有了波光粼粼的效果。

这时月亮已经升起，气温下降，满身的臭汗让人感觉有点儿发凉。

从这个位置看下去，能看到一条清晰的轨迹，据此可知道山下那块巨石是如何滚落的。因为山上隔着一段距离就有一个巨大的凹陷，显然是因巨石翻滚而形成的。

"这山谷之中菟丝子长得那么茂盛，会不会因为这里曾经血流成河，土壤里全是蒙古人的尸体？"坎肩问。

"打住。"我说，"他娘的，这几千年前的事情别往今儿个说。这里面必然有原因，我们只要继续在这里探索下去，总能有发现。"

我们所处的坡上都是碎石和沙土，树木不高，胖子向我点头，之前我们在云顶天宫附近的山上也看到了这样的地貌，如果万奴王曾经在这里据守，那么守护的东西应该就在我们脚下的碎石下面。

伙计们扯出雷管和火药，我离得远远的。胖子发自内心地爱炸山这项活动，伙计们也都很兴奋，就像过年要放鞭炮一样。

我和小花合计了半天，来到一边的林子里，这地方最安全。我就喊："小心山头崩下来把你们都埋了。"

"哎呀，放心，现在这叫定向爆破，爆炸往地里打，把碎石炸开，直接炸出一个深坑。"胖子道，"胖爷我的技术，你们还不了解吗？"现在炸药的技术的确远比之前的先进。

我和小花往林子边缘退，我挠着头还是觉得胖子要出事。忽然，小花猛拍我的肩膀，我转头一看，立即叫胖子停手。

原来我俩一路后退，不知不觉退到了一条山体裂缝的边缘。这条裂缝如此突兀，一看就知道成因有异。

第八章 活水

胖子走过来看这条裂缝，裂缝大概两人宽，山岩露出，相当夸张。这种裂缝除了地震不可能有其他的形成原因。

因为形成时间久远，所以裂缝壁上长了很多小灌木。裂缝往下极深，我踢了块石子下去。它一路撞击壁石，我们能听到很深处还有撞击声。

这一道大山上的伤口，似乎通往山的中心。

顺着裂缝往上走，缝隙越往上越宽，一直往山顶裂去，看来这条裂缝再发展下去，会变成一道一线天一样的地貌。裂缝中鸟粪和泥土形成一块一块的植被区，越宽的地方，植被越大，甚至长有碗口粗细的松树。

再回到发现裂缝的地方，小花小心翼翼地踩着石壁上突出的岩石往下爬去，速度很快，下到黑暗与光明交接的地方后，他打开手电。

"水！"他失望地喊道。我同时也看到了水面特有的反射光。

我深吸了一口气，有水说明下面被堵住了，可能是落叶和泥沙混在一起，然后经过雨水浇灌，形成了裂缝里的水池。

不管这里是不是通往地下的一个入口，肯定也无法进入了。

"水是活的还是死的？"胖子问道。

"怎么看？"小花问道。

"你整点儿头皮屑放到水里，看它们是不是在缓慢地流动。"

"我没有头皮屑。"小花怒道。

"少他妈废话，是人就有头皮屑，又没人会笑话你。"胖子道。

沉默了半晌，小花在下面叫道："是活水。"

胖子看向我，轻声说："是活水说明是地下水，这里温泉很多，到处都是地下水系，我们上次去的那个皇陵是有护城河的，说明那个巨大的地下火山口中也有暗河存在，这是个线索。"

我点头，知道他想干吗，于是招手让人扛上来一个木桶。桶中有几十尾八须鲇鱼，每条八须鲇鱼的鳃上都有一个全球定位系统（GPS），都是在那些从华强北花80块钱批发来的电子表上拆下的，用蜡封好了。桶吊下裂缝，小花把鲇鱼全部倒进水里。

"可惜了。"胖子心有不忍。我挺惊讶的，年纪大了，是不是都会心软一些？胖子就道："辣椒放蒜头炒了之后放汤，味道肯定好。"

当天就不炸山了，怕裂缝扩大，山体开裂塌落，小哥还没出来，我就先长眠在此，太亏了。

回到山下，我们砍了一些枯树和菟丝子生起火，等着第二天看结果。

胖子想探究这里菟丝子为何如此茂盛，没有什么结果。我一直闭目养神，一夜无话。第二天早晨，我估摸着时间差不多了，打开了电脑，看那些鲇鱼的下落。

出乎意料的是，所有可以找到的鲇鱼信号，都分布在一个狭长的区域里。那个区域像一条蜈蚣一样，在离我们十几公里的地方。

GPS信号只有露天才能被识别，这说明鲇鱼所在已经不是地下，可能是和地下河相连的地面河段或者是山中露天的水塘——一个狭长的区域，最有可能是露天的河滩。胖子觉得没意思，坚持要在这里炸山，我和小花一合计，不管怎么说，必须去看看。

于是，兵分两路，我和小花带着坎肩去GPS信号所在地。

翻过山头，我以为会看到一片湖泊或者一条小河，结果看到的是一片森林，植被非常密集，没有任何水系。

"奇怪。"我看了看iPad上的信号分布，鲇鱼就在这片森林里，难道这片林子里有小溪不成？但我们肉眼什么都看不到。

日落之前，我们走进了这片森林，森林中繁茂的灌木和松树之间的地面上爬满了菟丝子，犹如一张巨网铺在地上，长到腰部，让人难以行走，坎肩只得用刀开路。

我越发觉得奇怪。越往里走，枯树越多，菟丝子顺着地面爬行，铺了厚厚的一层，几乎覆盖了整个林子的地面，而我们也看到了在这些菟丝子包裹中的，是一口一口破败的古井。井与井之间不过一丈左右，数量成百上千，犹如一个一个坟头。

林中古井

第九章

坎肩看到这壮观的景象，半天说不出话来。

小花看了我一眼，眼神中有很多意思，这荒郊野外，会有这么多的古井出现在同一个地方，也确实离奇。

"当年万奴王的部落隐藏在这里，想必也不会常年躲在地下。太平日子里，部落里的人在地面活动，确实需要凿井取水。"

"这是凿井取水成瘾了吧，这么多井口，整块地都挖成麻子了。"我默默地数了数我肉眼能看到的井口，不下百来口。

"会不会挖完一口，取水取干净了，再挖下一口？"坎肩问。

"地下水都是连成一片的，又不是猪尿泡。"我来到一处井口，拔出一把大白狗腿刀，砍掉上面的菟丝子，把被菟丝子遮盖的井口露出来，很多菟丝子都爬到了井内，井不深，下面全是落叶，已经没有水了。

我看了看iPad上的GPS信号，那几条鲇鱼就在这块区域，难道落叶之下是水？

坎肩找了块砖丢下去，砖扎扎实实地落在了落叶上，是实地。

井是普通的石头井，用碎石头一圈一圈围起来，上面都是青苔，我爬上去想跳下去看看，被小花拦住了。

"你要不要这么拼？"小花皱眉看着我，"你不是来送死的。"

坎肩就点头道："东家，送死我去，背黑锅你来。"说着就跳了下去。

下面的落叶很厚，他一下去就没过了脚踝。坎肩直接踹开落叶，就看到井底落叶下有很多陶土坛子，似乎大部分都是破的。

坎肩翻起一个相对完整的丢上来，我一下认了出来，这是泡猴头烧的酒坛，之前在墓穴中见过不少。

东夏人爱喝这种酒，难道这些井都是用来冰镇烧酒的？这里的地下有雪山融水，冰凉刺骨。

"讲究，真他妈讲究！"小花看着那些井，竟然露出了少许羡慕的表情。

"你这个资产阶级大毒瘤。"

"人追求一些小小的幸福，比如说在夏天喝到冰镇的烧酒，并没有错。在这种大山里，没有这样的东西，人是很难熬的。"小花闻了闻罐子，还想嗅出一些酒香来。

罐子下面的沙土是干的，这里的井水，早已干涸数百年了。

被菟丝子绊着，我们一刀一刀砍去，一个一个井口找过去，都是一模一样的情况。一直走到井林的中间，眼前忽然豁然开朗，林子一下子消失了，原来这里是一处干涸的河床。

摸摸土，河土干了不知道多少年了。对面的林子一样茂密，但是河床中都是碎石和灌木。

四周的黑暗已经压得很低了，空气也越来越凉。

"鲇鱼能在这么干的地方爬吗？"

"当然不能。"我暗骂，心想，鲇鱼精还有可能。

"那这几个信号……"坎肩挠头，"这些鲇鱼在哪儿啊？哪儿都没水啊！"

小花摸了摸下巴，忽然道："不对，难道是这样？"

我看向小花，小花说："有什么东西把那些鱼都吃了？"

什么东西把那些鲇鱼吃了？我第一个反应竟然是胖子，心想，难道胖子不甘心，趁我们不注意，赶在我们前面把鲇鱼逮回来吃了？如果是这样，我一定要掐死这个老不羞的。但想来又觉得不可能，别说找不到这些鲇鱼，就看GPS信号分布呈条状，绵延十几米，胖子可不是那个体型的。

"会不会是你说的那种蚰蜒？"小花道。

我点头，觉得也许是，林子已经完全黑了，这种虫子是夜行动物，如果此时遇到蚰蜒，后果不堪设想。

经历的死亡多了，我经常会预想我死后的情形，如果死在这里，只能把火化了的蚰蜒屎放进骨灰坛里，我家里人不知道会做何感想。

"伯父，这是吴邪的屎灰盒，你们节哀。"

胖子真做得出来这种事情。

这片林子位于山谷，此时再回山上已经来不及了，我们找了一棵大树爬上去。

树上都是菟丝子，这种植物会爬到树冠上头形成纱帐一样的一层，对宿主伤害很大，但正好方便我们隐蔽。

月亮开始露出云层，山谷被照得亮白。小花喜欢高处，在我上面的树丫上靠着。他翻了翻手机，应该是没有信号，于是沮丧地抬头从菟丝子帐下看夜空。

"你说，他还会不会记得我们？"小花问道。

我知道他是没话找话，这么多年的默契了，其实安静的时候不用说话。

"他记得不记得无所谓，我都不记得以前的自己是什么样子了。"以前的日子都历历在目，就是自己的面目模糊不清，人大多都是这个样子。

"如果他不记得我们，也许会绕开我们离开，他未必会从青铜门的正门出来。我们这么多人冒险，连个影子都抓不到。"

"所有人来这里都有自己的目的。"我道，"他们都不会白来的，同样，不管接到接不到，我也不会是白来一趟。"

青铜门还有后门的话，我也是服了，就释怀吧。我心里对自己说道。

小花掰了一块干粮给我，是特制的压缩饼干。小花的东西好吃多了，我嚼了几口，月光暗淡，天空中开始出现星星。

与此同时，我看到我们身下的林子底部，也开始出现一点一点的荧光。

这些荧光以井口为中心开始蔓延，数量之多，就好像从那些井口喷涌出一条一条的绿色光带一般。

我端坐起来，忽然灵光一闪，这里的菟丝子长得那么茂密，难道是这些东西不停地上树，把种子带到这些树上的？

夜空中月朗星疏，整个山谷也被绿色的荧光布满，其中还有不少红色的荧光，像一只只眼睛。但是我们无法欣赏这奇景，因为这些荧光开始密集地往树上移动过来。

"火油。"我喊道。

坎肩从背包中翻出喷漆瓶，对着我们的树干下方喷火油，我翻出打火机，双脚挂住树枝倒立下去，直接点着火油。

火油烧起，在树上形成一条小小的屏障，接着"咔嚓"一声，我挂住的树枝断了，我整个人摔了下去，摔进这些光点中间。

他妈的，我是不是胖了？我心中暗骂。

我毫不犹豫，直接翻起，用打火机一照身上，满身的蚰蜒。这时，坎肩把喷漆瓶丢给我，我把打火机往前一扣，做了一个小型喷火器，对着自己身上开始喷火。喷了几下，在燃起的火光中，我忽然发现不对。

在我前面的黑暗中，大概三米外的树后面，好像站着什么东西，是一个人的形状。

第十一章

蚰蜒

"坎肩，八点钟方向，树后面！"我一边喝道，一边用喷火器喷爬上来的蚰蜒。这些蚰蜒都有小龙虾那么大，如果不是以前经历过，我的汗毛都能把自己竖死。

不过，好在蚰蜒的脚和触须很容易被火烧焦，火扫一遍，它们就全部掉落在地。要命的是，烧了之后，它们散发出一股奇怪的味道，竟然有些蛋白质的香甜。

这些年过去，我的鼻子已经没有那么灵光了，医生说其实我早就闻不到什么味道了，这些味道都是自己凭借视觉生成的感觉。

地下的蚰蜒和树叶的颜色几乎无法分辨，从火光中看下去，就觉得满地的树叶在蠕动，无数的毛混杂其中。

坎肩在树上拉开弹弓，破空声响后，弹珠打中树后的人影，他身上稀稀疏疏的小黑毛震动了一下，显然身上爬满了蚰蜒。

我知道弹弓的威力有多大，但那影子纹丝不动，没有任何反应。

我抽出冲锋衣连帽的松紧带，把打火机绑在喷漆瓶前面，一边跺脚，一边反手抽出大白狗腿刀，在手里打了个转儿，黑瞎子每次教我用刀，都有这个习惯，这是个坏习惯，我还是学会了。

逼近到一米左右，眼前一片漆黑，在喷火的间隙，我看到了树后一团爬满了蚰蜒的人影。不，或者说这个人形基本就是蚰蜒盘绕组成的。

不是高智商爬行动物，学什么黑飞子？我心想。接着，我就看到蚰蜒爬动的缝隙中，有一只血肉模糊的手。

这只手的手指很长，凭着黑暗中每次闪过的火光，我还是清晰地认出了这个特征。

我脑子"嗡"的一声，大叫了一声："是小哥！"

小花在树冠上立即爆粗口。我也顾不上小花，把刀往地上一插，冲到那人影面前，双手并用，一手拨拉，一手直接狂喷火，把这人身上的蚰蜒全部烧飞了。

一具满身伤口的尸体从树上滑了下来，我看到他的衣服、他的手指、他的头发，都和小哥很像。

他已经死了，嘴巴张得巨大，我捏开下颌，发现嘴巴里全是蚰蜒，显然他是因被蚰蜒堵塞气管而死的，尸体还有体温，刚死不久。

不是小哥，他身上的肌肉质量远远不如小哥。

就这么一会儿，蚰蜒爬满了我全身，开始往我的鼻孔和嘴巴里爬去，我用手臂蹭开，去看尸体的手。小花来了，在我身边插上冷焰火，把虫子熏走。

尸体的手指是假的，我用力一扯，假手指就被我撕了下来。

我扯掉尸体的假发，认出了这个人，他是王盟的手下。

"狗日的。"我发自内心地恼怒，我对着林子里狂吼，"我操你八辈祖宗！"

骂声在山谷中回荡。

王盟肯定一路跟着我，他让他的手下假扮成小哥想干吗？恶心我吗，还是想把我引到什么地方去？

如果不是蚰蜒突然出现，在黑暗中，我真的可能上当了。

回身从地上拔出刀，我划开自己的手，在小花脚踝上抓了一个血印，蚰蜒开始退开。我把血甩在地上，拔起冷焰火。

"你去寻仇吗？"小花冷冷地问我。

我看着小花，淡淡道："他肯定在附近，凭他的智商肯定活不过今晚，我得把他找出来，最后再救他一次。"

刚才我们上树没多久，这些蚰蜒就涌了出来，应该是这个人偷偷在林中行走引起的。我回忆蚰蜒出现的顺序，第一个出现蚰蜒的井口，是在东南边，那这个人是从那儿走过来的，王盟应该就在那个方向。

手心的伤口特别疼，愈合需要好久，我真的不想现在就用这个方法，但是也没有其他办法了。

"东家，我需要下去吗？"坎肩在树上问。我道："你要能自己搞定你就待树上。"

坎肩跳下来，来到我面前，盯着我的手。我给他也弄上，他第一次看到我的血，很兴奋。

"我不洗手了。"他道。

"别扯淡，做不到的事情别说。"我道。开堂口时，多少人说着一起走下去，结果连半程都走不到。人的承诺大多基于一时的感动。

"你和王盟到底为什么会闹成这样？"小花从包里掏出他的棍棍，拧成一根长棍，顺手把四周碍眼不走的一些蚰蜒挑走。这根棍他都可以当筷子用，在他手里做什么都可以。

我知道他在问王盟的事，我顿了顿，回忆起来有点儿疲倦："人想成为什么样的人，和能成为什么样的人，是完全不同的两件事情。"

说着，我拉紧裤腰带，对两个人点了一下头，三个人开始在林子里加快行进的速度。因为满地都是菟丝子，照明只有我们的冷焰火，所以即使跑起来速度也不快，跑了一段就发现，整个林子里的树上树下、灌木丛里，全是星星点点的荧光，似有无数的萤火虫。如果不是知道真相，我肯定感叹天下怎么会有这么梦幻的地方。

这里也都是落叶松，还有一些我叫不出名字的阔叶木，树木之间很紧密，两棵树之间有时候连一个人都挤不过去，菟丝子就在中间形成蜘蛛网一样的东西。

跑了十几分钟，就看到前面的树上有火光并传来吵闹声，我们靠拢过去，用望远镜看，就看到一棵大针叶松上，王盟一行人正在用火把逼退爬上来的蚰蜒。

火把快熄灭了，他和他的伙计们大呼小叫，互相推搡。松针刺得屁股疼，所以他们几欲摔下来。

坎肩想上去，我把他拉住，我的目光从王盟他们的位置转向后面的林子。我觉得，王盟四周的林子，和我们四周的不太一样。

说不出的感觉，都是松树的样子，但是枝丫的形状很怪，没有树木那种协调感。

我灭掉冷焰火，做了个手势，三个人蹲入灌木丛中，我通过望远镜死死地盯住王盟四周林子里的黑影。看了一会儿，连没有望远镜的小花都倒吸了一口冷气。

"那些树影在移动。"他轻声道。

是的，那边的树影在一点儿一点儿地靠近王盟他们，那些"大树"正在以肉眼可以察觉的速度聚拢。

我灵光一闪，拿出iPad，看到所有的GPS信号点全部在王盟那个方向，形状已经变化，变成了一个圈状。

"不是树，那些是站起来的巨型蚰蜒。"我道。

"蚰蜒？"坎肩吸了下鼻子，"蚰蜒有树那么大？"

云顶天宫里，什么事情都有可能发生，不过像树那么大的蚰蜒似乎有些夸张了。

远处那些大树上面的枝丫极细，犹如蚰蜒像针一样的长脚，仔细看，更觉得那些树是上身仰起的巨大蚰蜒。

那边王盟还什么都没察觉，仍旧在大呼小叫，气得我想直接把他掐死。

当年蒲鲜万奴被孛儿只斤·贵由追杀到此，带女真的后裔迁入地下，他们发现这些生活在地热裂缝中的巨大蚰蜒时，大为震惊，于是将女真的神话和这些奇观联系起来。蒲鲜万奴和蒙古人在这片土地上决战，纵使有鬼神之力，但遭遇全盛时期的蒙古人，也只能兵败。蒲鲜万奴带着在边境掠夺几十年积累下来的金银玛瑙和剩下的族人逃入了地下。

难道是东夏人在此经营多年，借助山体裂缝挖掘通道，使得地下的蚰蜒都能跑到地面上来了？

狗日的，不要随便乱挖呀。我心里说。如果这些影子是像树一样大的蚰蜒，凭我手里的小破刀，不如直接让坎肩用铁蛋子打碎王盟的天灵盖给他来个痛快。

"怎么办？"坎肩问我。我看小花，小花看我。

小花说道："这时候是你的天下，你总能想出办法。"

我的刀在手里打了个转儿，没有任何办法吗？有多少次别人说没有办法的时候，我都觉得还有的是办法。

小聪明永远比不上老九门的大原则，但是当小聪明用来救人的时候，就被人称为奇迹。

我翻开自己的背包，把里面的干粮和杂物倒出来，然后一刀砍中一只蚰蜒，将头掰掉后丢进包里。坎肩看呆了，我让他别问，跟着干就好。

像切虾子一样切了一大包断头蚰蜒，断头的蚰蜒还能活很久，使得整个包都在动，蚰蜒的汁液浸湿了整个包。我把包背起来，一路跑往王盟的方向，一边跑一边问："你的准头能保持多远，和我说一声。"

坎肩点头，小花已经明白我要做什么，说："要快！"

"我知道！"我吼道，狂奔了足有五分钟，"停！这里！"坎肩猛停下来。

"上树！"

小花几下就爬上了树，把我们两个人也拉了上去，爬到和前面王盟所在树丫差不多的高度上。此时，我们已经离他们不远了，能清楚地看到火光。

那几棵疑似蚰蜒的巨木就在他们四周，在这个距离看，虽然仍旧看不清，但我已经能肯定那不是树，肯定是什么活物。

我扯掉伤口上的纱布，用力一张手，伤口开裂，血流了出来。我用流着血的手抓起一只无头蚰蜒，用力一挤，血和汁液混合起来，然后将其丢给坎肩："打他们脚踝还有脸。"

坎肩的优点之一就是从来不问为什么。他把两颗铁蛋塞进蚰蜒体内，拉开弹弓"啪啪啪啪"，不停地把蚰蜒球打出去。蚰蜒在空中解体，打到王盟身上的已经不多了。王盟立即发现了，四处观瞧。

我打起手电信号，他立即知道是我，破口大骂："你有种别落井下石！"

"打他的臭嘴。"我冷冷道。

坎肩一弹丸就打在王盟嘴巴里，差点儿没把他呛死。

一包蚰蜒打完，打得他们鸡飞狗跳，但是我的血还是起了一点儿作用，王盟也发现了弹丸里的秘密，立即以以身殉弹的姿势接受弹丸的洗礼。

我打出让他们赶紧过来的信号，看王盟爬下树来，我就把手电丢给小花："引他们过来。"

"你呢？"

那些奇怪的"巨木"开始摇动，它们显然发现了猎物要逃跑。我心想，我要看看这些到底是什么东西。我掏出腰间的信号弹，对着"巨木"打亮。

信号弹在空中爆炸，就像一颗缓缓落下的小太阳，我只看了一眼，连第二眼都没看，立即翻下树开始跑："跑啊！别回头！"

　　那边的"巨木"上忽然出现无数的翅膀，一只一只大鸟飞起，那根本不是蚰蜒，就是一棵一棵的枯树，只不过满树的人面鸟站在上面。枯树支撑不住摆动着。

　　惊叫声中，已经有一人被抓到半空，是王盟的伙计。

　　我需要重火力。我心想，胖子你在哪里？

　　"到井里去！"小花在前面的黑暗中大喝一声。

　　王盟还举着他的火把。"坎肩，灭灯！"我大吼，破空声后，王盟的火把被打飞，随即他被从天而降的影子一下抓了起来。

　　几只人面鸟在空中争抢起了火把，我看到前面有一口井，凌空跃起跳了进去。落地瞬间，脚下一松，整个井底坍塌，我整个人掉了进去。

第十四章

口中猴

　　我一路往下掉，原来这下面有很多石板，每一层上面都摆满了酒坛，难怪井那么浅。

　　我的体重加上上面坍塌下来的碎坛子，重量一层一层加重，一路坍塌，落到底部我都不知道自己摔了多少层。

　　一屁股瓷器碴子，都扎在肉里，我翻起来暗骂："出道以来，开哪儿哪儿起尸，踩哪儿哪儿塌。"不过也怪自己骨头太重，看着没什么肉，体重却不轻。

　　上头的亮光完全照不下来，洞里一片漆黑，我打开手电，转头就发现这是一条井道，四面都是青砖，特别窄，但是挺高的。

　　我是学建筑专业的，一看就知道修建的目的，是希望井中水位抬高，能从井口溢出浸没所有的酒坛。

　　井底的通道应该连通所有的井口，通道内特别干，已经很久没有水了。不知道这口井会通往哪里，我站起来，抖掉身上的落叶和碎瓷片，抬头用手电照亮井口。

　　我一照就看到一张巨大的人脸在看着我。

　　我竖起中指，它猛地张开嘴巴，一只口中猴从它嘴巴里吐了出来，一下落到我的面前。

　　我愣了一下，转身就跑，心想，年纪大了记性就不好，这鸟他妈是逆天的。

　　手电光影之下，我就看到通道里全是岔路，是网格状的，同时听到另外的人掉下来的声音。

　　"小花！"我大叫，猜是不是他，就听坎肩回道："老板，是我！安全，它们进不来。"

"去你的，跑！"我大吼。

"放心，它们进不来，进来也跑不快！啊！这是什么东西？"坎肩不知道在哪儿惨叫。

"傻帽儿，叫你跑。"我一个踉跄，上面一个井口的酒罐塌下来挡住了去路。我回头一看，口中猴直接扑面而来，一下扑在我脸上。

我仰面而倒，手电翻转，变成一个电击器，对着口中猴就是一下。

口中猴被电得抽搐，翻倒在地。我起身对着它脖子就是一下，送它回了老家，因为刚才过电，我下巴也被电麻了。转头就看到黑暗中妖气涌动，有东西在过来，我一抬手电，就看见密密麻麻的口中猴。

"阿西吧！"我"呸"了一口，转身继续跑。

"坎肩，死了没？"我大吼了一声。

"还没有！"坎肩大吼回来，声音在很远的地方，"再等一下，肯定会死！"

王盟的声音传了过来："人呢？人呢？"

声音就在我边上，我转身跑入岔道，一个趔趄滚了下去。妈的！竟然还有台阶。我翻身起来，正好和王盟撞在一起，口中猴瞬间扑了过来，两个人手忙脚乱踹飞了几只。我爬起来一下看到王盟的腰里别着一把"拍子撩"。

"有枪你跑什么？你个废物！"我拔出他的枪反身开枪，王盟大叫："不能用这枪！"

我扳机一扣，就听一声巨响，我整个人被后坐力掀飞出去，撞到墙壁上，手到肩膀一点儿感觉都没有了。

"你个傻帽儿，你在里面装了什么？"我喷出一口老血，舌根都咬破了，抬头一看，刚才扑上来的口中猴全部被打成血花了。我耳朵几乎听不到声音，跳几下后才开始有听觉。

"这里面的一发子弹是六发雷明顿子弹合起来的。"

枪头都已经开花了，我看了一眼王盟，他道："做的人说只能打一次，所以我想在万不得已的时候留给自己。"

"最后一颗子弹留给自己？"

"是的。"

"你自杀用炮啊？"我瞪着他大吼，"你他妈和自己多大仇啊？你对自己脑门轰一枪就剩下个渣，知道不？人家不好收拾你，知道不？法医也是人，你知道不？不要给别人添麻烦，你知道不？"

王盟看了看被打成肉浆的口中猴，说不出话来，我把他提溜起来，这样下去不行，老子要开打。要抬刚才开枪的手，却没抬起来，我低头一看——手扭成这样就是骨折了。

"难道真要在这里了断了？不会的，不会没有办法的。"我掏出一根烟，用还在发红的枪头点上，大喊，"夭寿了，解雨臣，你他妈快来救我！"

华容道

/第十五章/

我自己的九门第一准则：遇到困难要第一时间找朋友帮忙。

寻求帮助其实是世界上第一技能，拥有这样的技能的人，几乎可以做成任何事情。

发动此技能的上一个技能叫不要脸。

吼完之后，就听到一连串夹子的声音，"咔嗒咔嗒"的，是小花的信号。

看来小花比我谨慎得多，信号从左边的井道中传来，我单手把王盟拎起来就开始狂奔。

四处都是爪子挠着砖面的声音，手电电击放电之后，光线暗淡了不少，我也不敢去乱照四周的井道，怕光斑把所有的口中猴都吸引过来。

所有人都知道小花的夹子信号的意思，"咔嗒咔嗒"的声音越来越强烈，我跑过一个路口，坎肩也冲了出来。他脸上全是血，被抓得都是伤口。看到王盟在我边上，坎肩直接一下把他推开："你死去！"

王盟被推了个趔趄，就想冲上去打，我跳起来拍他的后脑勺，三个人腿绊着腿全部翻倒。爬起来，我的脑后传来夹子的声音，很清晰，就在后面，我回头却什么都看不到。

黑暗中，无数口中猴挠着墙壁靠近的声音越来越近，我们不敢再发出任何声响，慢慢地朝那边的黑暗爬过去。

我听到了呼吸声，压着手电的光亮照了一下，就看到小花和王盟的一帮手下缩在一个角落里，前面是用酒罐和碎砖头做的一道屏障。这道屏障把整个通道都堵住了，简直就是一堵墙。屏障中有很多缺口，好像碉堡的射击孔，王盟的手下都带着土枪，严阵以待。

角落里一个罐子被搬开了，形成一个狗洞。我们小心翼翼地爬进狗洞来到"碉堡"内，就发现他们窝的地方是一个井口的下方，这块区域堆满酒罐，像超市码堆一样一直往上，到井内把井道堵死了。有人正在把酒罐一个一个拿下来，堆到口中猴来的方向做掩体，把通道完全堵死，这样一边做防御，一边可以弄通上面的井口做出口出去。

"上面有鸟。"我用口型说，意思是"从井里爬出去死得更快，人家有空中力量"。小花用口型回道："华容道。"

我秒懂，我们不是要出去，而是要到竖立的井道里。

在我们的下方，口中猴要搬开这些酒罐爬上来需要时间，就算钻过来，也势必不可能像在井道中一样，所有的口中猴一拥而上，我们可以各个击破。

在我们上方，人面鸟不可能从井口爬下来，它们的翅膀张不开。

这是一些在黑暗中活动的东西，我们扛到天亮就安全了。

这时，王盟的一个伙计开枪了，枪声震耳欲聋，所有人都一缩脖子。我透过"碉堡"的射击孔往外看，火光中，无数的绿光闪动，都是口中猴的眼睛。那伙计应该是被吓得走火了。

"你们有多少子弹？"我急问道。

"七发！"

"十发！"

"四发！"

"九发！"

我看向王盟："既然带了枪，你就不能多准备点儿子弹吗？"

"本来带了很多，后来在林子里打野猪，发现子弹全是假货，根本打不响，就最开始让我们试的那包子弹是真的。"王盟委屈道，"我们就把那包分了一下。"

"棒棒的。"我哭笑不得，看向坎肩。坎肩点头，把自己身上的坎肩翻过来穿，里面有特制的便携设计，装着各种各样的弹丸。

"两千多颗，足够了，实在不够用，碎瓷片也一样。"说着，他把自己弹弓的弓叉拔高，里面竟然有不锈钢加固，然后从腰带上扯出一条红色的皮筋，解开之前的黄色皮筋，将红色的皮筋绕上去。

第十六章

弹弓高手

坎肩来自弹弓世家，从小练弹弓，臂力惊人，他们家的弹弓皮筋有三种颜色：黄色的皮筋是用来打鸟的，威力一般；红色的皮筋，普通人的臂力根本拉不动，打出一颗铁蛋子能打碎人的头盖骨；黑色的皮筋，我至今没有看他用过，应该是有特殊的用处。

我持刀和持棍的小花在前面，不知道什么时候我成为肉搏型兵种了，真是世事变迁。

"东家，帮我掌灯。"坎肩占住一个射击孔，小声道。

我来到一个射击孔前，先用手掌按住手电，把手电的光亮对准射击孔后，忽然移开手掌。

瞬间，井道被照亮，第一只口中猴就在我们"碉堡"四米开外，所有射击孔后的人都抬枪，抬到一半就听"呜"的一声好像飞机的破空声，那口中猴的头爆出一团血雾，整个头被打碎。

所有人都看向坎肩，坎肩非常潇洒地松开手，手放开的瞬间滑过自己的衣服必然有一颗钢珠入手，皮筋弹回他顺手接住，一钩一拉，每次都是一声呼啸。钢珠滑过射击孔，震动边上的罐子，发出口哨一样的声音，然后就听到远处传来一声口中猴的惨叫。

然而并没有什么用，斑驳的手电光亮中，我们就看到最起码有几百只口中猴猛冲过来。

我无法形容这个场面，瞬间所有人都开枪了，第一批口中猴被打飞滚进猴堆里，但丝毫没有减缓后面口中猴前进的速度。瞬间，又有十几只口中猴冲到了四米开外，第二轮开枪把它们全部轰飞。几乎同时，甚至都看不到它们的尸体落地，更多的口中猴涌了过来。

所有的枪开始狂轰，有的口中猴撞上了"碉堡"外壁，外部的罐子开始破碎掉落。

所有的子弹几乎在三十秒内打完，只见血肉横飞，根本不需要瞄准，坎肩一抓三颗弹丸，同时发射，拉弹弓的频率拉到了极限。我看着摇摇欲坠的罐子墙屏障，对小花大吼："挡不住！"

小花抬头看上面的"华容道"，已经挖通了，只有井壁还有酒罐堆着，用棍子猛一撑，直接蹿了上去。他双腿卡住井道两边，对下伸手："上到井道里来，边打边退！"

王盟他们纷纷抓着靠着井壁的酒罐堆爬上井道，一只口中猴从射击孔里爬进来，冲向坎肩，我的刀在手里转了一圈后飞出去，把口中猴砍飞。坎肩翻出几只猪尿泡，拉起弹弓往地上一打，尿泡炸裂，水花四溅，臊气熏天。

我拔出另外一把大白狗腿刀，又拔回刚才甩飞的那把刀，双刀防御，大吼："什么鬼！"

"熊尿！"一只口中猴从另一个射击孔爬进来，直接扑到坎肩脸上，他用弹弓一勒把口中猴扯了下来，"没用！"

就像挤奶油一样，所有的射击孔里都开始挤进口中猴，坎肩背上一下跳上来五只。我上去砍中两只，自己一下被扑倒。我爬起来回身一脚，把坎肩踢到井道下方，瞬间井道里伸下来六七只手把坎肩拎了上去。原来这群没义气的已经全部上去了。

我起身也爬了上去。坎肩大喊："等一下，我封路。"他一下倒挂下去，对着刚才我们的掩体"碉堡"内靠墙的罐子堆一发铁弹打过去，罐子堆一下子松动了，像多米诺骨牌一样发生连锁反应，四周所有堆起来的罐子开始往井底也就是我们下方的空隙坍塌，我们也开始把井道里的罐子往下抛。很快，井道底部被堵得严严实实，还能听到疯狂的撞击声，但是声音变得不那么真切了，我们所有人都松了一口气。

上面井口的石板还盖着，等于我们上下都有了屏障。

"捡回一条命。"

我看向王盟，王盟也看着我，两个人都太疲倦了。我转头看小花，忽然，整个井都震动了一下，似乎有什么庞然大物撞了一下我们脚下的堵塞堆。

第十七章

大白脸

口中猴就算数量再多，也绝对不会发出这样的动静。所有人一缩脖子，都凝神看向我们下方，迟疑了几秒后，又是一下剧烈的震动，上头的灰尘全部震到我们头上了。

我的思维方式和别人不一样，所以陷入了深深的疑惑，因为我知道外面井道的宽度和高度，这种剧烈的震动，是一个质量很大的物体经过一定加速度之后撞进下面的瓦罐堆造成的。外面的井道宽度和高度都无法容纳太大的东西，我想不出这是什么。

我和小花对视了一下，他的眼神中也全是疑惑。

又是一阵巨震，灰尘铺天盖地地落下来，夹杂着很多小虫子，我迷了眼睛，只得不停地甩头。头顶的石板开始开裂，接着，我们听到了上头石板被拨动的声音。

石板并不厚。

"是鸟。"王盟惊恐地说道。

我用手电照亮石板的缝隙，一下子看到一只呆滞的巨眼挤到缝隙中，金色的瞳孔被手电一照收缩了起来，接着就是爪子不停抓动石板表面的声音，灰尘散落下来。小花一棍子上去，上面一片混乱声，很快棍子被抓住了，小花只得用力抽回来。

又是一阵巨震，缝隙开得更大了，石板上面的垃圾都开始从缝隙中掉落下来。接着，我们又听到了口中猴清晰的叫声，是从下面的瓦片堆那儿传来的。

撞击使我们的障碍开始坍塌，已经塌出缝隙了，口中猴在钻进来。顾不得头顶，我刚想说让人下去防御，王盟一下崩溃了，大吼了起来，跳下去捡起瓦片就砸地面，好像这样能把下面要爬进来的口中猴和上面撞罐子堆的怪物吓跑一样。

王盟吼了几分钟，真的没有下一次震动了，他的手下一看有用，也跳下去，全部吼叫起来。

几乎同时，一声巨吼从瓦片下炸出，地面震动，王盟和手下被震翻在地，我们也差点儿摔落下去。

那是一声凄厉的巨吼，近在咫尺，简直就像踩爆了一个高音喇叭。

我心想，糟糕！刚才的撞击确实不是口中猴发出的，而是地下有东西在撞击这口井底部的结构，难道这些井道下面还有空间？

接着一声巨响，地下的瓦片一下被拱起来，然后开始塌落。

底部被撞通了，不仅是堵塞堆，连同堵塞堆下面的地面都塌了，出现了一个黑洞，阴冷的空气瞬间从下面涌出，罐子和碎片哗哗落了进去。王盟和手下立即重新双脚撑住井壁才没滑进洞里。

屏障全部掉入下面的洞口，好多口中猴也掉了下去，但更多的口中猴抓着墙壁，直接爬上天花板，倒挂着爬进井道里，然后沿着井壁就朝我们爬来。

坎肩用弹弓对准下方的洞口，将冲进来的口中猴打落洞中，小花用棍子捅爬上来的口中猴，对我喝道："看看下面是什么？！"

我用手电照向黑暗的洞口，只看到王盟他们扒在洞壁上，没有看我们，而是看着他们脚下，浑身都在发抖。我将手电的光亮移向他们脚下，看到一张大白胖脸探了出来。几乎同时，我闻到了一股黄色炸药爆炸完的味道。

我用手电照他，他眯起眼睛，骂了一句："娘希匹，狭路相逢，不要开远光灯好不好，产业工人要有素质。"

刚才是胖子在我们下方爆破？他怎么到我们下面去了？狗日的这哥们儿终于还是爆破了。

"死胖子，你怎么从地下出来了？"我怒道，简直想用一种从天而降的掌法送他上路。

"待会儿告诉你！"胖子叫道。

第十八章

血战

话音未落，一只口中猴直接扑在胖子脸上，胖子拿自己的头往井壁上一撞，把口中猴撞晕，直接抛入洞中。他回头一看，见四处不停地有口中猴从豁口中爬进来，抬枪就射击。

接着，我看着手下其他人，陆续从黑暗中爬上来，看到我们都吃了一惊。

"怎么那么多口中猴！"胖子大怒，"你们在搞什么？阿花，你的孙悟空扮相被识破了吗？"

"滚蛋！枪！"小花暴喝。胖子转身把身上的国产AK-47抛给小花。

胖子单手扒着洞壁，小花双腿卡在洞壁两边可以双手持枪，几个点射，把入口附近的口中猴直接打成碎片。在这个空间内，枪声几乎把我们震聋，滚烫的子弹蹭过我脸颊，脸上顿时肿起好几个大包。

在小花的掩护下，胖子爬到豁口处，下面的人把枪和子弹全部甩了上来。

沉甸甸的国产AK-47一入手，老子怒从心中起，恶向胆边生，所以说别让被压迫者拿起武器，我抬手对着头顶的石板就是一通扫射，石板被打得粉碎，和上面成了碎肉的口中猴一起落了下去，落了胖子一脑袋。我一边扫射，一边爬行，最终爬出了井口。

我立即翻身起来，就看到人面鸟落在四周的树上、边缘的井口上，起码有几百只。几乎同时，所有的"脸"都转向了我们。

"全部火力！"我大吼一声，对着最近的人面鸟开始扫射。我背后一疼，背上爬上来一只人面鸟，我反身一个枪托，就看小花也翻了出来，一个地滚和我靠在一起。几乎同时，所有的人面鸟同一时间腾空飞起，遮蔽了月光。

"子弹！"我一边大吼，一边和小花两个人同时开始扫射，只见羽毛漫天飞。井口中丢出几个子弹夹，我甩掉空的，捡起一个新的换上。又有人面鸟俯冲下来，我大吼："他妈的，别在井里磨蹭了！"说罢，对天狂射。

忽然边上刮过一阵风，小花一下被抓到空中。我抬枪，黑暗中不敢射击。坎肩第三个翻了上来，一弹弓把小花连人带人面鸟打了下来。我冲上去踩住那只人面鸟就是一枪。小花一脚把我踢倒，接着我背后一凉，一只爪子几乎贴着我的背脊划过，小花躺着一个点射，血溅了我一身。小花翻起来，对坎肩大骂："你他妈看准点儿再打！疼死我了！"

"对不起！花爷！"坎肩对着小花射了一弹，铁蛋划过小花的头发打中他身后的一只人面鸟。同时，胖子翻了出来，手里举着两颗手榴弹往空中一甩："躲！"

我大怒，三个人跃起，找了边上的一个井口再次翻了进去。

手榴弹爆炸，把天照得和白昼一样，接着脚下一松，我再次摔进井道里，几乎摔进了口中猴堆里。我几个枪托下去挣脱口中猴的围攻，然后一个扇状扫射，把面前的口中猴全部扫飞。但同时，背后有口中猴爬了上来，几下剧痛，我知道我的脊椎骨被咬了。

我学胖子往井壁上一撞，把背上的口中猴蹭了下来。坎肩从我刚才摔进来的井口下来，满身是血。他上来就拿着一根树枝乱打，把口中猴打退，我几个点射退到井口，问他："你怎么了？"

"胖爷那手榴弹直接落到我那口井里，要不是我动作快翻出来，小的就成虾酱了。东家，以后咱能不能不和胖爷一起出来，胖爷比这些东西恐怖多了。"

我都快被气炸了，打飞冲过来的口中猴，再次爬上去，就看到胖子被一只人面鸟抓在半空，但是他太重了，那只人面鸟飞不起来。我抬手把人面鸟的头打成血雾，对着胖子大吼："能不能不用炸药！"

我再回头一看，就见空中的人面鸟少了很多，几乎都掉在地上。

胖子爬起来对刚才叼他的人面鸟补了一枪，做了一个指挥家谢幕的动作："看胖爷这清场的效率，一颗二踢脚，大鸟都飞了；两颗二踢脚……"

坎肩爬上来："自己人也飞了。"

"小花。"我大吼，心想，别给胖子炸死了。地上被震下来的人面鸟开始爬起来。

我连射了几只，发现枪口根本抬不起来了，这才意识到自己的手有伤。刚才在极度亢奋的情况下，我连疼痛都感觉不到，竟然还能用刀，但是用后坐力这么强的步枪就不行了，几下之后，整只手已经没有任何知觉了。我立即把坎肩拽过来，把枪架在他的肩膀上。

坎肩瞄准技术极佳，抓住枪管就知道我想干吗。他拽着枪管帮我瞄准，我一梭子弹打完，他后脑勺的头发全被子弹壳烧秃了。

井中的人一个接一个翻了出来，小花也重新翻了出来，刚才应该也是又掉下去了。我们的火力越来越强，所有人都杀红了眼，一直杀到眼前再看不到什么目标，才停了下来。

耳朵中还是刺耳的枪声，空气中弥漫着硫黄的味道，空中什么都没有了，地上全是血块。

"枪口朝下。"我用尽全身的力气喊出这句话。

无数的蚰蜒汇聚过来，开始啃食人面鸟的尸体，地上流淌着绿色荧光组成的洪流。

"开溜。"胖子跺着脚。我把枪丢给坎肩，被人架着往林子外走。

所有的蚰蜒都被人面鸟的血肉吸引，我们不停地拍打，胖子还四处喷驱虫的东西，最后快速出了林子，上到山腰灌木区域。胖子一把火烧掉灌木，火灭了之后，我直接躺进草木灰里，天开始蒙蒙亮。

草木灰很暖和，裹上防水布，我沉沉睡去，醒来的时候，手臂的疼痛已经难以忍受。我翻身起来，太阳已经在头顶了，坎肩缩在我身边还睡得很死。

我起来把他踢醒，看到胖子和小花在一边煮茶泡饭，王盟他们在一边也睡得死死的。

我过去抓起胖子的脚，把他的鞋脱下来，走到王盟边上，抓着鞋狠狠对着王盟的后脑勺儿抽下去。

第十九章

抽王盟

抽到第二下，王盟才醒过来，摸着后脑勺儿一脸疑惑地看着我："干吗？"

我上去一顿狂抽，把他抽得爬起来满营地跑："吴邪！不要以为你人多我就怕你！"我火更大了，一个飞腿把他踹了一个趔趄，胖子伸腿把他绊倒，他摔了个狗啃泥。我上去直接抽了他两个大嘴巴子："说，你搞什么？"

"你搞什么我就搞什么，只准你搞，不准我搞，没有这个天理！"王盟还不服气，我反手一个巴掌把他抽飞，上去一脚踏住他的胸膛，把鞋子丢给胖子。

王盟狠狠地瞪着我，不停地喘气，但是也不敢再说什么。我盯着他，他盯着我，良久他才道："如果他死了呢？十年里可以发生很多事情，你也变了，他也变了，就算不死，他也可能忘记你了，你冒着生命危险到这里，来接的只是你的心魔。"

我点起一根烟，冷冷地看着他。

王盟继续道："你知道他和你说，让你十年之后去找他，他只是给你一个未知的希望，人都是健忘的，他以为十年足够你忘记了，你知道没有人可以在地下生活十年。你是疯子才会真的来接他。"

胖子和小花都看向我们，王盟指着他们："为了你的心魔，你把这些人都拖下水了。你把我也拖下水了，我的人生原来不是这样的，你不能因为你一个人的心魔，想怎么样就怎么样，这不公平！"

我松开脚，看了看我手上的疤，没有想到王盟会和我说这些，但是，我内心早就不会有任何动摇。"每个人都有自己的心魔。"我说道，"你的心魔是什么？"

他看着我，无法回答。

我冷冷道："我给你两个选择，要么你现在回去给我继续看铺子，要么我现在把你埋在这里。"

他的眼圈一下就红了。

"你连谈论都不想和我谈论。"

"有些人的约是不能放鸽子的。"我说道。闷油瓶也许不会出现，我也许会死在路上，但是经历了那么多之后，我需要一个解脱，一个句号。这个解脱不是顿悟可以解决的，在过去的十年乃至之前的人生中，一切都现实得可以亲手触摸，这些记忆需要一个结局。

"不过，等我回来，我可以告诉你，为什么我一定要这么做。"我看着他说道。

王盟看着我，胖子过来蹲在王盟边上："回去吧。你这智商，既阻止不了我们，也阻止不了自己死。"

王盟站起来，昨晚的记忆让他不敢逞强。他收起自己的装备，他的手下也一个一个站起来。我给坎肩使了个眼色，坎肩把一些食物丢给他们。

王盟看了我一眼，转头一瘸一拐地往山外走去。走了几步，他回头低声说道："老板，你一定要活着回来。"

我点头。他回头，沮丧地，慢慢地，开始走远。

我猛吸了一口烟，胖子说道："他让手下假扮小哥，是想——"

我没有听胖子后半句话，我没有兴趣知道他想干什么。我问胖子："你是怎么从地下出来的？"

胖子的努力

第二十章

这么多年下来，我已经不习惯有人对我付出什么，这些人终究会因为各种各样的情况而离开。留下一堆感情然后离开的任何事物，我都不喜欢。我喜欢自己的朋友每个人都是自在的，不需要我什么，我也不需要他们什么，每个人行动的理由都来自自己坚定的内心。

我倒上茶泡饭在边上坐下来，胖子用树枝在地上画了几道："你们走了之后，我就尝试着小范围地炸山，没想到，只炸了两三处，整个山盖就松动开裂了，整块区域塌了下去，露出了一个大洞，下面全是齐腰深的水，我就带队下去，下面是一条小河，河道所处的隧道时高时低。我们蹚水而走。这条河有三段是露出地面的，山壳开裂，在河的上方山体上出现裂缝，像一线天一样有阳光照进来，其他部分都是在地下。走到头的时候隧道变得很窄，顶部开始出现向上的人工修建的井道，我们听到上头有人的喊叫声和枪声，就往上攀爬，看到有石板拦在井底，就一层一层炸上来，然后就看到你们了。"

炸药旋起的气流在井道中冲过，发出恐怖的咆哮声，把我们吓个半死。

我看着胖子画的路线，陷入了沉思。

胖子进入地下河的地方，东夏和蒙古曾在那里有一场血战，说明那个地方的山体对于东夏人来说非常重要。现在证明下面有一条地下水脉，一直通至我们发现的这片全是古井的森林。胖子说，水脉还在往地下延伸。

这里离云顶天宫还极远，长白山腹地有大量水源，不需要从这里输送雨水，这条水脉一定通往地下某处，那里是东夏关键所在。这边的森林之中栖息着那么多的人面鸟，显然水脉和它们的地下栖息地也相通。

它们的栖息地，就是青铜门的所在。这是一条新路。

我招呼人整顿装备，清点子弹，自己找郎中去看手，郎中说骨裂了但没断，给我打了一个夹板，让我尽量不要用伤手。我打上封闭，看王盟已经走到很远的地方，就对胖子道："我们得继续往下，下面空气情况如何？"

"有活水，空气就不会有问题，但井口下面的区域，水道已经很狭窄了，再往前走是走不过去了，得潜水下去。"

我点头。我们只有三套潜水器械，还在外面没带进来，这里有潜水经验的只有胖子和我，还有一个专门走水路的伙计。他跟着他老爹在黄河捞尸，二十多岁，一头非主流的长发，浑身惨白，身材修长，有一米九几，身若无骨，在水里游的时候像条白蛇一样，人称白蛇，外号叫"素贞"。

胖子用卫星电话往山外打电话，让外面的大部队带所有物资进来，我也乘机养养。

当晚，我们往外撤了几公里，将营地安顿好。第二天，胖子留在原地，守营的人和我们会合。小花决定和我们兵分两路，他从陆路继续前进，看看还有什么发现。

等潜水设备运到，山谷之中已经非常热闹，我和白蛇两个人检查了设备，一行人再次回到林中找到了那个井口。

所有的尸体都被蚰蜒吃了个精光，只余满地的鸟骨，骨头下面盘踞着好多蚰蜒。我们调校了手表，下到胖子来的通道的井底，落地就是齐腰深的刺骨的地下河。

我用手电去照，地下河水清澈得一点儿杂质都没有，只看到掉下来的瓦片散落在河底。再往前，只能猫腰前进，河水流速很缓慢，我们往前走了大概三十米，就来到胖子说需要潜水通过的地方。水道往下延伸，全部浸没在水里。

氧气告罄

通道中只有轻微的硫黄味了，最近使用的化学炸药相对于以前的土雷管，气味和威力的可控性都强得多。我检查了手电的防水橡胶，将手电没入水中，光线在水中呈现一种亮橙色，非常特别的颜色。

我戴上潜水镜看了看气量表就沉了下去，往前的通道非常低矮，在水里只能猫着身子前行。

水道的四壁都是黑色片层岩石，非常粗糙，我在水里活动，把水中的杂质都搅动了起来，能看到很多细微的气泡和棉絮一样的东西在面前漂动。

我回头看了看胖子，胖子不停地打战，水太冷了。我做了个手势：快走！

身子高大细长的白蛇在最后，他必须横过来才能在管道中顺畅地移动。我做了一个手势，提醒他们盯着我氧气瓶上的灯，然后头往下一下栽了下去。

游了一段距离，我们来到一个水下的峡谷，大概有两人宽，两边犹如斧劈一样平整。白蛇掠过我的头部，摆动长腿迅速开始观察。

我有极强的深海恐惧症，也就是说，如果处于黑暗和虚空的环境下，我会陷入极端的恐惧中。有一部分是恐惧虚空中会忽然出现某种物体，有一部分是恐惧虚空本身。这里两边的岩壁虽然狰狞，但至少让我有所依托。

往下沉了十几米，我们已经分得很开。胖子活动开了，为了表示自己和白蛇的水性差不多，做着各种高难度的动作。白蛇则完全进入了状态，在水中扭曲，在光线下显得像水栖生物。

很快，白蛇在很远的地方打来信号，我招呼胖子，两个人朝他靠去，发现白蛇所处地方的两边岩壁上，出现了大量的浮雕。

浮雕大多被磨损，能看到很多人形，但所有的细节几乎都消失了。在浮雕上，有很多深孔，里面有生锈的铁桦。

这里之前有个古代工程，铁桦的位置大多集中在浮雕的下半身，感觉是一条栈道，浮雕是栈道两边的装饰。

真是穷讲究！我心想，都把墓修在这边了还他妈显格调呢！于是，我们沿着铁桦一路往前寻找。这些孔洞缓缓往下，似乎无穷无尽。

我心中隐隐担忧，氧气逐渐减少，虽然还带了几个罐子备用，但这一次如果没有结果，基本就可以放弃这条道路了。

很快到了峡谷的底部，底部全都是尖利的巨石，犹如尖牙一样朝上刺出，"浮雕带"由此转折往上，此时提示返程的警告灯亮了。

为了安全，我们必须严格按照氧气瓶的警告回程。这个时候，我看到一条鱼从我面前游过。

我的手电照过去，被光刺激，那条鱼立即游开，往上浮去。

我目瞪口呆，那是我们之前放走的一条鲇鱼，我能清晰地看到它鳍上的信号发生器。

鲇鱼生活在浅滩，我对其他人一指那条鱼，那两个人看了看自己的氧气表，犹豫了一下，白蛇第一个追了上去。

我们跟在后面，我的心跳开始加速，这是一场赌博，如果这条鲇鱼带我们进入更深的水域，我们在回程路上很可能因氧气耗尽而溺死在地下。

地下神龛

第二十二章

心中强烈的思想斗争和直觉共存，但身体还是老实地跟着鲇鱼往上游去。胖子越过我，我能感觉到他的口水从呼吸管边缘流出来。

一直往上，过了大概五分钟，我心中的焦虑已经到了顶点，无数次想转头往来的方向夺路而逃，这时早就抛下我们几乎紧跟在鲇鱼后面的白蛇再次打来信号。

我看到了希望，冲了上去，水的压力在身上缓缓变轻，很快头部一凉，我们的头露出了水面。

胖子打起冷焰火，照亮了四周，这是一片地下河滩，上面有一条缝隙，有天光从缝隙中射入，无数的树根和菟丝子从缝隙中垂下。

我们缓缓走上河滩，脱掉潜水装备，发现我们已经通过了被水淹没的区域，重新来到了水道可以通行的一片区域。

"鱼呢？"胖子问我。我蹲下来，看到这里的水面上漂着一层白色黏土一样的黏液，用手摸了一把，非常腥臭，这是动物的粪便。

抬头仔细看，我就看到这里的山壁上开凿出来一个一个的神龛，犹如敦煌洞窟一样，密密麻麻，很多神龛上都停着一只人面鸟，它们将头埋在翅膀下面，都在休眠。

所有人立即压低自己的呼吸声，胖子按住了携带的手枪。不过我们都知道，就我们三个人，如果在这里惊动了这些鸟，就都死定了。

这些神龛的中心是一尊巨大的青铜雕像，已经坍塌了，被鸟的粪便腐蚀得斑斑驳驳。

那些鲇鱼就是在这里被捕食的吧？我心想。昨晚大战，人面鸟的数量减少了不少，但是这些神龛往两边延伸而去，黑暗中不知道还有多少人面鸟在石壁上潜伏着。

"东夏人把这些破鸟当神一样供着。"胖子踢了踢脚下的很多骨头，用口型说道，"这儿的野兽都被它们吃光了。"

白蛇从地上捧起一具骷髅。他穿着潜水服，又瘦又高，简直就像云顶天宫里的生物。

"吴邪，你看这个。"

白蛇自诩对所有人一视同仁，他是一个有尊严的从业马仔，从来对我都是直呼其名。

我走过去，发现在动物的骨骼中，有着大量的人骨，其中有一些尼龙碎片附着，我翻动这些骨头，从里面找出半截生锈的皮带扣。

我知道这是谁的皮带扣，叶成当年就死在云顶天宫里，估计尸体就是在这里被分食的。

想不到竟然还能再见到故人的遗物，我有一种恍如隔世的感觉。

原路返回已经不可能了，我看了看手表，离天黑还早，最好的办法是从上面的缝隙爬出去。但看到了叶成的遗物，我忽然意识到，在这里，我或许还能找到另一个人的遗骨，他身上有些信息，对我还是有用的。

胖子认为我疯了，这个时候当然应该直接爬出去，再带着大队人马杀回来，到时候想怎么找就怎么找，但是我坚持还是要在这里翻一翻。

人面鸟只能消化口中猴的粪便，这两种生物的依存关系，最早在七星鲁王宫的水道中被发现，从我看到那只战国时期的铃铛开始，就已经屡见不鲜了。这长白山山底的殷商皇陵不知道是为谁而建，但是和七星宫所建的年代相近，显然这种技术在那个时代是有传播的。

万奴王进入地下之后就被妖化，我听说的传说各种各样，不知道是否能在殷商皇陵之中找到某些已经失传的东西。

口中猴是杂食动物，除了大型兽类，它们一般捕食一些两栖类和啮齿类的小动物，比如耗子、青蛙什么的，所以水底沉的很多碎骨都很小，大骨头都是人面鸟叼来的比较大的猎物的。

陈皮四阿公的鼻梁骨被人砍断过，所以很好认。我们找了半天，找到十几具人骨，但都不是。我来到山壁底下，忽然看到山壁上有很多指甲印子，数量非常多。

胖子问我："是鸟挠的吗？"

我摇头，鸟的爪子分三叉，这些指甲痕都是五根手指的。这要么是人面猴的，要么是人挠的，但人面猴的爪子没有那么大。

"这可不是什么好兆头。"胖子说道，"看来有人和我们一样来到这里，但是没爬出去啊。"

我用指甲在岩石上划了一下，没有留下任何痕迹。

这不是一般的指甲可以划出来的痕迹，在这里想爬出去的东西，如果是人的话，状况很不正常。

"我爷爷临死的时候，一定要火葬。"我轻声冷冷地说道，"霍老太太的皮肤、陈皮阿四的寿命，都有一些诡异。老九门平三门和后三门的这些人，只要是行动型的人到晚年生理情况都不是很正常，不知道在史上最大的盗墓活动中，他们经历了什么。"

"你什么意思？"

"我在想，如果我爷爷不火葬，他会变成什么东西？"

陈皮阿四没有火葬，尸体应该会被叼到这里。如果他和我爷爷的体质一样，那么，我也许能知道爷爷一定要火葬的理由。

"你们先出去。"我看向一边的黑暗，我要进去看看，这条通道通往哪里。

第二十三章

粽子

胖子看着我："想什么呢你？你以为胖爷是陪你来这儿的？"他拍了我一下，"你不来，我也会来。"说着，自己先往一边的黑暗中走去，并示意我跟上。

我哭笑不得，示意白蛇也跟上，胖子一个人在这里攀爬风险太大，还是同进同退吧。

三个人小心翼翼地蹚水往黑暗中走去，离开有天光的地方，里面迅速变为一片漆黑，我只往前走了十几米，就知道不可能再继续探索下去。

"这些鸟也不知是死是活，在黑暗中使用手电，那我们就是靶子。"胖子说道，"昨天我们刚把人家七大姑八大姨全弄死了，今天就不要再上门偷东西了，胖爷我是有良知的。"

接下来，如果使用手电，光照到那些人面鸟身上，后果不堪设想。两相权衡，还是决定先撤。我对胖子说道："咱们的子弹够不够再回来的时候把这里扫干净？"

胖子叹了口气："天真，这么多年你变得毫无人性，杀了它们的爸爸还要杀儿子，不过我喜欢。在我们赶尽杀绝界，子弹是最没效率的，咱们出去把你的狗杀了，肉里拌上氰化钾，往这里一丢，保证不废一弹就——"

"别他妈打我的狗的主意。"我怒道。我知道他在开玩笑，但那些狗听得懂人话，这些话如果被它们听到了，说不定晚上就偷偷先把胖子弄死了。

正准备转身，胖子忽然又把我拉住。

"你年纪大了，开始啰唆了是吧？"我怒道。

"我哪儿年纪大了？你年纪小？你年纪小，你眼神儿那么差？"胖子看着黑暗中，示意我看。

我眯起眼睛，黑暗中什么都看不到。

"你是不是出现幻觉了？"我道。胖子用手电指了指水中，我一低头就看到很多小鱼在石头的缝隙间游动，密集地往我们前方的黑暗中游去。

"这是泉鱼，前面有腥味才会这样。"胖子缓缓顺着鱼游动的方向移动光斑，把手电抬了起来。

光柱射入黑暗中，我隐约看到，远远在河滩和岩壁的交界处，有一个人形的东西，面对着岩壁站着。

很远，看不清楚，我正要上前。

"新设备。"胖子拉住我，拿出望远镜，调动焦距，舔着嘴唇，"用这个看我铺子对面那卖翡翠的大长腿，连毛都——"他忽然闭嘴，转头看我。我问他怎么了，胖子拉长了下巴，但是说不出话来。

这么多年了，胖子从来没有说不出话来过。我一把抢过望远镜，对着手电的光斑看过去。

我看到一个赤裸的老人笔直地站在黑暗中，手电光下这个人身上的皮肤是绛紫色的，整个人干涸得像树皮一样，两只手垂在身体两侧，手指的指甲一直垂到水里。

"四阿公？"我的手抖起来。

虽然有预判，但是实际看到故人的尸体时隔十年仍旧僵化地站立在这里，还是让人难以接受。

"粽子！"胖子用口型说道，"别叙旧了，快跑。"

"要看到正面。"我说道。我们还有一些氧气，我要潜水过去，看个究竟。

第二十四章

四阿公

"僵尸会游泳吗？"我们重新背上潜水瓶的时候，白蛇问我。

我回忆了一下，好像没有任何古籍有过僵尸游泳的记录。不过，人既然已经死了，应该不可能再被淹死一次。

"死沉死沉的，死人特别沉。"胖子道，"那玩意儿到水里就沉底了，没戏。"

轻声细语地说话在山洞中也有回音，听着像很多人在窃窃私语，让人毛骨悚然。出水一段时间后，毛孔收缩，我越来越感到洞里寒冷。

胖子觉得这回音很有意思，又说了一句："吴邪是个小三八。"整个山洞回荡着胖子的细微的声音。

我瞟了他一眼，戴上潜水镜，胖子抓住我的手，表情有些严肃。

"未必是陈皮阿四，你真的要去看吗？"

"你是指可能是小哥？"

在地下变成一具苍老的僵尸，真是适合他的结局。不过，不可能的。

洞中的水下是卵石，我们戴着脚蹼艰难行走，于是都趴下来，没入水中。沿着岩壁的部分水不深，勉强把我们淹没了，可以用手拨弄滩底前进，我适应了一下，往那个老人站立的地方游去。

估摸着游到差不多的距离了，我拧开手电，缓缓地，单手撑着滩底，把脸露出了一半在水面上，另一只手伸出水面，把手电照射过去。

我看到刚才那赤裸老人站立的地方，空空如也。

"没了？"我心中纳闷。一边胖子和白蛇也抬头出水。我们四处去看，都不见那老人的身影。

"去哪儿遛弯了？"胖子关掉氧气瓶，直起上半身，"嘿，这老头还挺利索。"

我估摸着时间，一来一回加上穿上潜水服，时间花得不多，他肯定走不了多远。

胖子问我怎么办，我把手电照向水下，多少我也要找到一些线索。四处探照，猛地看到几米外的水面上，有一个人头。

人头的脸上全盖着头发，看不清脸，但能看到水下躯干的影子，指甲很长，在水中泡软之后，像水草一样打卷。

"大爷，泡澡呢？"胖子轻声说道，"你去问问他要搓个背吗。"

我们的状态很尴尬，脚上有脚蹼，背上的氧气瓶在没有浮力的情况下很重，在浅滩水域就像搁浅的鱼一样，站也站不起来，游也游不快。

我对他们甩头，三个人缓缓往深水区退，慢慢地沉入水中。

手电沉入水下，再往前靠近，光柱穿过浑水照出了水下的尸体。

他站在水中，瘦得几乎皮包骨头，皮肤褶皱苍白，就像泡在福尔马林中的尸体。我看到他身上有文身，不是麒麟，是旧社会的一些文身，很淡的青色，因为皮肤褶皱，已经看不出是什么。

是四阿公，虽然我没有看到他的脸和眼睛，但我认得这些文身。

胖子拉着我快走，同时，我看到了那具尸体的脖子上挂着一个东西。

我眯起眼睛看不清那是什么，但是我的内心涌起一种直觉，死了这么久还挂在身上的东西，肯定非常讲究，而且对于死者本人来说非常重要。

我指了指脖子上的东西，胖子摇头。我再指了指，胖子还是摇头。我看了一眼白蛇，又指了指，胖子和白蛇都摇了摇头。

我甩掉胖子的手，矮身贴着水底，想潜到四阿公的身后去。忽然，水中一震，瞬间惊起的水泡眯了我的眼睛，我立即摆正自己在水下的姿势。我看到四阿公消失在我面前，同时水中有一个影子在游动，动作像极了海猴子。

这不是什么僵尸，我心中一凛，想起了爷爷的遗嘱。

这东西不是什么僵尸，而是另外一种东西。

它有专门的名字，但是也有一种别称，我们叫它海猴子。

第二十五章

落单

　　我来不及仔细思考心中的念头，就见白蛇首先做出了反应，水中一震，他第二个消失在我身边。我和胖子往深水区一靠，手电一照，就看到两个白色的影子在我们身边闪过，其中一个在瞬间跑远的同时，手电闪了两下。

　　白蛇的信号，让我们立即跟上撤离这里。

　　我实在不知道应该怎么办，第一次碰到这种东西和上一次碰到这种东西，采取的策略都是跑。我和胖子对视一眼，我忽然冷静了下来，理智瞬间回归。

　　什么都别想，先跑！

　　我和胖子往后狂游，跟着白蛇的影子一路上了浅滩，胖子甩掉氧气瓶和脚蹼。一抬头，胖子看见白蛇已经爬了上去，也跟着往山壁上爬。

　　我甩掉脚蹼，踩着齐腰深的水赶上去，忽然四周水波一荡，我的脚踝擦过触感奇怪的东西，接着一股巨大的力量将我直接扯倒在水里。

　　我挣扎着爬起来，呼吸器掉了，四周全是水泡，慌乱间，我看到水泡中有一双无神无瞳孔的白色眼睛。接着，那股巨大的力量把我往水底扯去。脚踝处剧痛，显然被什么东西死死地钩住了。

　　我最后一次用力出水，看到胖子重新跳了下来，朝我冲来，接着我一下被拖入深水。我仅留的理智让我抓住呼吸管，塞进自己的嘴巴里。

　　接着我开始旋转，头部不停地撞上滩底。我能感觉我被拉进一个狭窄的缝隙里，我死死地拽住了手电，我知道这是我唯一的希望，只要有两三秒的时间，我就能有应对的办法，但所有的办法都需要照明。

瞬间，我就发现我的握力不如以前——可能是因为之前的骨裂，接着手电被撞脱手，看着手电光迅速远去，四周顿时一片漆黑。

混乱中，我大口呼气，氧气灯亮起，很快我就发现吸气的效果减弱——没氧气了。

我顿时冒出一身冷汗，但强迫自己安静下来，放慢呼吸，停止手脚的挣扎。

四周非常安静，我一路能感觉到滩底有石块，除了氧气灯，什么都看不到。但我知道自己正在以极快的速度在水中前进。

我不知道过了多久，也许只有一两分钟，但是在黑暗的水底感觉被拖了很久，我的体温迅速下降，失去了触觉，意识也开始模糊。

不知道中间隔了多久，我的意识再次恢复，感觉到了暖和，这种感觉好像开车秒睡一下，睡了很短的时间，醒来的瞬间却觉得自己睡了很久。

接着，我发现呼吸器不在我的嘴巴里，但是我可以呼吸，脸很疼。

睁开眼睛，氧气灯的红光照亮了很小的一块区域。我的上半身出水了，但是下半身非常冷，能感觉到水泡着我的脚踝。

我尝试爬起来，有一只手臂，我甚至分不出是哪只手臂，完全没有力气。

我尝试黑瞎子教我的呼吸法，尝试动身上所有能动的地方，很快感觉到处蔓延，我坐了起来。

我发现氧气瓶不见了，只剩下一些配件挂在潜水服上。地下是石板，我能触摸到。我拿起氧气瓶警示灯，就像在宇宙中拿起一颗星星，我一边贴着地面摸石板的缝隙，一边贴近红光的范围，努力让自己清醒。

第二十六章

流星锤

石板是人造的，这么黑应该是在地下，在这个地方，地下的人造建筑物只有那个皇陵。我搞砸了，除了氧气警示灯我再没有任何照明物，氧气灯最多坚持20小时就会熄灭，我要在黑暗中继续摸索下去。胖子和小花再次找到我不知道要多久。但，我或许更靠近那道门了。

只要能让我看一眼四周，就知道自己在什么位置——如果我已经在殷商皇陵之内，那么，即使在黑暗中，我推演无数次的路线，不用眼睛也能走完。

不知道为什么，我忽然笑了起来。

黑暗中，应该没有任何人看到。

眼睛慢慢适应了绝对的黑暗，小小的氧气警示灯的红光，也照出了四周的模糊轮廓。

我脱掉潜水服的上衣，四周的温度非常低，都能哈出白气来，当然白气我也看不清楚。

我拿着氧气灯，往前走了几步，看到了一块石墙，于是往后走了几步，是一个台阶。

随即我发现，我所处的位置，就是一处长而宽大的台阶，一路从水中延伸上来。但是，露出水面的部分有很多方石，有大有小，大的如卡车那么大，小的都是碎石，都是从台阶上方滚落下来的建筑石料。这些坍塌的石料堵住了台阶往上的路。

我拿着氧气灯一点儿一点儿地查看，脚下老是踢到东西，我低头贴着地面查看，用氧气灯缓缓地探着，看到了一双赤脚，脚上的趾甲很长，如同鸟爪一样。

我不敢往前，在微弱的红光下，远远地看到陈皮阿四面对一块堵路的巨石站立着，几乎贴在巨石上。

　　他想往前走，但是走不过去。

　　就是他把我带到这里来的，我吸了口气，看到他面对的巨石上，用炭写了一些文字。光线极暗，又被他挡住，我完全看不清楚，而且氧气灯也逐渐暗淡起来。

　　我的心脏狂跳，看着他对着岩石的背影。

　　他脖子上的东西还在，从这个距离看上去，似乎伸手就能抢过来。

　　我捡起一块石头，朝水里丢了过去，石头落水发出声音。

　　他无动于衷，我无法理解他为什么会把我带到这里来，也许他只是在重复做生前一直做的事情。

　　潜水服干了，我想起三叔在海底的经历，当时就是潜水服救了他一命。

　　我手里什么都没有，只有这一件衣服了。我想了想，把潜水服的裤子脱了下来，在一个裤腿上绑上了一块石头做成一个流星锤。

　　好了，我小心翼翼地弯腰靠过去，这个举动要么能让我获得主动，要么就彻底让我陷入最糟糕的境地。

　　"四阿公！"我叫了一声，"还记得我吗？我是吴家的！"

　　面前的尸体缓缓地转了过来，极弱的光线下，只能看到白色眼睛的反光，然后我听到了熟悉的"咯咯咯咯"的声音从它的喉咙里发了出来。

　　"四阿公！来，抱抱。"我深吸了一口气，开始后退。它转过身，似乎在寻找声音的来源。

第二十七章

仙蜕

爷爷他们，甚至是陈文锦他们，一定是遇到了什么事情，让他们的身体发生了变化。那件事情有很多种可能性，比如说，他们吃了什么。

他们一直在古墓中寻找长生的古法，传言方士会将长生之法留于自己的墓冢，但黑瞎子和我说，如果真的可以长生，那些方士又怎么会有墓呢？所以，在古时才有去仙山寻找修炼人的仙蜕的行为。仙蜕指的是古时候人成仙后留下的尸体，往往非常苍老但是日久不腐。

我面前的东西似乎就是一具仙蜕，但是没有人和我说过，仙蜕长得和僵尸一样。

不论发生了什么，他们的身体都受到了那件事情的影响。我爷爷认为他死后尸体会发生变化，陈皮阿四一直活到生死不明的地步。而陈皮阿四死后，尸体的状况确实匪夷所思。陈文锦则更加严重，我调查得知，她认为她会在一个极短的时间内变成一只怪物。

他刚才游动的样子，完全是海猴子，但现在又很像瓜子庙的那具粽子。难道我们遇到的所有的怪物，其实都是一种东西，只是环境不同，他们的样子也不太一样？

陈皮阿四的尸体朝我一点儿一点儿靠过来，我甩动我的流星锤，只要稍微离远一些，我就看不清楚四阿公四周的状态，实在太暗，但是他似乎不用靠眼睛就可以知道我在这里。

"得罪了。"我看准机会，第一次把流星锤甩了出去，同时我人也跑起来，希望能够让流星锤缠绕上陈皮阿四的身体，然后我在另一头接住，这样我就可以将他绑在某块石头上。

但是，流星锤没有我想象的那么好用，因为它的长度本来就不够，所以甩在四阿公身上之后，只是重重地打了他一下，然后就掉了下来。

我把它拉回来，准备再次甩出去，氧气灯在这个时候熄灭了。

四周在一瞬间回到了绝对黑暗中。

我胡乱地把流星锤甩出去，这东西打在石头上，冒出了火星。我拉回来，心脏开始疯狂地跳动，脑子一片空白，绝对的黑暗就是眼睛不会带给大脑任何需要处理的信息。

我像直升机一样甩动流星锤，确保没有东西靠近我，可才转了两圈，忽然就打到了某个东西，流星锤落到地上，我拉起来一边后退，一边重新甩动，就差喊一句"星云锁链"了。

甩了一下，又打到面前的石头上，火星四射。

石头，对了。

我摸索过去，摸到那块一人高的石头，开始往上爬去。锋利的石头立即划破了我的脚底，我忍住剧痛，一直爬到这块石头的顶端，指甲都翻起来好几片。

我有了一些安全感，想把流星锤收到身边，刚往回拉了两下，忽然感觉手下一紧，流星锤的锤头好像被什么东西抓住了。

我一拉，对面的力气十分霸道，我拉扯不动。

我不敢再拉，忽然心生一计，把流星锤绑在潜水上衣的袖子上，然后把潜水上衣脱下来，包住这块岩石。因为岩石有棱角能卡住衣服的纹路，在下面拉紧之后，潜水服非常牢固地挂在了岩石上。

我想仙蜕总不至于能知道自己正在和石头拔河吧。

我小心翼翼地跳下石头，使劲摇晃氧气警示灯，这东西是和气压表连在一起的，锂电池按道理没有那么快没电。我忽然意识到氧气瓶没氧气了，是不是气压表有问题，于是又去摇气压表，摇了几下，红灯又亮了起来。

我有两个打算：第一，立即去看石头上炭字的内容；第二，立即找到第二个光源，这个氧气警示灯坚持不了多久。

我打着小算盘，微光中看到了拉着流星锤的人影，于是贴着另一边避开，来到刚才陈皮阿四面对的那块石头前，将红灯贴上岩石，几乎是一个字一个字地辨认着。

第一个字是："如"。

我眯起眼睛，把文字看完，五行字：

如有后人到此处，
见我遗体，
取我鼻骨半分，
内有乾坤，
可得过往一切因果。

秘密。

我的手颤抖着，回头看了看黑暗处。

我一直不知道陈皮阿四的双眼是不是真的瞎了，但他活着的时候几乎没有任何盲的迹象，连同他的鼻骨折断，至今让我不得其解。

他身上肯定有很多秘密，陈皮阿四不像其他人，他没有道德包袱，杀人不眨眼，也不太计较别人的死活。我的家族往往为了顾全大局，会百分之百地戒备，这导致了传达的信息太隐晦，以至于流传不畅，但陈皮阿四不会，他留下的信息让我涌起了长久没有的好奇心。

但，我真的不知道如何在这种状态下取下他的鼻骨，我觉得他能放过我的鼻骨就不错了。

我深吸了一口气，缓缓地朝黑暗中走去，来到陈皮阿四身后，闻到了一股淡淡的香味，我知道这是所谓的"禁婆香"。这更加让我觉得，我们见到的所有粽子，可能都是一种东西。

我捂住鼻子，慢慢地靠近他，并尝试弄出一点儿动静。

不知道为何，他没有反应，我拉了拉自己的短裤，继续尝试着一点儿一点儿靠近。

面前的人影在极其昏暗的光亮下，慢慢现出了轮廓，我浑身冷汗，凑到了跟前。

我看到了瘦成皮包骨的脸上，全是被水浸泡的褶皱和斑点，双眼鼓出但是没有眼珠，全是白色，双手的指甲缠住了我的流星锤。

尸体的鼻骨处有一道骇人的伤痕，划过双眼和鼻梁，东西应该就在伤痕下面。

怎么拿？

我屏住呼吸，心想，难道要从鼻孔中把手指插进去？那他妈的就牛×大发了。

我知道很多鼻子手术，需要提起上唇，把上唇和牙龈的连接处割开，掀起脸皮，可以露出整个鼻骨。其他方式是很难触及鼻子上端的，当然，直接敲碎他的脸也是一种办法。

想了想，我蹲下来退了回去，决定铤而走险，用一种最蠢的办法。

我咬住氧气灯，四处去搬石头，开始在陈皮阿四身边搭墙。

在黑暗中没有时间概念，也不知道过了多久，我敢肯定是相当久的时间。我浑身酸痛，终于在陈皮阿四的尸体身边，硬生生搭起了一个塔，把他包在里面。

这实在是乱来，小孩子过家家的水平，我爷爷和三叔要是知道了，非气死不可。但我什么都没有，能用的只有这些石头。

我知道这玩意儿力气很大，特地垒了好几层人头大小的石头，我是学建筑的，在力学结构上做了手脚，一块石头卡住一块石头，垒得越高，自身的重量会让这个塔越结实。就像吃猴脑一样，我用石块把陈皮阿四整体裹了起来，就剩一个脑袋露在外面。

然后，我爬到了塔上，举起一块尖利的石头，对准他的脸砸了下去。

只一下，陈皮阿四就动了，在石头圈里乱撞，石头很快松动，但因为我的设计，撞塌的石块都往他身上倒去，一下子他就被彻底压住了。

我又是一下，把他的整张脸砸塌了下去。石头鼓动，陈皮阿四想爬出来，我大喊一声："得罪！"用尽死力砸了下去，脸一下断裂豁开了，眼珠都被砸烂挤出了眼眶。

我不敢直接伸手进去，身边已经什么都没有了，只好脱掉内裤，包住手，伸进鼻子处，掰开面骨。

我摸到了一个环，似乎有一根铜丝，通入鼻腔之内。

第二十九章

小哥的秘密

陈皮阿四难道是一个手榴弹精吗？我的第一反应是这个。

当年佛祖讲经，坛前埋的一颗手雷日夜听经，竟然成精，如今死后现出原形，我只要一拉这环，它立即把我炸成鞑靼牛肉。

不过想来也不太可能，如果生前在自己鼻腔里植入手雷，被人抓住的时候，以抠鼻屎为名拉动引线，未免死得太惨烈了。

我拉动铜丝，四阿公整个人抽搐起来，想来我刨了爷爷的坟并筛他的骨灰，砍了霍老太的脑袋，砸了陈皮阿四的脸，九门有此后代，真是家门不幸。

忽然铜丝一松，鼻腔深处的东西被我扯了出来，那种从腔体中抽出东西的感觉，真是使人惊惧。

那东西上面全是黏液，滑腻得不行，我把它包在内裤中，用氧气警示灯照着细心观瞧，这是一枚柄部有着珠子的铜钥匙，我竟然见过。几乎同时，陈皮阿四的尸体开始萎缩，他不停地抽搐，皮肉也发出恶臭。

我捂住鼻子退后几步，最后关头抓住了他脖子上挂的东西，扯了下来。

陈皮阿四的尸体腐烂坍塌，缩入了石头之中，我松了口气，看着手里的两样东西。

这把钥匙，我在七星鲁王宫里见过，是在青眼狐狸身边的女尸嘴巴里，据说有防腐的功效。当时我拿出来之后，以为是开迷宫盒子的，但后来钥匙不知所终。没想到，钥匙会到陈皮阿四手里，并被他嵌入了自己的鼻腔里。

小哥是陈皮阿四的人，当时三叔从陈皮阿四手下借人，用黑金古刀换来他，这钥匙会不会是小哥混乱中拿去给陈皮阿四的？之后，陈皮阿四竭尽自己所能，90多岁了还涉险在这深山之中寻找云顶天宫，闷油瓶也在旁边帮助。

我慢慢开始看到了之前不曾注意的部分，以前一直在思考三叔的动机，以及小哥到底在做什么，现在看来，不如先理清陈皮阿四的这些相对简单的目的。

陈皮阿四参与过史上最大的联合盗墓活动，以他的性格，在那次行动中他应该会亲自涉险，之后他在广西活动了很久，还找到了已经失去记忆的小哥。

在广西搜索小哥，陈皮阿四应该是有目的的，因为对于九门解散之后那一代人来说，广西是一个发生了太多故事、藏了太多秘密的地方。

之后，失去记忆的小哥一直在为陈皮阿四做事。陈皮阿四是一个很聪明的人，他也许并不想知道真相，只想解决自己身体上的问题。也许是他得到了最初的那张战国帛书，将其散发到江湖上，最终我三叔解开了帛书的秘密。

我三叔看到这张帛书的时候，以我之后对他的了解，他一定用这张帛书设计出了一个很大的圈套，但陈皮阿四并不知道这一点。当陈皮阿四听说三叔会去寻找帛书上的古墓时，就把小哥借给了他。

闷油瓶在七星鲁王宫里完成了自己的工作，现在算起来，他拿走了鬼玺，调换了帛书，掐了铁面生的仙蜕，还给陈皮阿四带去了这把防腐钥匙。这一切，似乎都是为陈皮阿四来云顶天宫做准备的。

我到现在还能记得那些久违的感觉，小哥在七星鲁王宫里，有好几次，让我感觉他来过这个地方。但以他性格的沉稳程度，他如果不想让我知道，应该有办法装得毫无破绽，之所以让我看出来了，我觉得，是因为他很有可能在进入七星鲁王宫的过程中，记忆开始恢复，他自己都没有预计到会出现这种情况。

在协助陈皮阿四进入云顶天宫的过程中，小哥的记忆完全恢复，他已经知道陈皮阿四的目的。所以，让小哥最终走进青铜门的，不是陈皮阿四，而是他自己。

陈皮阿四想要什么呢？90多岁的高龄，涉险进入这里，金钱、爱情这些都不可能是动机了，陈皮阿四肯定认为这里有延长生命的办法。如果他参与过史上最大的盗墓活动，理应对这些事情非常了解。

老九门里的人都在史上最大的盗墓活动中，身体发生了变化，张起灵说过，他是为九门中的其他人去承担进入青铜门这件事情的。

会不会这是长生的一种代价？在史上最大的盗墓活动中，老九门里的很多人获得了长生的种子，但是整个过程，需要在青铜门内完成。他们需要在一定的时间内，找到青铜门，所以在20世纪70年代，老九门所有人疯了一样地在全中国到处寻找线索。在这个过程中，不断有人尸化，提供支持的人也开始逝世，最终剩下来的，坚持到底的，只有陈皮阿四。

我在黑暗中深吸了一口气，感觉到一丝凉意。

我爹是爷爷的长子，我爷爷是在什么时候生的我爹，是在史上最大的盗墓活动之前还是之后？为什么我爷爷在我出生之后这么感慨，称呼我为吴邪？

邪，到底是什么？

难道，他们在史上最大的盗墓活动中产生的变化，还能遗传？这是不是能解释我二叔、三叔和我父亲性格的迥然不同，以及中华人民共和国成立后这一代的九门人对于这些事情出乎寻常的兴趣？

那么，如果我是吴邪，那秀秀呢？小花呢？我无邪，难道他们是有邪吗？

我不敢再想下去。

在陈皮阿四脖子上挂的东西，是一块铁牌，上面印着一个地址、一个手机号码。

我有些意外上面会有这些东西。把铁牌翻过来，铁牌背后钢印着："如有后辈至此，见此铁牌，即见广西陈皮四，将尸首完整运至铁牌背后所印之处，可得一世之财。"

是块收尸牌，我不由得莞尔。之前是因为看到这东西，才一路想看个究竟，没想到引我来此的东西毫无价值，却得到了另外的线索。人生往往就是如此。

我看着铁牌子，忽然想着我随便找具老人的尸体送到那个地址，说不定还能大赚一笔，随即觉得羞愧，这商人的习气，年纪大了不减反增，可见我活得是更加真实了。

我一边告诫自己这次来的目的很单纯，一边顺手就把铁牌子给自己戴上了。戴上之后，我忽然又觉得不对，这脖子上的东西似乎和石壁上所说的有所矛盾。

如果陈皮阿四希望后辈将自己的尸体运回去，那么，他又为什么要另外引导后辈去砸他自己的脸呢？这实在说不过去。

我跳下石塔，光着身子还是比较尴尬的，不承想只是到了这个地方就已经这么狼狈。再次来到石壁之前，看那五行字，我不由得笑了起来。

这不是陈皮阿四的笔迹，不是因为我认得他的笔法，而是我认出这是闷油瓶的笔迹。

太久没有见到了，初见有些生疏，但再仔细看时，我立即就想了起来。

这应该是他和我分别之后，再次来到这里的时候留下来的。

这是写给我的，他知道我会履约。他把线索藏在陈皮阿四鼻子里，真是给我面子。

我捏紧了拳头，一种多年没有的安全感，忽然从心底生起。

如果他相信我会履约，那么我面对的不会是一个冷冰冰的云顶天宫，他一定会留下什么给我。

记号？

提示？

这把钥匙，不是陈皮阿四留给后人的，那么，是闷油瓶留给我的。

我尝试换位思考，如果我是闷油瓶，知道十年之后会有人来找自己，会做什么准备？我会在所有可能进入这里的地方给出提示："接我的朋友请往这里走，小心地滑。"

如果胖子和小花从其他地方进入，也许也会看到提示。

为什么是在这面墙上？陈皮阿四对着这面墙，应该会有一条固定的活动路线。为什么他会以一条固定的路线活动？是什么驱使他的？我脑子忽然闪过一丝灵感，提起铜丝看那把钥匙，钥匙后面的墨绿色宝石让我想起了青铜门的颜色。

我拨动钥匙，钥匙不停地转动，接着停了下来，慢慢指向了一个方向。

我再次拨动钥匙，钥匙旋转后停了下来，还是指向了那个方向。

敢情这东西是这么用的。

我的心跳加速，内裤是不敢穿回去了，我把它丢在了地上，从石头堆里扯回了流星锤和潜水服上衣，摸到水边洗干净后穿上。氧气灯几乎没有任何用处，照明距离只有几厘米，我还是将其挂在胸口，然后提着钥匙，顺着钥匙所指的方向，开始往前走。

眼前是一片漆黑，我走了几步，摸到了面前的岩石，开始爬上去。

什么都看不见，爬到顶部之后，我担心钥匙脱手，于是把铜丝系到一根手指上，另一只手摸索着前后左右，一点儿一点儿地在碎石中爬行前进。

爬了几个小时，筋疲力尽，我的手脚被磨破了，几乎失去了触觉，这个时候，终于踩到了平地上。

地面很粗糙，我第一次完全无法还原四周的环境，这里也许是青石板地面的墓室，也许是皇陵里面的神道，也许是护城河的河底，但是我的手向前摸去的时候，什么都摸不到。

我一步一步走着，在黑暗中，就像有人牵着我的手。

氧气警示灯再次熄灭，这一次怎么摇都亮不起来了。黑暗中，我的其他感官开始发挥作用。

我先是听到了更多的声音，四周似乎非常空旷，没有风，但是远处有着各种各样的声音，水声？雨声？我分不清楚。接着，我所有的直觉——方向直觉、时间直觉都消失了。我感觉不到我在移动，我也感觉不到时间在流逝。

我不知道自己在黑暗中走了多久，似乎只有几秒钟，似乎已经走了好几天。

这有效地证明了直觉这种东西，其实只是细微感官的快速反应，它的产生需要眼睛、耳朵、鼻子等感觉器官和大脑里的经验完美配合。

我的手重复地做着动作，我的脚，所有的感觉都在脚趾上。

Plan B。我努力回忆来的时候，和胖子他们商议的各种可能性。胖子看美国电影看得多了，满口plan B，plan C，可惜他对B的发音听着就不对。

胖子和我分开的地方，离这里并不远。以胖子的经验，他应该比小花更快找到这里。如果胖子和我失散，我们是怎么约定的？

两个方法。一个是用信号弹，如果我们在同一个空旷区域，胖子会打出信号弹，我们承诺必须先会合再进行下一步行动；一个是用声音，如果双方都丢失了装备，那么必须每隔一段时间，发出一种有节奏的口哨声。

我可以用手指，或者用一根线配合，吹出非常尖厉的口哨声来，但要想传播得远，还是需要一些能吹出高频哨音的东西。

我停了下来，蹲下，开始往旁边摸去，希望有可以使用的东西。

往边上走了两步，我便摸到了一只人脚，立在黑暗中。

我把手缩了回来，浑身冷汗，所有的汗毛都竖了起来，再往边上无意识地摸了一下，我又摸到了一只脚。

我心想，这里站满了人！

我说站满了人是有原因的，如果我摸到的是一只石头材质的脚，能感觉出来。石刻的足部没有那么多细节，特别是陪葬的人俑，足部的雕刻一般比较圆润，从温度和手感还有坚硬程度来说，一摸就知道。

这是人的脚，因为脚上的指甲很长，我还能摸到开裂的皮肤，是软的。如果是绷着皮革的人俑，我无法解释断裂的脚指甲，没有人雕刻一具石俑会把脚指甲雕成这样。

我怀疑自己是感觉错误，毕竟刚才就一瞬间，但我已经不像以前那样没有自信，仔细回忆了一下，我觉得我的感觉没错。

黑暗里，我身边站满了人，他们排着队，皮肤干枯，指甲还在生长，和之前的四阿公一样。

这些人应该是死人。

我缩回黑暗中，心脏狂跳。

四周非常安静，我刚才的举动并未引起任何动静。

我几乎能幻想出来，我身边是一排一排的干尸，他们很可能穿着甲胄，身上全是灰尘。

我暂时放弃了和胖子会合的想法，这一刻我对光的渴望达到了极限。我站起来，全身发麻，汗毛竖起，后脊背的冷汗一层一层地出。我深呼吸，把恐惧压了下去，想想自己这十年做过的事情，慢慢地，四周的压力变得不算什么。

我站了起来，感觉着手上钥匙的转动，再次开始往前走，眼前依旧一片漆黑。

如果十年里让我坚持下来的是一种信念，那这信念现在就是指尖的一丝引导，比起十年无法触摸到任何东西，这一点点指引，已经实在很多。

光，我必须有光。

我身上还有潜水服，有坏掉的氧气灯、一把铜钥匙、一块铁牌。用铁牌摩擦地面，只要速度够快，就会产生火花，但这些火花的温度未必够高，而且我也没有取火的火绒。

耐心，我告诫自己，边上的陪葬干尸属于游牧民族，尸体上很有可能会带有火镰等陪葬用具。据我所知，大部分游牧民族的腰带上都镶嵌有火镰燧石。

如果再往前走，我有可能会摸到木质的东西。我有铜丝，只要有木料，我就可以扯开挂着铁牌的绳子，绳子的端口会有棉毛绒，可以做引火的火绒。

总之，远不到绝望的时候。

一路在黑暗中往前走着，却什么都没有碰到，没有胖子来救我，没有木料，脚下的地面上一直是冰凉的石头，有的地方忽然出现碎石，我要小心翼翼地爬过去。

我走累了，躺了下来，如果是以前的我，在这种绝望下，早就疯了吧。我蜷缩在黑暗中，开始思索我第一次被一把钥匙带着走是什么时候。

是我爷爷迁坟的时候，老家出事，我在那次事件中得到一把钥匙。这把钥匙让我找到了爷爷真正的棺材所在，从而打开了上锁的骨灰坛，找到了那些箭头。

鬼玺，不知道该庆幸还是不庆幸，我把这个东西留在了外头。我是怕进来太危险，别再丢了，所以让它和大部队一起进来。如果这条路的终点是那扇青铜巨门，那我真应该随身携带。

我沉沉地睡去，虽然觉得很冷，但控制不住睡意。

醒来的时候，我看到了光。我愣了一下，发现我的手脚处竟然有光发出。接着，我一下清醒了过来，那是蛐蜒发出的荧光，它们在往我手和脚上的伤口里钻。

我爬起来，甩掉这些虫子，看了看周围，很多的蛐蜒被我的血腥味引来。

我的血时灵时不灵，我也发现了规律：在我心跳加速、体温上升的时候，我的血是有效的；但是当我体温下降时，我的血就和普通人的血一样了。

我爬起来，用尽自己所有的体力开始活动四肢，让体温回升。

我脱掉潜水裤，用裤腿当手套包住手，把蛐蜒的腿和牙都掰掉，然后抽出潜水服腰部的松紧带，把这些蛐蜒穿起来，做成了一串灯笼。我一手提着灯笼，一手提着钥匙，往四周看去。

荧光下，一具一具穿着盔甲的高大士兵，整齐地站在我四周。他们的脸部奇长，不像是人类。我认得他们，当年小哥就是穿着他们的盔甲，进入青铜门内的。他们的眼睛和陈皮阿四一样，眼睑被割掉，只有眼白，身上落满了灰尘。

小哥就是跟着这些东西进入青铜门的，难道这些阴兵是活的？

我不敢靠近，现在看，这些东西都已经干化了，刚才陈皮阿四也是这种状态，但是可以走动。是不是青铜门打开，这些东西都会醒来，朝门里而去？

闷油瓶一定到过这里，偷了他们的铠甲，混在其中。

我此时有一个大胆的猜想，之前的阴兵不是跟着闷油瓶进入青铜门内了吗？那这一些是下一批，也就是阴兵和果子一样，是慢慢成熟的，成熟一批，就进入青铜门一批，这一批可能还没有成熟。又或者，这一批阴兵就是我上次看到的，我身处的这个区域，已经是青铜门里面了？

青铜门里面并不是另外一个空间或者封闭的秘境，而是这个天宫另一块区域而已。

那我应该怎么做，我看着其中一具阴兵的铠甲，心想，难道我也要换上这套衣服？

我犹豫了几分钟，没有这么做。我告诉自己，我是来接人的，不是来换班的。这他妈不吉利。

我仔细观察四周，这个地方我没有来过，应该是那条地下缝隙的深处。我抬头往上看，上面一片漆黑。

我偏离了钥匙给我指引的方向，在这些阴兵中穿行，当年进青铜门，小哥就是从这儿出发的。我四处穿行，希望能看到一些痕迹。这时候，有东西——碎石掉在我头上，我抬头，再看上方，就看到远远的顶部，有几束细微的手电光。

我忽然意识到我在哪里了，上一次进入云顶天宫的时候，我们经过一个巨大的山体缝隙，里面数亿只蚰蜒形成的银河一样的景观。现在，我就在这个山体缝隙的底部。而上面，有人正按照之前的路线进入皇陵之内。

我手里的光线太细小，上面的人无法看到我，我也顾不了太多了，深吸了一口气，对着上面大喊："你是风儿，我是沙！"

声音循环往上，很快就失去了音调，但旋律还在，据说人脑对这个旋律的判断是最清晰的。我不能让他们认为我的喊声是风声。

我一边注意着四周的阴兵，一边竭力大喊。

四五声之后，上面传来了清晰的哨音，短短长长短短。

不知道是小花还是胖子，我大喜，接着上面碎石掉落，一个东西顺着悬崖滚了下来，实在太高了，滚了很久，才落到一边，是一个背包。落下来的力量非常大，直接砸到了一个阴兵身上，阴兵倒地，撞翻了一大片。

我条件反射立即找了个地方躲起来，几乎瞬间，我隐约看到，黑暗中所有的阴兵，脑袋都转向了我躲藏的地方。

我屏住呼吸，听到了无数的指甲挠动和盔甲抖动的声音。刚想调整躲藏的位置，忽然我就看到，有三四张奇长无比的尸脸，从黑暗中探了出来，在微弱的光线中，围绕在我周围。

我一口口水差点儿呛死自己，浑身起了鸡皮疙瘩，看着那些白色的眼睛，它们并没有和我僵持，而是快速地向我逼近，我条件反射地举起手，手里有那把钥匙。

它们几乎已经逼近到我的脸边了，我举手的瞬间，它们停了下来。

我喘着气，看着有三张脸几乎就在我舌头能舔到的位置，但它们确实停了下来。

手里的钥匙很安静，我的心狂跳，心里在喊：闷油瓶，谢谢你！

他确实想得非常周到。这把钥匙似乎材质特别，能够克制这些阴兵。

我深呼吸了几口气，平静了下来，看尸体仍旧没有动，准备站起来，想办法离开这里。一抬头，就发现我的头顶上，还有一张脸，在我没有发现的时候，有一个阴兵从我头顶上爬了下来。这一张脸又把我吓得不轻。

我闭上眼睛，从几个阴兵的缝隙中钻出去，立即来到刚才保龄球一样的背包边上，把钥匙叼在嘴里。

青铜门

　　我翻动背包，首先从里面拿出一只手电，我亲吻了一下它，打开手电，强光手电的光芒让我的眼睛一下子眯了起来。

　　强光之下，四周石块纹路、甲胄尸身上的材质和灰尘，都被照得发白。我抹了抹眼睛，喜极而泣。接着，我翻出一只高频哨子来。

　　我抬头，吹响哨子，同时用手电打出信号。

　　上头是胖子，信号打回来的时候我就知道了，他说他爬出了地面之后，已经和小花取得了联系，出去之后的区域就是第一次来的入口处，他抢先进来找我。

　　我松了口气，再次翻动背包，看到了压缩饼干，这才觉得有些饿。

　　胖子叫我尽快穿上裤子，否则蚰蜒会钻进屁屁里。我听他的话穿上了裤子，还从背包里发现了半盒烟。说是半盒，但里面只有两三根了，我一边骂胖子小气，一边点上抽了一口。

　　极度困顿的我顿时有了一种进入仙境的感觉，混沌一扫而空。

　　四周的阴兵再没有任何反应，但是我的冷汗越来越多，感官恢复之后，第六感越来越灵敏，我看着他们发白的眼仁，总有一种他们随时会动的感觉。这些东西在这里特别邪性，我打算快速离开。

　　胖子说我所处的位置，很可能能直接到达青铜门，但要小心大的蚰蜒和人面鸟。他继续前进会进入火山口中，他在那里和小花会合，之后按原路进来，带着鬼玺和我在门前碰头。

　　按照两点之间直线距离最短，我肯定先于他们到达，可能要在黑暗中等待一段时间。原本我都打算摸黑去了，这并不算什么。

回到正路上，看着钥匙的方向，我刚想开始小跑前进，就看到在手电光照耀下，钥匙闪动着灵动的光芒。

你的主人能知道我正在靠近吗？我心想。

胖子在上面沿着岩壁上的突起攀岩前进，速度缓慢，我很快就把他们落下了。

接下来的18个小时，我心无旁骛，在长白山深处的缝隙中一路狂奔，一直跑到头顶开始出现巨大的锁链。

第一次看到的时候，这里的场景让人震惊，如今再看，仍旧让人毛骨悚然。一条一条的锁链横贯在山谷两端，无数人面鸟停在上面，头蜷缩着，呈休眠的状态。我早已经走出了阴兵的方阵，屏息缓缓地在满地的骨骸和乱石中穿行。最终，我的手电远远地照出了一块青铜巨壁。

那扇巨大的青铜门，镶嵌在岩壁之中，安静地矗立在那儿。

手电的光芒照不出那边的全貌，它真的在那里，我曾无数次半夜醒来，以为这个东西是在梦中出现，其实并不存在。

不，它是真的，它就在那里。

我的心脏紧张得几乎要爆裂，我软倒在地，双腿不住地发抖。

我真的无法想象，有生之年，我还能回到这里。

手里的钥匙指向那个方向，我没有急着过去，想点起第二根烟，但看了看头顶的黑影，没有敢点。

远处有一块石头，像个平台，我爬了上去，发现双脚脚底已经全是伤口。

我看到有一团东西压在平台上的一块石头下。我走过去，拍掉上面的灰尘后，发现那是一套衣服。辨认了好久，我才认出这是闷油瓶的衣服。他把衣服脱在了这里，叠好，还用块石头压上去。

他又是换了甲胄进去的？我搬开石头，扯出衣服，都是外衣，还有一双鞋。我闻了闻，只有一股鸟粪味。

我把衣服上的污渍大概拨弄了一下，抖掉灰尘和干鸟粪，脱掉潜水服，把衣服和鞋穿上。穿鞋之前，我扯掉衣服口袋里的内衬，用来做袜子包住脚。

潜水服有保暖的功能，但终究不如衣服暖和。我抖了一下，无论怎么抖，衣服里还是能抖出灰来，但舒适的感觉开始回归了。

小哥没有什么私人物品，衣服口袋里什么都没有，我坐在石头上，有点儿发蒙。

我到了！

为了节约电池，我把手电关了，四周的黑暗中，出现了无数的亮点，寂静，幽然。我坐在黑暗中，犹如坐在漫天星辰里。

我眼前的光不停地移动，汇聚成一个又一个的星座，有些像三叔的脸，有些像小哥的脸。

　　这十年里面，我做过很多次梦，我梦到过年少的他和我在年少时相遇，梦到过青铜门前的白骨，梦到过再见时他已经变成陈皮阿四那样的东西，还梦到年轻时候的三叔把我拴在树下，自己一个人不知所终……在十年的时间里，很多可能性足够让我一个一个地设想，一个一个地接受。

　　在一切没有开始之前，我最有印象的应该是我的三叔吧。小时候在餐桌上——我家的餐桌放在窗前，窗外是一座桥，桥的那边有一家弹棉花的，他们家的小孩总偷偷到我家窗前，把我家纱窗弄破，偷我放在餐桌上的小玩具——我父母一直说是三叔闯的祸。三叔好玩，来我家的时候，家里人在熬油渣，三叔总是不帮忙做家事，而是举起我放在他头顶，然后带我出去抓蛐蛐。

　　我的心思很细腻，回忆起这些来，特别是这十年间，看到了很多以前看不到的东西。我喜欢抓蚱蜢，因为把蚱蜢抓来就是自己看，它不会叫，也不会和蟋蟀一样好斗。但三叔喜欢争斗，所以他的目的一直很明确。

　　对于我来说，抓蚱蜢是力所能及的。但抓蟋蟀需要到肮脏的地方，翻开砖瓦。蟋蟀看起来也非常可怖，风险很高，所以我一直跟着三叔，看他翻开石头，踩死油葫芦，扑那些在枯叶湿泥中跳跃的蟋蟀。也许从小的时候，跟着三叔去窥探他的世界，已经成了我的习惯之一。

　　黑暗中，我的脑海里闪过很多东西，爷爷的笔记，长沙镖子岭。爷爷那一代人，很多时候求的是一顿饱饭、一张暖和的床，但爷爷他们往往要竭尽全力才能满足这些。他们的爱情几乎是在一瞬间发生的，在田埂拉着翻犁远远地看一眼，爷爷他们往往就觉得自己喜欢上了一个人。那个时候的人，为了简单的目的，使用简单的手段，但做着这个时代无法想象的残酷抉择。

所以，爷爷对于人心是绝望的，这也是他那么喜欢狗的原因。

在这十年的时间里，我越来越理解爷爷，甚至也越来越理解小哥对于这个世界的淡漠。什么是人呢？这个世界上所有的人，都有自己完整的一套需要解决的问题，以至于你和其中任何一个人联系，其实都是在和他所有需要解决的问题联系。

十年里面，我越发明白自己能给予对方的最好东西，如果不能够解决对方需要解决的问题，那么你就算挖心掏肺，对方掉转枪口的决绝也会让你目瞪口呆。

世界上大部分的人，并不知道自己需要什么，他们只知道别人有什么，而他们不可以没有。所以，大部分人心是无解的，你能拿出的所有，必然填不满蜘蛛网一样横亘在人和人之间的巨大欲望。

如果我是小哥，一次一次地经历这样的人心，我宁愿人世间只有我一个人。少有人能阅尽浮华之后，仍旧天真无邪。可天生单纯的人，只能生存在无尽的孤独里。

我抬头看四周的光，它们还在变化，变成了蹦跳的蛐蛐，变成了十年里一幕一幕让我难过和无法理解的人心。

远处有一盏灯火缓缓出现，似乎是油灯，和这些光不同，那遥远的火光犹如鬼火一样。

我的心在刚才的思绪中沉了下去，我一时间无法分清楚这是现实还是幻觉。

那盏火光越晃越近，听着远处传来的脚步声，我才慢慢醒悟过来，心中恐慌。如果是胖子和小花，按照原来的计划，他们不应该在这里出现。而在这长白山山底，怎么会有人持灯而行？

难道是小哥在门里待烦了，出来遛弯儿？

第三十五章

无数个我

我在边上捡起一块石头，在黑暗中，想来他不会那么快发现我，如果有变，我用石头砸他，至少可以防身。

灯火晃晃悠悠，逐渐靠近，很快灯火就来到了我的前方。

我看到一个举着风灯的人，穿着破烂的冲锋衣，来到我的面前。他没有看到黑暗中的我，只是和我之前一样停下来喘气，四处观瞧。接着，他坐了下来，把风灯放在一块半人高的石头上，火光照亮了他的脸。

瞬间，我有了一种认识和不认识完全混淆的感觉，随即我便发现，这两种感觉都是对的。因为，我看到的是我自己的脸。来的人，竟然和我长得一模一样。

我眯起眼睛，张海客还是……

他的脸上充满了疲惫，在迷茫地环顾四周，不是张海客，张海客的眼神要坚定和锐利很多。他似乎没有继续前行的打算，开始整理自己的背包。他的背包里有一些吃的，他吃了起来。

我的手有些发抖，脑子一片空白，不知道该如何反应。忽然，这个人似乎听到了什么，警觉地抬起了头，我立即屏住呼吸，却看到他看的方向不是我这边。

他看向了峡谷的深处，我转头看去，又看到一点儿火光，从远处晃动而来。我面前的"吴邪"似乎紧张起来，他观望了一会儿，掏出了一把手枪，但接下来没有任何举动。

我抓住一边的石头，等了足有半个小时，才看到一个人举着火把，小心翼翼地走近这里。

这个人穿着攀山的紧身棉服，举着火把，背着一个巨大的登山包，来到我附近。他看到了风灯下的"吴邪"在看着他，但两个人都没有丝毫的惊讶，接着，新来的人放下了背包。

他的头发很长，比我以前的头发都长，胡子也很久没有刮了。他抽出了登山镐，用镐刨掉一个区域的碎石，给自己弄出了一个可以休息的地方。

我看着第三个人的脸，浑身的冷汗不停地冒出来，那仍旧是我的脸。

怎么回事？

我的脑子一下清晰，一下混沌，无法进行思考。

为什么不止一个我来到这里？

那些人，他们的举动，都好像我。难道，那些我发现的和我长得一样的人，也就是让张海客一直困惑的那些伪装的"吴邪"，都来到这里了？

接着，在远处的黑暗中，一盏一盏的灯亮起来。我惊悚地意识到，无数的"我"开始往这里走来。

他妈的，我心想，我浑身的汗毛都立了起来。

这些人，他们互相并不在意，来到附近之后，都是和我之前一样，找了一个地方坐了下来，也不交谈，也不注视，就默默地安静了下来。很快，在青铜门外的这片峡谷中，星星点点地亮起了很多火光，好比夜晚湿婆灯会时满山的火灯。

第三十六章

黑瞎子

　　我在黑暗中待了很久，一直到这个地方已经没有黑暗给我隐藏。等我反应过来，我已经在他们之间穿行了很久。他们没有一个人抬头看我，他们有的迷茫地看着四周，有的看着手里的东西，有的在闭目养神，有的干脆睡了过去。

　　我捏紧了手里的石头，不明白这是怎么回事，但我知道，这样的场景，和我无数次想象的都不一样。

　　把他们都杀了，我的心里不停地涌起这个念头，不管这些人为什么会出现，但我不要这么复杂的局面。

　　我拿着石块，来到一个睡着的"吴邪"身边，冷冷地看着他，把石头举了起来。他翻了个身，睁开眼睛，看着我，眼神中没有一丝的恐惧。这个时候，我忽然意识到，自己在什么时候见过他。

　　他疲惫地睡在石头上，手里拿着一瓶没有标签的白酒。这是我回到杭州最初的样子，我躺在铺子前，对着面前的西湖。人流如织，我喝着白酒，我根本就没有酒量，刚清醒一点儿，喝两口又晕乎乎了。那个时候，我觉得疲累绝望，一切都回到原点，我失去了所有，竟然什么都没有获得。

　　我放下手里的石头，看着四周的"吴邪"们，意识到他们都是我这十年里面的一个瞬间；每个人，都是过去十年中的一个自己——穿着不同的衣服，带着不同的警惕，拿着不同的武器。

　　人从没有这样的机会可以这么清晰地注视自己，我爬到一块大石头上，心里忽然想到：这是幻觉吗？为什么我那么多的过去，会在我面前投射出来？难道，我在不知不觉中，走到了青铜门的里面？我用手电照到的青铜门的光泽，是门的背面？

我正想着，就看到身边的火光一点儿一点儿熄灭，只剩下一团火光的残影，四周缓缓地恢复黑暗。接着，我感觉到有东西在舔我的嘴唇。

我的意识缓缓地回归，意识到自己在睡梦中，耳边有人说话，等我睁开眼睛，蒙眬地看到面前的篝火，小满哥在舔我的脸。

不知道小花给它吃了什么，口水臭得要命，我翻身坐起来，看到四周有几堆篝火。

旁边有人递水杯给我，我心中一松，接过水杯，这才发现自己手上的伤口被缝好了。

"来了？我怎么睡着了？"我说道。

有人往我水杯里倒入热茶："你不是睡着了，是休克了。"

"胡说。"我喝了口热茶，十年里，我经历过比现在严苛很多的环境，我怎么那时候不休克，反而在这里休克？

我转过头，以为会看到胖子或者小花，或者是其他人，但我看到了一个穿皮衣的男人，他戴着墨镜，端着杯子看着我。

"我还没有醒，对吗？"我喝了口茶，"否则，你怎么会出现在这里？"

"是的，我是你的幻觉，你马上就要死了。"黑瞎子和我说道，"这里的温度很低，你躺在石头上睡着了，他们在你死透之前找到你的可能性很小。"

"我不会死的。我死前的幻觉，怎么可能是你？"我说道。看着小满哥，我忽然有些不好的感觉，黑瞎子肯定是我的幻觉，但是我的幻觉里为什么会有这条臭狗？

我强烈地意识到自己还没有清醒。我站了起来，看向四周，一眼便看到胖子死在我背靠的巨石后面，他的脖子断了，手脚被扭成了麻花，脊椎骨露出来了，一只口中猴正在吞咬他脊椎里的东西。

"他在下来的时候，滑下锁链，摔断了脖子。"黑瞎子来到我的身后，勾住我的肩膀，示意我看另一边。

我转头看到小花的头滚在一堆碎石里，身体不知所终。

"你把他的头带出去交给秀秀，看看她这次理不理你。"黑瞎子说道，"他被人面鸟撕成了碎片，你的手下想去救他……"

在小花的头颅边上，坎肩被压在一块石头下面，眼珠子都被压出来了，脑汁从他的眼洞里流了出来。"这里的人面鸟抓着石头，像投炸弹一样丢下来。"

我朝他们走去,四周都是伙计们的尸体,四分五裂的,周围弥漫着血腥味和令人作呕的内脏臭味。

竟然没有一个活着!

我的手发凉,看向黑瞎子。黑瞎子说道:"我和你说过,也许会是这样的下场。只要有一个人继续走下去,他身边的人就会不停地遭遇这些。"

我没有说话,十年前,我也许会因此崩溃,但现在不会了,因为我已经认可了人生的无常。

黑瞎子看着我:"不说话?来,跟我来。"

"去哪儿?"

黑瞎子用手电指了指前方,我发现,那扇巨大的青铜门竟然已经洞开,出现了一条缝隙,正在缓缓合拢。

他从地上捡起一把枪,甩给我,然后朝着缝隙冲了过去。我检查了一下子弹,从胖子的尸体上捡起手电,也跟着他朝缝隙冲了过去。

人面鸟朝我们俯冲下来,我在他背后抬枪射击,每打十发子弹就打一发曳光弹。在漫天的光弧中,我趁着混乱冲进了缝隙之中。

第三十七章

石头人

缝隙内部一片黑暗，我枪口斜向上打出曳光弹，闪光中，我看到了无数的石头塔，那是用石块堆积起来的一座一座低矮的石塔，上面满是细小的花纹。

"这是什么地方？"我反身对着门口射击，打掉一只飞进来的人面鸟，更多的人面鸟一下涌了进来。

黑瞎子抓住我的脖子，将我按倒在一堆石头后面，反手扔出一根雷管，转身在半空中引爆。

巨大的轰鸣声在青铜门内形成一种非常奇怪的音效，我仿佛看到了声波划过整个空间，石头上所有的花纹都亮了起来。这些花纹闪着磷光滑过整个洞壁。我看到整个洞穴的墙壁上都是细微的花纹。声波过后是光纹，一路往地下深处传去。

漫天的血花落下来，黑瞎子大叫："站起来！"我和他一起站起来，对着门口不停地开枪，把从炸碎的鸟尸中爬出来的口中猴打死。

门里就是这样的吗？我看着四周，那些磷光闪动，好像在和我说话。

"这是什么地方？"我不由自主地停下射击问道。

"你自己看清楚！"黑瞎子吼道。

我看到那些花纹掩盖下的石壁上，满是被嵌入石壁的石人。这些石人浑身赤裸，表皮和这里的石头一模一样，像婴儿一样蜷缩在洞壁的坑里，成千上万。他们的肚子上有一根脐带，和这里的石头相连。

几乎同时，我也看清了那些奇怪的花纹，竟然都是算筹的数字。

这些石头人，有大有小，有些只是婴儿大小，有些是少年，有些是成人。所有的人都长着和闷油瓶一样的脸，一动不动。

他们安静地躺着，身上标记着算筹的数字。数字可能是用这里的昆虫做的染料书写上去的。我无法计算数量，因为我不知道这里面有多深，但是我看到，这里所有的山岩、山壁上，都长满了这样的石头人。

"汪藏海记，顺铁链而下，只见青铜巨门立于山底沉岩，内有石人万千，石胎孕育，脐带入石，无情无欲，算筹以计，累恒河沙数，不尽不绝。"黑瞎子说道。

"小哥他妈的是个石头人？"

黑瞎子打死最后一只口中猴，在地上的碎石堆中捡起一块石头丢给我，那是人手的形状。

"这些石头人，每隔一段时间，就会变回石头。这里每一堆碎石，就是一个张起灵。人碎之后，再隔十年才会再长成一个。"

"胡说。"我浑身发冷，看着一堆一堆的石头，我认识的那个张起灵，就是其中一堆？"我是在做梦吧，快些醒来吧。"

黑瞎子看着我："他只是一块石头，和这里任何一块都一样。"

"我在做梦。"我看着黑瞎子，"快让我醒过来！"

真实和虚幻的感觉不停地混沌，我觉得反胃，眼前的黑瞎子一下清晰，一下模糊。

他看着我："有的人赶不及回来，就会变成一座雕像；能回到这里的人，他的记忆中，他所珍惜的部分……"

我举枪对着黑瞎子："不要说了。"

"你不会开枪的。"黑瞎子看着我，"即使你觉得在梦里，也不会对我开枪。"

我放下枪，环视四周，蒙眬中，这些人就像蘑菇一样在岩石上长出来。这到底是什么地方？十年了，那……下一个小哥呢？我用手电去照那些石头人，忽然黑瞎子背后人影一闪，一把刀从他胸口刺了出来。

我浑身一颤，一下清醒过来，一个翻身坐了起来。

"哇，哇，哇，哇哇，哇！"身边传来人的狂叫，我转头看到胖子、白蛇，他俩都被我吓了一跳。

"诈尸啊你！"胖子看着被我吓了之后打翻的茶水溅满的前胸，怒道。我急忙看四周，炭火很旺，很暖和，我身上加盖了胖子的衣服。

我看了两圈找黑瞎子，没有发现他的存在。他不在这里，我放下心来。

"你们下来了？我睡了多久？"我动了一下，发现身上有暖袋。

"我们不知道，找到你以后，你一直在昏迷。"白蛇道，"你一直在低温环境下行动，可能精神太亢奋了，连自己的新陈代谢停止了都不知道。吴邪，你真的令我很失望。刚才到底发生了什么？"

"白娘子说得对，白娘子什么都明白，我们有了白娘子简直天下无敌。"胖子说道，"就连胖爷我，看到白娘子都得佩服一个礼拜。"

胖子喜欢托大，白蛇那种说话习惯可能很让他吃不消。

白蛇没理他，说道："人生来平等，称呼对方的名字，没什么不好。"

我看了看远处青铜门的方向："小花呢？"

"在这里联系不到他，不过你放心，他人强马壮的。"

我不是担心这个，时间不多了，鬼玺在他那里。

"你知道用那东西怎么开门吗？"胖子递给我烟，示意我咀嚼一下。

我看着青铜门的方向，把烟嚼碎："他娘的，都是你的汗臭。"

"这是胖爷我用身体保护的最后一包了，有胖爷的体香，以前你嚼了都会吐的，现在果然成长了。"胖子用手电照着我看的方向，青铜的光泽若隐若现，那东西太大了，根本不用找。

我把烟吐了出来，干呕了两下。胖子使了个眼色，示意我跟他去。

"你发现了什么？"

"在你做噩梦叫'不要不要'的时候，我把这附近看了一遍，发现一个蹊跷处。"说着，他往青铜门走去。

第三十八章

吴邪的选择

黑暗中两道手电光束晃动，并不能平缓我不稳定的心跳。走近青铜门，巨大的门体上泛着让人窒息的光泽，让人感觉远古至深。我越过了当年靠近门时达到的最近的距离，开始走得更近。门在我的面前越来越大，我越来越喘不过气来。

"得亏咱们把鬼玺留在外面了，否则我们到了门前，说不定门就开了。"

具体怎么用鬼玺，谁也不知道，但上次小哥似乎就这么拿着进去了。

"时间没到呢，万一你到门口，门他妈的就开了，他没穿裤子，多尴尬。"胖子说道。

"他没穿裤子，他的裤子我穿着呢。"我指了指自己的裤子。

"那他娘的就更尴尬了。"胖子道。

"你觉得小哥是那么爱面子的人吗？如果能早点儿出来，不穿裤子也没什么吧，反正如果我被关了十年，不穿裤子就能提早出来几天，我肯定愿意。"

胖子抽了抽鼻子："你见过小哥丢面子吗？"

"好像没有。"我回忆了一下。

"那就是说，小哥是一个极其爱面子的人。普通人怎么可能永远不丢面子？而且时间没到就开门，说不定有连锁反应。"胖子做了个我们被小哥拧断脖子的动作。

我转头看门，惊讶地发现就算是这么近的距离，也能看到门上面的花纹仍旧非常精细。刚才做梦的时候来过，想到刚才梦里的情况，我有些不适。

两个人对着门看了半天，都不说话。

"你说我舔一口会不会长生不老？"胖子喃喃道。

我深吸了一口气，心想，不至于这么简单粗暴吧。

"小哥，小哥，我们来了，你在里面的话，吱一声。"胖子扯着嗓子喊了一声。

我们静下来，听了听，没有人吱声。

"门太厚了。"胖子拍了我一下。

"别耍宝了，你到底发现什么了？"我有些不耐烦。他从口袋里掏出一个东西给我，我发现那是一块石头。

"这是？"

"石塔。"胖子说道，"有人在神道上放置了简单的石塔，我们跟着石塔，才能这么快到达这里。看样子这是小哥留下的记号。"

"看来他在每条路上都做了引导。"我摸了摸石头，"然后呢？"

"然后，一般引路只会引一条路，对吧？"

我点头，胖子说道："小哥给我们指的路，有岔路。"

我沉默了一下，忽然意识到他叫我过来的原因。我想了想，说道："那你有顺着另一条路进去看过吗？"

"我担心你的安危，所以先到这儿来了。"胖子在青铜门前坐了下来，"你要去看看吗？"

我也坐了下来，摇了摇头，胖子露出了惊讶的表情："哦，你竟然对这个不感兴趣！也许小哥把一些你需要知道的真相，都留在了那个地方。"

"是啊。"我说道，"也许所有的一切都在那个地方。但也许，他只是想试试，我还是不是那个无法看清真相又耿耿于怀的人。"

胖子沉默了，他看着我，我看着他。隔了好久，他问道："真的不去看看？"

"我一点儿兴趣也没有。"我说道。

"浪子还真能回头。"胖子竖起大拇指，"不是说你的脾气不好，但人经历得多了之后，就得知道自己什么时候该停下来。那我们就等着吧，小哥出来之后，你准备怎么办？你有想过吗？"

我看着面前的青铜门："我有一次在福建南边的山里寻访到一个村子，那里的风水很奇怪。村子坐落在一个山谷的半坡上，附近有六条瀑布，溅起的水花常年落在村子上空，使得村子好像下雨一样。村子里的老人说，以前有僧人游居过这里，写过一首诗，说这里百年枯藤千年雨。村子很漂亮，水很干净。村子附近有很多大树，村里人很淳朴，我准备去那儿待一段时间。小哥的话，他出来之后就自由了，他会去哪里，我不知道。"

"那你的生意呢？"

"给小花，我欠他的。是关是继续，他说了算。"

"他娘的，我和你这么多年兄弟，你给小花不给我。"

我抓住胖子的脖颈肉："作为你多年的兄弟，我郑重告诉你，你该退休啦，到村子里来吧，村支书给你当。"

胖子笑笑，忽然扒开面前的石头，我看到，那个地方有一个青铜的凹槽，他从自己背包里掏出鬼玺。

"小花说，如果你选择去那条岔路看一看，你的命运仍旧不会改变，这东西就应该永远埋在这里。如果你放弃了，你才配拥有未来。"

我看着他，心想，你打什么小九九。

"他不下来了。"胖子说道。

我心中涌起一股不祥的预感："小花怎么了？"

"放心，他没事，他就在上面等我们。我带着他的考验下来，他怕自己下来考验你，被你识穿，毕竟你们一起干过太多坏事。"胖子耸肩站起来，"这是你最后一次被人骗，接下来我们都该退休了，只有真正地离开，才能……"

"才能真正地结束。"我接道，"做一个没有过去和未来的人，和这个世界没有一点点联系。"

凌晨醒来，这是约定的最后一天了，我摇醒了胖子。我俩洗了把脸。

他会怎么出现呢？

第一句话会是什么？

他出来的时候会是一个人吗？如果是一群人，我要把跟着他出来的东西都干掉吗？我检查了一下弹药，端着两把枪，坐到青铜门前。

想了想，我又觉得不合适，把枪放到了身后。

两个人默默地看着青铜门。休息了之后再看，真大啊。

这是人间奇迹，这么多年再没有见到过比这个更简单但是更震撼的东西了。

"里面到底是什么地方？"胖子喃喃道，"这么多年，你就没有一个自己的推测吗？"

我和青铜门是没有感应的，我就是一个普通的凡人，但是凡人可以做成太多的事情了。这道门，也许是无数个凡人用无尽的岁月修建而成的。

没有推测吗？当然有推测。这么长的时间，我对于这道门的思考，几乎所有安静的时候都有，它会出现在我所有的午夜梦回中。

"你看门上面的纹路，你觉得像什么？"我问胖子。

胖子看了半天："榴梿千层酥。"

青铜门上的花纹非常繁复，极其细腻，其实非常像人大脑上的纹路。

"第一个猜想，这些纹路的复杂程度，就如同人脑子的褶皱。"我对胖子道。如此巨大的门上面的图案如此细腻，你只有靠近了才能知道那些花纹有多复杂。我们不知道青铜门内部的结构，是否青铜门内还有无数的纹路延伸进山体的内部。

"你是说，这道门，就像人脑一样，能够思考？"

"只是遐想。"我说道。

"那它在这地底思考什么呢？"

"终极。"我说道。人大脑上的褶皱，和现在高密度集成电路有非常相似的地方。这扇巨大的青铜门，会不会也是一块"集成电路"呢？属于当时的文明，在运算着什么关于人类和生命的终极问题？

"小哥干吗进去？张家人干吗守着这里？运算不能被打断吗？"

"这我就不知道了。"

"这我不喜欢，你换一个猜想。"胖子摆弄着鬼玺。

"那我说个正经的。"我揉了揉眼睛，"小哥几次失忆，我们调查以来，都是进入了陨石区内发生的，这扇青铜门似乎就是用当时最大的一块陨石建造的，也就是说，在这道门后，应该是陨石的主体部分——深入山体。

"张家人很多本家都有天授的问题，到了一定的时候，他们会产生新的记忆，覆盖旧的记忆，有一股力量，再通过转换记忆的方式，让他们去做一些莫名其妙的事情。这些碎片一样的事情，在改变人类发展的进程，就如同整个世界有一个牵线的木偶师一样，在不停地进行微调。"

"所以呢？"胖子问。

"简单推理，所有线的源头，都汇聚在这道门里，真正的'张家人'，应该就在门里。它们可能是一种意识，随着陨石落下。"

胖子没怎么听懂，"嗯"了半天。

"还有一个可能性，不知道你想过没有？"我没想全部讲完。

胖子看着我："还有比这更扯的？"

"你有什么信心，觉得我们是在门的外面，而小哥是在门里面？"我看着那道门，门也凝视着我，"我在看这道门的时候，时常有一种感觉，我们是在门里，我们完全不知道，门外是什么。"

"打住。"胖子叫停了我，擦了擦汗，"这十年里，你都在想这些？你精神没出问题吧？"

我拍了拍他，就不说话了。

一晚上没睡，我频繁打着哈欠。胖子过来，递过来一个手机："听点儿音乐吧，今天应该听什么？"

"你有什么？"我拿过来，刷里面的APP，音乐列表里都是广场舞的配乐，放这个小哥会缩回去的吧，虽然我觉得那些配乐也挺带劲儿的。

"你就没什么应景的吗？"

"有一首，最近挺火的，巴乃一个小姑娘给我下的。"胖子拿过来，翻了半天，翻了出来，"See you again。"

我放了出来，静静地，歌声不大，是英文的。我默默听着歌，胖子也不说话。

"It's been a long day without you my friend. And I'll tell you all about it. when I see you again..."

胖子哼了起来，还挺好听的。我一直沉默，听了很久。

不会不出来了吧，我叹了口气。慢慢地，胖子睡着了，在一边打着轻微的呼噜。

我强打精神，但听着音乐不知不觉就犯困。

蒙眬中，我看到青铜门开了。

我就是那个卖火柴的小女孩吧，我想。我揉了揉脸，睁开了自己的眼睛。

我站了起来，看到鬼玺在一边发着光，青铜门的缝隙中，黑色的深渊中，似乎有东西在指引着我，让我进去。

我转头看了看胖子，胖子沉沉地睡着，而我完全不受自己的控制，往缝隙中走去。

我走入缝隙之中，四周是一片黑暗。我听到耳边似乎有打雷的声音，但没有任何光线，什么都没有，绝对的黑暗。

接着，我听到了心跳的声音，同时感觉到，我手上的伤口开始流血。

血流得飞快，虽然我什么都看不见，但是我能感觉到血飘了起来，汇聚到我面前的空间。

就在这个时候，我心中忽然有了一个念头，这个念头是凭空出现的。

我可以知道自己想知道的所有信息，就在此时此刻。

我不知道为什么我会那么笃定，但就在这一刻，我知道了，我可以知道一切。

然后，我向自己提了第一个问题，就像平时自己思考问题一样。

"这里是什么地方？"

"我……"我在内心立即回答了我，就像我本来就知道一样。

这是一颗坠落的陨石，它带有一种特殊的作用，在它辐射的区域内，当人类的意识足够统一的时候，当他们同时相信一件事情的存在，这件事情，就会变成现实。

这颗陨石，就是意识反作用于现实的原因。

这也是世界上很多的教派，强调"信"这件事情的原因。当年的创教者偶然发现，只要足够多的人相信一件事物，这种相信就会反映到现实。

现在我就在陨石之中。

原来是这样？

"张起灵为什么要到这里来？"

"当最早张家人发现了这里之后，他们坚信这里不能让其他的人发现，他们坚信自己发现这里是命运的安排，于是这种命运便真的产生了。他们产生的这种命运，开始控制他们，守护这里。但只要离开这里的时间足够久，他们的坚信就会逐渐被动摇，他们最早因为相信而产生的力量就会消失，这是人类的本性，所以他们最早的意识盘踞在这里。每隔十年，有人回归，重新面对那些最早的意识，那些意识会让他们继续相信下去，从而让能力能够持续。而对于张起灵来说，他早就分不清，自己拥有的，哪些是相信给予他的，他只能不停地相信下去。

"所以，所谓的长生，那些与众不同的能力，都是因为，张起灵真正相信自己可以那样。

"不仅如此，如果你能够真正相信，你自己可以这样，你也可以做到任何事情。"心中的声音回答我，"但，人要真正相信自己，可能是世界上最难的事情。"

"相信自己有什么困难的？"我问。

"就像你不可能相信你可以走在水面上一样，只有极少数的人，可以真正相信自己。"心中的声音回答我，"你甚至无法相信自己真的进入了这里，听到了这番话。"

我的面前忽然出现了一个广阔无垠的水潭，水面如镜一样平静。

我看着水潭的表面，用脚碰了一下，是冰冷的水。水波荡开，很快消失在目力可见的尽头。我看到一个人影出现在非常非常远的地方。

那是一个熟悉的背影，是小哥。

我踩了上去，一下我就掉入了水里。

接着，我就醒了过来。我抬眼看向青铜门。

是梦，门还关得死死的。

我看了看自己的手，伤口没有开裂。

果然没有进去。

胖子迷迷糊糊，问我怎么了，我说又做梦了。胖子就又睡了过去。

我不想再睡了，于是开始对胖子说话。

"那个村子里面的人，会做一种点心，是用糯米和红糖做的。因为雨水充足，村子里有一种特殊的野草，叫作雨仔参，那种点心里，就有雨仔参的花瓣，吃了可以长记性。"我转移自己注意力说道。

胖子含糊地应了一声。

"雨仔参只开花不结果，要播种只能靠根茎繁殖。但是，据说也有结果的，非常罕见，吃下那果实能够让人回忆起前世。当然，这是当地的传说。"

我一直在说话，我也不知道自己说了多久，门一直没有开，我恐慌起来，脑子开始一片空白，看着面前的门，不知道什么时候，又沉沉地睡了过去。

很久很久之后，蒙眬中，我感觉一个人慢慢地坐到了我的身边。

我迟疑了一下，侧头去看，对方也侧头看着我。

胖子慢慢地醒了过来，看着我们。

我看到了一张熟悉的脸孔，淡然的眼睛，映出了篝火的光。

人们说，忘记一个人，最先忘记的是他的声音，但是当他的声音响起的时候，我没有一丝陌生。

"你老了。"他说道。

音乐还在流淌，在这最靠近地狱的地方。

胖子上来，一把勾住小哥的肩膀，弄得他一个踉跄："哪儿能跟小哥你比啊，你舍得出来啊你！"

小哥被摇得东倒西歪。他朝我笑了笑。

我没有看到我以为的任何过程，但无所谓了。我看了看青铜门，它似乎正在闭合。深渊凝视着我，但我转过了身，和他们抱在了一起。

我们只是，好久不见。

> 我居北海君南海，寄雁传书谢不能。
> 桃李春风一杯酒，江湖夜雨十年灯。

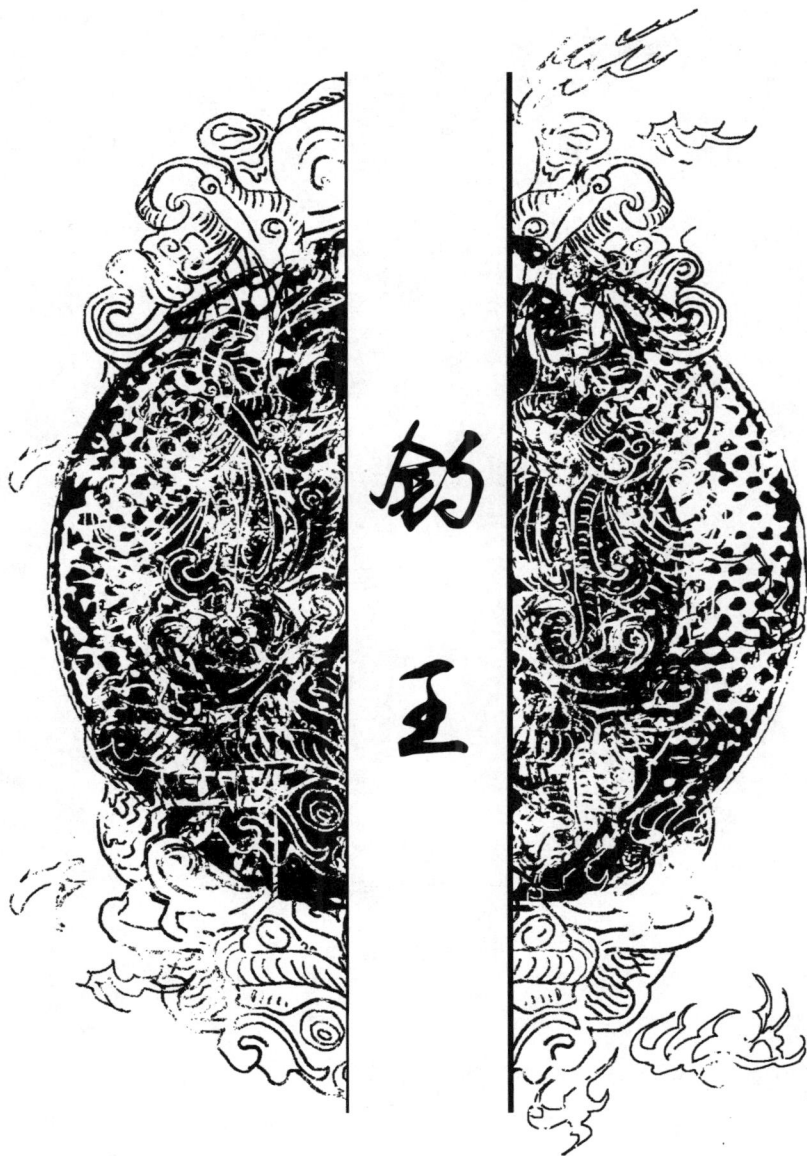

钓王

我有一种强烈的预感，这条短信，来自我的三叔。

序

如果我记得没错，这是一个贺岁篇，而且是小说结束很久之后的一个贺岁篇。

有一些故事，只有老朋友能看。一个长篇故事写到某种程度，有些篇章只属于熟悉的人。新读者可能连台词都看不懂。

我再次看《钓王》的时候，就知道这不是一个用来扣人心弦的短篇，它更多的是和大家一起回味当年连载时候的故事味道。所以，它有很多现在看来，不符合规则的写法。比如说，遇到了遗迹，没有去探索。在紧张的探险中，很多的日常和精神上的讨论。

所以，这是一个节奏很慢的故事。如果渴望一个激烈的经典冒险，就大可不必看了。

写作是在过年的时候，大概能从字里行间感觉出过年的味道，望大家能从其中闻到鞭炮和年糕的味道。

在这篇东西里，仍旧探讨了一些想法——到底精进地面对人生是一种修行，还是坦然地放下更加靠近正确。吴邪一直在试图找到答案，他在经历了那么多之后，应该如何去面对人生。

《钓王》之后紧接着的是《重启》，应该就是他最后的答案。

第一章

老村钓器

　　我点上一根烟，看着窗外的风景。胖子识趣地把我这边的车窗打开一条缝隙，让烟气被气流吸到车外。胖子开得很慢，闷油瓶坐在后座，和年货挤在一起。这次来过年的人很多，我准备了很多特产，车子的车斗都装不下了。

　　这是一辆二手的尼桑皮卡车，远没有我的金杯车实用。但我在镇上，短时间也只能买到这样的车。虽然车主一直保证发动机保养得很好，没有被打开过，但是踩起油门来就像踩在棉花上一样，让人感觉难受。

　　如果从镇子出发，走盘山路到市里，然后上同三高速，开十几个小时，就能从福建苍南县的分水关到浙江杭州过年。我原来也是这么打算的，但最终还是决定留在这里。因为小花他们说想来南方看看，福建在他们心中应该是个温暖的地方吧。呵呵，来了就知道了，我心想。回雨村的路是盘山路，很多地方只有一个车道宽，车窗外就是万丈悬崖，很是刺激。

　　这一年的冬天很冷，我们看到山上的泉水都冻出了冰膜，覆盖在山坡溪道上。抽烟的时候，我的手指划过车玻璃，能明显感觉到外面的低温带来的刺痛。

　　"说起来，你今年三十几了？"胖子忽然问我道。

　　我没有回答，拧开一个矿泉水的瓶子当烟灰缸。抬手看我的手指，我夹烟的部位已经被烟火熏成了黑黄色，这是抽劣质烟卷着豆叶导致的。在山里下地的时候，带几条烟都是不够的，只能带着烟草自己卷。

　　是得戒烟了，我心里说。闷油瓶从山里出来的那几天是福建最冷的时候，看着他用冷水直接在院子里冲头，我和胖子都觉得脑仁疼。我俩都已经不敢尝试了，感觉到了身体的衰弱，他却还是那个样子。

三十几了？忘记自己的年纪吧，这也许是唯一的方法。

正想着，车子猛地减速慢了下来。我抬头看，前面路上的车子已经排起了长龙，堵车了。前边有辆大集装箱车歪在路边，一只轮子已经滑出了路，腾空悬在崖边。整辆车子的重心已倒向悬崖，感觉一脚就能把它踹翻下去。

开大车走这条路的，多半是为了省高速费。这种路走得多了，司机也不会当心，遇上冰冻天气就容易出事。

胖子开车窗探头出去看了一眼，缩回来的时候已经在骂街："他娘的，这交通还比不上20世纪70年代，要让胖爷我当上村支书，村里迪士尼都开起来了，还会堵车？"冷风灌进车里，闷油瓶也醒了。

车子停在了队尾，前面很多司机都已经下车在边上做广播体操，有农村的阿姨把自己车上的货物直接摆摊就卖起来，堵了真不是一时半会儿了。我把烟头丢进矿泉水瓶子里，打开车门下去，冰凉的空气袭来。

路的一边是山，一边是悬崖。山上长着稀稀落落的树，山后是一片一片的丘陵。大概半里之外，有村庄在山坳中若隐若现，都是黄泥房或暗淡的黑瓦房，应该是比较穷的村子。

我伸个懒腰，打开手机看微信，然后顺着路边往前走去。

小花他们已经从北京出发了，他们第一站是去杭州看望我的父母和二叔，之后包车往我这儿来。我心想，我爹妈说什么我倒是不怕，二叔也要来，想必是担心我。秀秀的微信朋友圈发了年前准备出手的新货，有二十多条，我忍住把她拉黑的冲动去点了几个赞。

几年前还没有微信这个东西，如今却也用得离不开了。

走了五六分钟才到了大卡车边上，我问在车头边上扎堆抽烟的司机怎么回事。司机懊丧地说撞了一只鸟，吓得一哆嗦车就歪出去了，这下年也过不舒心了。大车卡在这里，没六七个小时搞不定，我只能安慰几句，然后回到了自己车旁。我让胖子把车靠边停了，把东西扛上，准备翻山到附近的村子里找摩托车党运货，贵点儿就贵点儿呗，否则爹妈到了我们都还没到呢。

三个人开始点年货，全部搬走是不可能了，挑了重要的，每人背三十公斤上身，走出马路，顺着山势往下蹿，走入了稀疏的丘陵矮林之中，朝着那个村子走去。

目测距离大概需要一个小时能走到，我们实际上走了一个半小时，真的走近村子的时候，我却有些慌了起来。

因为经过村子外的土房，我看到土房的门都已经腐烂倒塌。门前放着压着红纸的贡品和香炉，也年代久远了，贡品中所有该腐烂的都已经腐烂得看不清原貌了，只剩下一些不知道是什么的东西被灰尘覆盖。浸过红纸的水像血一样漫延开来。如果只有一间土房是这样也就罢了，每一间都是，有点儿骇人。

"你们有看过一部叫《山村老尸》的电影吗？"胖子咀嚼着口香糖问我们。

我点头："是挺像的。"

"胖爷我看的时候正好是青春期，喜欢长发女孩，看那鬼片愣没害怕，还把那女鬼看出感觉来了，你说男人憋着有多可怕。"

我真被逗乐了，问道："那你不行啊，要是你真找个女鬼做嫂子，这些年我们至于和粽子闹那么多误会吗？"

说完，我看了一眼闷油瓶，他显然也觉得有些异样，但并没有停下脚步，光天化日的总不至于闹粽子，我也觉得是我们过度警觉了。三个人闷头走进村子，到了有水泥房子的区域，看到了一个小卖店。

看店的是个小媳妇，她抱着个娃，穿着紫色的羽绒服在看电视。我们问她哪儿有摩托车，她就指了个方向。整个人面无表情，似乎没有什么神志，真有点儿像女鬼。

胖子离开就道："那小媳妇怎么像个鬼一样，一点儿人气都没有？"

"村子里太冷清，平时没什么生意，老是看电视，人就容易面无表情。"我忽然想起了王盟，"过两天打工的人回来可能会热闹起来。"

弄堂很深，我们走进去时看到外面这些水泥楼的门都生锈了，也不知道里面还有没有人住。走了两三分钟，我们看到一个简陋的木头牌子挂在一间老砖屋门口。

上面有几个书法字："雷媚莲钓器"。

大门洞开着，里面黑漆漆的，能依稀看出这是一个传统农民家宅的大堂。大堂里有几个长凳，一张八仙桌贴着内墙放着，八仙桌上有一些贡品，墙上有毛泽东画像和画着八仙的年历，地面是凹陷下去的砖地，上面有很多竹子和竹子刨花，边上有铁箍一样的工具，似乎是有人在加工这些竹子。

"是这儿吗？"胖子问我。我心想，你问我，我问谁去？

"没拖拉机啊？"胖子探头进去，"这他娘的都穷成这样了，会有拖拉机吗？"说完就想退出来。这时，弄堂里面走出来一个干瘦的老人，他戴着一副老花镜，在墙边站定，皱着眉头看着我们。

我们也看着他，慢慢地从他身边经过。

老人的眼睛炯炯有神，也不忌讳啥，目不转睛地看着我们经过，像在打量贼一样。

这情形确实尴尬，胖子轻声说："快走，别看他。"越过老人后，我用眼角余光一瞥，就看到那老人竟然跟了上来。我们往前走，他紧紧地跟在后面。

"该不是打劫的吧？"胖子说道，"看上我们的腊排骨了？我就说不能露富吧！"

"他看上去都快90岁了，还打劫？我们长得该多弱啊？"我道，"你他妈别满嘴跑火车，也许他以为我们是贼。"

"贼偷东西背200斤东西在身上？这贼也太励志了。"胖子"呸"了一口。我们几个人正准备加速，就在这时，老人忽然开口，用蹩脚的普通话问道："合字上的朋友，路过能不能帮个忙？"

我们愣了一下，停了下来。老人并不看我和胖子，盯着闷油瓶，一直走到他跟前："看你走路的动作，你是干那一行的，对吧？"

第二章

钓叟

这么多年，并不常有人在路上问我们这种问题，特别是带着切口（帮会或某些行业中的暗语）问。不过，这老头的切口半阴半阳的，听不出来历。闷油瓶走路的动作和常人无异，如果能从他走路的动作上看出什么端倪，那这老头必然也是老瓢把子，怠慢不得。

如果是当年，我们可能也会以切口相回，如今云淡风轻，老瓢把子就算是黑山老妖我都不在乎了，且这行和以往大不相同，很多年轻人早就不玩这些老套路了。闷油瓶自然也明白，对老头摇了摇头："不是。"说完便转头离开了。

老头愣了一下，显然没有想到会得到这样的回答。胖子勾上闷油瓶的肩膀，暗中做了个牛×的手势："很好，保持这个人设。"

我心中暗笑，转身跟上他们。那老头身体倒是挺好，几步就赶到了我们面前，对闷油瓶继续道："小伙子，我不会看错的，外行看不出来，我帮着掌灯五十几年，一闻你身上的味道就知道你是干什么的。"

"掌灯"是"倒斗"这行里负责分赃的意思，五十几年的掌灯，也不是一般人。

我心中"咯噔"一下，三个人互相看了看，我心想，过个年路上都有人夹喇嘛，该不是胖子安排的，想骗我出山？我转头看胖子。胖子表示无辜。

我和胖子假装听不见，老家伙还不依不饶。胖子就道："老人家，大过年的，掌灯就算了，掌嘴你吃得消吗？新年快乐，就此别过。"

老头怒目看向胖子："你们老大都没有发话，你这个半路出家的野猪挡什么财路！"

老头说得理直气壮，胖子一下就怒了："他娘的，你哪只眼睛看出来胖爷我是半路出家的，你胖爷我三山五岳，哪里像野猪……"我立即把胖子拦住，就听那老头道："朋友，进屋看看，不会后悔的。我也是无计可施，否则这等好事我也不会便宜了你们。"

胖子继续大怒："老头，你道歉，否则我从你80大寿打到你90大寿。"

我一把抓住胖子的肩膀，提醒他："过年了，别闹。"

胖子骂了一声转身就走，那老头这才意识到三人中主事的是我，露出了惊讶的表情，但还是紧紧跟着我们。

我心生厌烦，就想回绝他。那老头举手让我别说话："摩托车不要了？"

这下三个人都停了下来。

老头就叹了口气，说道："这样吧，不勉强，我去帮你们找摩托车，你们进屋喝杯茶，没多大工夫我就能把事情和你们交代清楚了。你们如果还是没有兴趣，那我就不强求了。这村子里我熟，我要是不让人把你们送出去，你们只能自己走出去，这路可不好走，你们想清楚了。"

我和胖子面面相觑，虽然听起来滑稽，但老头的话确实扼住了我们的命脉。我的腰在惨叫，骨头被背上的腊排骨压得要爆裂了，我需要现代交通工具。

思索了几秒后，我终于妥协了。为了摩托车，我放弃了一个金盆洗手人的尊严，于是点头："请安排摩托车，谢谢大爷。"

我们三个人跟着老人走，进了刚才我们看到的挂着"雷媚莲钓器"的老房子，原来这是他的，不知道他是不是叫雷媚莲。雷姓是附近畲族的大姓，倒也不稀奇。老底子男人取女人名字在东南的农村特别正常。我不觉得奇怪，胖子是北方人，就有点儿纳闷。

"天真，难道以前叫雷媚莲，现在叫雷本昌？老头有故事。"胖子露出了不可深究的表情。我让他闭嘴，他就道："别误会，我很开明的，如果真是这样，我得和老汉喝一杯。追求解放，太不容易了。"

我按住他，已经够冷了，别讲冷笑话。

八仙桌左边有个门，里面是内屋，内屋再往后应该是个后院，大部分老房子都是这样的结构。

他带我们进了内屋，拉亮了白炽灯，灰暗的屋子有了暖光，但仍旧阴冷。他先是用座机打电话，帮我们找摩托车。我趁机观察，发现靠里面的墙边上有一张床，其他墙面上挂满了粗粗细细的竹竿，有好几层。我再仔细去看，才发现那些都是钓鱼竿。

我也喜欢钓鱼，看着这些钓竿，心中生了一些疑惑。虽然只是用普通竹子做的，但这些钓鱼竿的样子都是经过细微设计的，非常讲究。我转头看闷油瓶，他也默默地打量着这些钓竿。

老头很快就帮我们联系到了摩托车，我们道谢，坐下来喝茶。喝上几杯热茶，冰凉的脸颊都开始回血。

"看您这是做钓鱼竿生意的啊。"胖子见摩托车被搞定，心情愉快，看着墙壁上的竹竿问道。

"不，这些钓鱼竿都是我的。"老头说道，"不瞒你们，我不是本地人，到这个村子已经二十年了，我到这里来，是为了钓一条鱼。"

第
三
章

八钩子

"钓鱼？"胖子啜了口茶，"二十年？什么鱼啊？二十年龙王爷都能钓上来了吧。"

老人家一乐，看了看自己满墙的钓鱼竿："这二十年不都是花在钓上面，大部分时间用来找饵料了。那条鱼，普通的饵料是不会让它上钩的。"

我曾经听说过一些钓家的传说，犹豫了一下，点上一支烟道："钓鱼我钓过，不算行家，但也钓得不错，不过听说国外很多钓手最厉害的其实是做特殊的饵料，每个人都有独门秘籍。"胖子点头："胖爷我也钓鱼，我还炸鱼呢，老人家你有什么事儿直说吧，别诓我们，我们被人诓了十几年，玩不起了。"

老头并不着急，而是又泡了另外一种茶。我心中"咯噔"一下，心想，这老头该不会已经安排好了时间，让摩托车等我们聊够了再来吧？我那村子啥也没有，要是我爹妈先到了而我不在，我非被我二叔揍出屎来。

我一急，脸上就带了出来。老头看出来了，拍了拍我道："我看这阵势，你是当家的，当家的不能毛躁，你看这位小哥，一点儿也不着急。"

他指了指闷油瓶，闷油瓶还在打量这些钓竿。最近，闷油瓶太安静了，安静得让我都有点儿害怕起来，怕他安静着安静着得什么心理疾病。

我对老头道："他急起来吓死你，大爷，我也是这个意思，有什么话你就直说吧。大过年的，家里还有老人等着呢。"

老头眼神中忽地暗淡，沉默了片刻，叹了口气："好吧，实不相瞒，我是希望你们帮我去发一个冢，那棺木里有个东西，可以用作特殊的鱼饵。"

真的是要大过年的夹喇嘛吗？我眉头一皱。胖子使了个眼色给我，意思是：为了摩托车，忍。

我暗叹一声，胖子就对老头说："行，那您慢慢来说，我们就歇歇脚。"

然后，老头给我们讲述了他的一段经历。

从事后的发展来看，无论如何，这段经历还是十分有趣的，不妨在这里全部展开。不过，我首先得普及一些关于钓鱼的知识。

钓鱼是一项非常古老的运动。我国古诗歌中，钓鱼被作为一种雅事广为传唱。按照最早的传说，姜子牙所在的时期，钓鱼就已经非常普遍了，而且在当时这不仅是一种生产方式，还是一种休闲方式。

在诗歌中了解的钓鱼，往往是在"钓"这个行为本身，立意比较深远。但真正钓鱼的人，大概能理解我的说法，钓鱼，从根本上说，是一种和鱼斗智的游戏。

人的智商远高于鱼类，如果单论捕捉技巧，鱼绝对不是人类的对手，但钓鱼这件事情则巧妙地平衡了游戏规则，鱼在水面之下，人只能通过非常简单的钓鱼竿和鱼进行搏斗，这好比是在浓雾中设置陷阱打猎。

这种魅力在现在资料丰富的情况下已经被减弱很多了。但我们幻想古人最初钓鱼的情景，一钩下去，水面下完全是一个异世界，你根本不知道会钓上什么来，这种好奇和期待是非常刺激的。

这个老人的名字，叫作雷本昌，外号"八钩子"，在钓鱼界基本上是老九门里平三门这样的地位。

雷本昌酷爱钓鱼，但不喜欢塘钓这样的比赛。他混的圈子中的人们以赌鱼为生，他们日出出发，日落而回，下注赌博，赌的金额巨大，钓鱼的乐趣被赌博的乐趣取代了。

一直到二十年前，也许二十多年了，老头自己也记不清楚了。他和友人交流鱼拓的时候，偶然听到了一件事情，讲的是福建一起奇怪的命案。

当时一群钓友远足到福建山区，在一处山涧钓鱼的时候遭遇到一种怪鱼。因为当时是涉水钓，就是人走进山涧里一边避暑一边钓鱼，所以出事的时候谁也没有看清怎么回事，连续死了三个人，尸体被拖入山涧底下，无法找到。

雷本昌一听就知道这山涧底下一定连通着地下河，否则他们不会进行涉水钓。他都能模拟出山涧水底的结构，肯定有很多大洞，非常深。山涧两边宽度很大，说明山涧是山体裂开形成的，如果不涉水进去，人抛竿甩不到最深的那几个地方。

这群孙子是想要钓潭底的大鱼，因为山中地下河里的鱼有时候大得像妖怪一样。不过，他还从来没有听说过有鱼能将人拖下水弄死的，那时候的他，就像一个武林高手发现了一个可能的对手，忽然有了强烈的好奇心。

第四章

龙棺菌

以往的经验让雷本昌对于整件事情有个预判，溪涧是因为雨水和泉水积聚在山体的凹陷部位形成的，有些凹陷部位非常深，深的程度超出一般的湖泊。水位下沉往往导致溪涧最终会和山体内部的水洞与地下河相连，躲在这种地方的鱼一般寿命很长，容易出现民间所说的"鱼王"。

要钓到鱼王非常困难。一来鱼王甚少到水面上，除非是特殊的天气，气压让水底含氧稀薄，所以要在潭底钓上鱼王，就需要特殊的钓线和钩子；二来有鱼王的深潭一般会被当地人保护起来。特别是福建地区，当地人这种意识很强，很多有鱼王的深潭溪涧边都建有庙或祠堂，逢年过节时人们会将祭品沉入潭底。

能把人拖入深涧底部弄死的，这鱼的个头儿肯定不小，而且能自由垂钓，鱼肯定生活在山中没有人看管的野潭。雷本昌只是不知道当时事发的详情，人是被鱼拖入潭中溺死的，还是另有隐情，于是他多方打听。

当时钓鱼协会还是一个组织严密的机构，他动用关系才找到了一个当事人，花了很多钱说动了那人，从那人嘴里，他听到了自己无法理解的事情。

抛竿连续死亡的三个人，尸体消失在了潭底。他们在被拖入潭底之前都还活着，而且都说看到了什么东西。他们都确认，那并不是鱼，应该是会动的水草一类的东西从潭底深处浮了上来。

雷本昌听后非常兴奋。他虽然不知道那条鱼王的种类，但生活在深潭底、鳞片上长水草的大鱼，年岁估计和一个成年人差不多了。因为传说这种潭底鱼活三十年之后鳞片会转化为甲，也就是学术上说的角质化了，古人说这是成龙之前的变化。

鱼的鳞片转化为甲之后，身上容易寄生水草，皮肤就更耐腐蚀了。

于是，他带着自己潭钓的钓具，顺着那人提供的路径，到了这个村子里，并且找到了那个水潭，开始尝试钓这条鱼王。然而，二十年过去了，他钓遍了这里所有的深潭，用了无数的饵料，甚至用浮漂尝试画出整个山脉的地下水道，可连那条鱼的影子都没有看到。

胖子和我都是老江湖，听到这里对视一眼，听雷本昌的意思，为了钓这条鱼，他二十年来一直待在这个村子里。

我心中有所怀疑，一直的失败是不可能让人坚持这么久的，让他待在这个村子里的，一定不是他钓不到这条鱼，而是有其他理由。

胖子把我的疑问问出了口："冒昧问一下，你这么执着是为了什么？在钓鱼的同时，还发生了什么？比如说，你一不小心，睡了村支书的闺女啥的。"

雷本昌瞥了他一眼，显然非常看不上他，冷冷道："我就算看上了村支书闺女，他也留不住我。我为什么留在这里和你们无关，我现在就是要你们帮忙。我已经无限逼近这条鱼了，就差一步了。"

我看到雷本昌眼神暗淡了一下，知道雷本昌有心事，于是按住胖子让他不要追问了。

听到这里，我大概相信雷本昌的话是真的，虽然内容有些荒诞不经，但我已经能很轻易地分辨别人话中的真假。

天下有各种痴，有人为了一个谜题可以不计一切，有人执着于钓鱼又有什么不可呢？不奇怪。

胖子搓了搓手："大爷，你刚说要我们去盗一个家，为了里面的鱼饵，这是怎么回事？"

雷本昌说道："你们知道一种叫作龙棺菌的东西吗？"

我扬了扬脖子，龙棺菌是民间叫法，其实就是棺材里长出来的灵芝，传说尸体入殓之后口喷鲜血生出的灵芝，倒长在尸体的面部上方，可入药。因为太过罕见，所以其实它们到底有什么用谁也不知道。

我看向闷油瓶，他仍旧没有什么反应，似乎对于这些名词已经完全失去了兴趣，只是看着自己的手机。我和胖子花了很长的时间帮他养成了使用手机的习惯，他的手指很长，操作手机的方式和其他人不一样。

这种感觉和当年很不一样，我时常觉得陌生，但时代就变成了这样。我去盐源拿青铜器的时候，当地一些土得不能再土的老乡用的也都是智能手机了。青铜器再也不会直接拿给你，而是先让你看照片。

我去七星鲁王宫的那个时代，真的已经过去了。

"这东西是鱼饵？"胖子追问。我收回心神，弹了弹烟灰，皱眉道："你有什么根据？"

"这二十年里，如果不是有所发现，我也不可能坚持这么久。我能坚持下来，是因为我找到了一本当地的渔书。"雷本昌转身拿出了一本复印本子。

中国写鱼的古书大部分出自福建，福建本地有渔志很正常。雷本昌这本渔志来历不明，但其中有一段记载，是关于当地一个村落用地网捕鱼的故事。所谓地网捕鱼，就是把一种特殊的渔网抛入地下河中，捕捉地下河中的鱼类。这不是什么新鲜事，1965年版本的《十万个为什么》里就有详细的记载。

在这部渔志中，有几句话提到了一种鱼，就是身上长水草的那种鱼，说要钓这种鱼，需要龙棺菌做饵料，因为此鱼"常年食落潭尸"。这种鱼喜爱浓烈的尸臭，而刚出棺材的龙棺菌尸臭极重。

第五章

地下湖

多年前，雷本昌在这里偶遇了一个盗墓贼。盗墓贼告诉他，后山松林里有一个古墓，墓中的龙棺菌已经长成，三年后随便什么时候都可以去取。他原本也不想动用这种旁门左道，无奈年岁越来越大，到如今，这可能是他活着钓到这条鱼的唯一机会了。

我已经大概知道了这是怎么回事，包括他想说和不想说的。之前他说他掌灯五十几年，一看就知道闷油瓶是干那一行的。

"掌灯"是中原一带盗墓的切口之一，指的是在倒斗的时候负责分赃。早几十年古墓里东西还多，分赃得按照职责、阅历、冒的风险来分，每个参与的人有自己的比例。这种比例在开张之前都要约定好，大多都有暗语，是按"梅花"分，还是按"带鱼"分，或是按照"火车皮"分。不过，盗墓贼往往素质低，一旦挖出好东西，很多人会反悔，所以就有了掌灯的。其实，就是盗墓贼约定好之后，把"梅花""带鱼""火车皮""大老k"这样的记号交给他，这样有人反悔就可以找掌灯的拿东西验证。实际上，有人要赖皮掌灯的也没办法，但他们会知道哪个人赖过皮，以后有人夹喇嘛的时候，多会问掌灯的意见。

掌灯的，其实就是个人信用评分系统。

掌灯的见的盗墓贼多，五十多年的功力，那看人几乎是一眼就能看出来的。胖子和我说过，老鸨在人群中看小姐，一看一个准。外八行的状态和普通行业还是不同的。

我盯着雷本昌，还是叫他老头吧，心里也有些感慨，早些年我看到这样的老前辈，脚都会抖，老江湖举手投足都会给人带来压迫感。如今在这村子里见到这个老瓢把子，他的做派、喝茶、谈吐其实都不差，但不知何时，我看到这样的老人，心中只剩下可怜了。

你曾经走得比他们更远，所以丝毫不会畏惧了。

"这种古书能信吗？"我翻看着那本复印下来的渔志，"我虽然不知道后山在哪里，但听着就知道离这里不会太远，你为何不自己去取了？已经被人盗过的墓，想必也不会有什么危险。"

老头叹了口气，摇头说："我虽然认识很多盗墓贼，但我自己不会啊。其实这几年我也求过很多人，但他们都不愿意帮我。这些人，自己不开张是不会帮人的。"

那古墓显然已经被人盗过了，换我我也不会为帮你挖棵棺材菇而大动干戈。想起他之前说有好事便宜我们，我就问他是什么事。

老头忽然看了看门口，起身把大门关了，然后回到里屋，把里屋的门也关了，最后让我们帮忙，把一面墙上的钓鱼竿都搬走。我们惊讶地看到，那面墙壁上画满了线条。

老头的书法很好，这些线条都有注释。有一些线条一眼就能看懂，画的是一些山头，在山头下面，还画着很多河流，我知道那大部分都不是地上山洞的河流。大部分黑色的线条涂黑成很多奇怪的长条图形的，都是地下河。

"我在这里钓地下河里的鱼，为了搞清楚地下河的流向，我钓上鱼后就给它们戴上标签，然后丢回去。十多年下来，在这个潭丢的鱼，在那个潭钓起来，最远的两个潭相距三十多公里，我把其中的关联全部做了记号，全都在这里了——这里大部分的地下河轨迹。"老头很兴奋，就像一个孩子炫耀自己藏起来的游戏光碟一样。

我们三个人站起来，站成一排，我和胖子都学闷油瓶双手插在口袋里，看着墙壁上的一切。这些黑色的线条就好像发黑的血管一样，在这些血管上，写了很多的数字，有十几排之多。

"这是什么？"

"这是时间。"老头道，"在这个潭放生的鱼，通过地下河，到达下一个潭口的时间。通过时间，我来判断地下河的曲折程度，结果非常奇妙，有些潭口之间只有一两公里远，但鱼通过这条地下河需要几个月的时间。有些潭口之间有三十多公里，但鱼只要一个晚上就能出现在另外一个潭口。"

"是水流影响的吗？"我问。

"我一开始也以为是这样，但不对，我们都知道水流应该是单向的而不是双向的。但我顺流而下在三十公里外的深潭把鱼放生后，鱼仍旧可以在一天内逆水流游三十公里出现在另外一个潭口。后来我才发现，可能有另外一种解释，有没有可能是所有的深潭底下连接的不是地下河，而是其他东西？"

　　他指着墙壁的中心，那里有一个大圆圈，被完全涂成了黑色，几乎所有的地下河都和这个黑圆圈相连。

　　"这是什么东西？"胖子问。

　　"这是地下湖。"老头继续道，"但这不是天然的地下湖，是人工的。"

第六章

留骨地

　　"你想，地下河水流湍急，但只可能往一个方向流动，如果两个潭之间有相反方向的两道湍急的水流互相推送，那这一定不是地下河，而是一个巨大的湖泊。湖泊的水底有环形的水流，就好像锅中搅汤一样。于是，我把这三十公里长的两个水潭，作为两道水流上方的洞眼。"

　　老头从茶几底下东摸西摸摸出来一支记号笔，开始在墙壁上做标记。此时的他就像疯了一样，真的很像我当年推演一切的样子，让人觉得无可救药。

　　"我画了一个直径三十公里的圈，在三十公里的圈内，所有的深潭底下都相通，中间有两个水潭，只隔着几公里，但是你无论丢什么东西下去，都要隔几个月才会出现在另外一个潭底。"老头用笔敲着两个相距很近的潭口标志，"我百思不得其解，为什么呢？"

　　"为什么？"胖子问道。

　　"我想过无数种可能性，想了很多年，是什么水流走向，还对下面是蜘蛛网一样的河道做了很多假设。但真的很奇妙，最简单的可能性，我一直没有想到。你们也不会想到的，那是因为——"

　　"因为有一面墙。"闷油瓶淡淡地打断了他。

　　老头噎了一下，闷油瓶接过他的笔，在他的注视下，在墙壁上两个潭眼中间画了一条弯曲的线。

　　一个直径三十公里的圆圈，中间有一道弯曲的线，两个潭眼分别在线的两侧。

　　"我×他个仙人板板。"胖子惊讶道，"是一个太极。"

老头看着闷油瓶："对吧，我说下面的湖是人造的。"

"死人的潭是哪个？"闷油瓶说。

老头指着太极其中的一个眼，说在这里。

"当时是什么日子？"

老头有点儿蒙了，愣了很久，才说出一个日期，是1995年。闷油瓶看向我，我知道他想干吗。"乙亥年。"我心中一算后说道，然后拿出手机开始查资料，一查就明白了，"乙亥年福建罕见高温，水汽蒸发，地下湖水位下降，把那条鱼从深潭底下逼了上来。"

闷油瓶道："高温之后山中必有暴雨，水位回升它就回去了，没有当年那样的高温，你不可能再钓到这条鱼。"

"这位小哥，你说的我都知道，所以，我要下去钓，我要——"老头目光炯炯地看着闷油瓶，用笔指了指那条线，"鱼既然会被墙所拦，说明墙露出了地下湖的水面，我要去墙上钓它，我想让你们送我下去。这地下太极不知道是谁设计的，但肯定是有玄机的，玄机所得都归你们，我只要下去钓鱼。"说完，老头又看向我，"成交吗，各位？"

闷油瓶看了我一眼，我淡淡地问老头："如果真如你说的，你一把年纪了，基本上是有去无回，你知道吗？"

"我这把年纪，已经不考虑自己回哪里了，我要考虑的是，我要留在哪里。"老头看着墙壁上的画，就像看着自己的归宿一样，"你们也是一样的，总有一天，你们也会考虑自己要留在哪里！"

我看了看胖子，又看了看闷油瓶，心想，不一样，有一个人不需要考虑。

我打了个响指让他们靠过来，然后往门外走去："你别急，我们去投个票。"

我们三个人出了门，我揉了揉脸就问他们两个："你们怎么看？"

胖子说道："你爸妈和小花都堵在高速上了，据说十八车连环撞，时间咱们还有点儿，只不过要在你爸妈到之前把老头送下去，这个有点儿难，咱们又没有潜水设备。"

"最关键……"胖子说道，"能在地下湖里做个墙的，肯定非等闲之辈，未必有财宝，但每次都九死一生，大过年的，不合算。"

我对胖子点头道："你长进了，那你的意思是，咱们拒了？"

胖子摇头："我是说，你们别去了，不合算，我陪他去。反正我不像你还有一大家子，老头大过年的去送死，这种伟大的精神要成全。要是运气好，我捞个仨瓜俩枣，咱们在村子里开一桑拿店，那多快活。"

我看着胖子，知道他口是心非。胖子是作死的命，肯定心痒，但主要还是他看不得老头就这么死在这里。我也一样，如果之前还可以拔腿就跑，如今看老头疯成这样，还真不能走了，万一大过年的他一头沉潭里头去，我们没法说我们没责任。

胖子看我脸色不善，安慰我道："你放心，我就带他去那个地方想想办法，什么东西都没有，他下不去，折腾几天他就该死心了。咱不下功夫，他怎么可能下得去，对不？你好好回去过年。"

对雷本昌这种人，劝是一点儿用也没有，心魔上身，陈皮阿四90多岁了，还不是一样？但此时，我心中还是涌起了大大的不安，从长白山回来后，我已经很久没有出现这种情绪了，刚才就不应该下车，在车上堵着就没这么多破事了。

突然，闷油瓶说话了："有陆路可以下去，否则墙修不起来。"

胖子吃惊地看着闷油瓶，想不到闷油瓶会站在他这一边。我道："两位老大，大过年啊，你们可怜老头子的同时也可怜可怜我好不好？"

闷油瓶没有回答我，胖子递过来一根烟道："吴邪，我们也会老的。到了那个时候，我们想留在哪里，小哥也会陪我们去的。"

我看着闷油瓶，发现他是真的下了决心要帮雷本昌。我长叹一声，心想，那就去吧。他做决定，总是有自己的理由的。

我们在后山松林边上眺望连绵的山头。我心中感慨，这里是福建欸，我怎么也想不到我会在这里用这种心态重新审视山水走势。

福建境内山区，丘陵连绵不绝，俗话说"八山一水一分田"，其地形由此可见一斑。我们眼前横着看不到尽头的山，这些山大多不高不矮，形态相似，难以分辨。除山多之外，福建境内的水系也多得十分惊人，且大部分发源于本省境内。中国的水系和中国龙脉自古就与风水紧密相关，但福建水系多发于自己省内的山区且直接入海，其风水自成一脉。

我查了网上的资料，汉代许慎所作的《说文解字》中说："闽，东南越，蛇种。"定义闽人是崇蛇的族群，并没有提到什么怪鱼。之前这里有七蛇部落，我比较有兴趣，不过这个时候有蛇也冻死了吧。

我点上烟，打了个寒战："开工吧。"

胖子抽出钎子，戴上劳工手套，看了看身后的小林子，种的都是马尾松，长势很好，看上去至少有十年了，不过显然是人工种植的。

十多年前，有人在这里并非毫无逻辑地造林，因为这里离村子实在太近了，林子下的古墓里肯定有石板，必须放炮才能进去。敢在后山直接放炮，那肯定是捉住后被活活打死的命。十多年前就开始造林为盗墓做掩护，这不是普通的蟊贼。

没有装备，胖子只得靠傻钎子，也亏得有这个林子遮掩，我们干起来才丝毫不怯。没多久，胖子就找到了地方，几铲子下去，挖去了覆盖在表面上的假土，盗洞露了出来。

我深吸了一口气，一看就是老坑了，几年前的盗洞，里面肯定全部空了，就是一脏活儿。我和胖子、闷油瓶开始猜拳——石头剪子布，胖子输。

他一边大骂，一边脱掉外套，打着打火机往盗洞里探去。我想和闷油瓶对一下拳头表示默契，他看了看我的拳头，又看了看我，没理我。

下去了大概十几分钟，胖子就探头上来，手上什么都没有，我心生侥幸，心想，难道菌子没有长成？胖子就对我们道："两位，下来看看，这里有个东西。"

我们两个跟着胖子爬下去，下面就一个简陋的一人多高的石板墓室，地下积水到脚踝，棺材发霉发到就像外星的菌落生物，五彩斑斓。

这地方其实雷老头可以自己来，没有什么难度，胆子大一点儿就行。

霉味扑鼻，胖子已经把棺材的盖子搬开了。这棺材早先就被人撬开过，然后再盖上盖子密封用来养菌。但手艺确实不好，只是用桐油抹了一层。

胖子让我们看的东西是盘绕在棺材里的一条蟒蛇，蟒蛇有一米多长，不大。

极少能看到野生蟒蛇，福建还是有一些的，墓穴里有地龙属于风水特别好，福泽几十年的兆头。

龙棺菌就长在蟒蛇头的边上。尸体已经腐烂得没有形状了，但能看得出这是尸体的头部。

"看得出这菌是这条蛇的宝贝，我们拿走了，蛇会不会不开心？"胖子说道。

惹长虫可大可小，这是封建迷信。黄鼠狼、刺猬、蛇这些都最好不要惹。

我从包里掏出一块年货冰冻走地鸡，递给胖子，让他去换。

胖子就嫌弃："你这东西次了点儿吧，把你包里的红酒拿出来。咱们起码摆一桌啊。"

我让他别废话，速战速决。他一靠近，蛇就把头抬了起来，直勾勾地看着我们。胖子一边掏出冰冻走地鸡，一边佯装很凶悍的样子。

"你干吗呢？"

"装野猪，野猪吃蛇……"

话音刚落，瞬间，蛇就朝胖子咬了过来，一下咬空。胖子翻倒在水里，往后退了好几步。蛇一下落在水里，就朝我直接游了过来。

闷油瓶在我身边，一下把我凌空揪起来，提溜到一边，把蛇让了过去，蛇直接就钻入石板和石板之间的缝隙。

我和胖子对视一眼，胖子把走地鸡丢给我。

我把饭盒丢过去，指了指棺材。胖子叹气，上前挖菌。

整个空间弥漫出一股让人无法忍受的恶臭。我捂住鼻子，看见饭盒被撑得连盖子都盖不上，溢出了很多黄色的汁液。龙棺菌就在里面，可我一点儿打开看的兴趣都没有。

胖子爬出来，用塑料袋把饭盒装好。用矿泉水洗手后，我俩都一脸丧气。

回到村子里，老头还在准备他的钓鱼竿。他仔细挑选这最终一战的武器，通过甩动、弯曲查看鱼竿张力。我被他的专注挑起了兴趣，也前去上了上手，看样子老头先选了几根常规的碳素竿和竹竿，接着，我看到了一根钢筋做的钓鱼竿。

其实，现在的钓鱼竿已经非常坚固了，特别是垂钓大型鱼的鱼竿，比钢筋还结实。老头的这根钢筋鱼竿非常粗，我的臂力比起以前有非常大的长进，但是我举着它也坚持不了多久。

举不起来的鱼竿是没有用的。我看着那根钢筋，心有疑惑。

我问老头这东西是用来干吗的，他神秘一笑，没有回答我。我看他竟然可以非常吃力地把鱼竿举到腰间，然后卡到自己的护腰上。这根鱼竿上绑着很多黄布，使它看上去像个法器。

我心中一动，意识到这根钢筋不是用来钓鱼的，这是黄河钓尸的杆子。

老头是想把当年那几个沉入深潭的人的尸首钓上来吗？

老头的装备箱非常重，里面最起码有几百种钩子，单钩、双钩、锚钩、炸弹钩……我能叫得出来名字的都有，还有很多我没有见过的。钩子都很老了，看得出用了很久，上面上着油，保养得很好。除此之外，箱子里还有很多种饵料、窝料。箱子里还有洗油的东西，为了除掉影响饵料味道的油腥。

老头要准备很久，我把地址抄给了他找的摩托党。他在村里的地位确实不低，不仅能帮我们把身上的东西运回雨村，还能把皮卡车开到村口去。因为算起来时间不够，所以约好了正月初七再出发。这样我们能先回去过年，这多少让我松了口气。

临走老头还送了十几块腊肉，我们坐着摩托车，终于赶在大部队到达之前先回了村子。

我几乎立即忘记了老头的事，和胖子马上开工，烧水、削萝卜、洗肉。闷油瓶提着刀去杀鸡，不一会儿就听见隔壁大妈在那儿骂："这是我的鸡！"我赶紧让胖子去赔钱。

隔壁大妈是在武夷山做生意的，她对我的意见非常大，因为我来了村里后，我就是村里最"Fashion"的人，抢了她的风头。她老公是镇里财务局的，算是机关干部家属，每次都要和我作对。

我看了看手机上的时间，冷静了一下，我这一次做饭的法宝是笋，这儿的笋味道非常好，爸妈爱吃笋，二叔爱吃鸡，小花和秀秀口重，再做一个腊排骨白汤煮蛋。坏了，酒，酒，酒，我脸色惨白，突然意识到自己忘记买酒了。

"胖子！完蛋了！"我冲出去，看到胖子正和隔壁大妈吵架："去你妈的，欺负我家瓶仔是吧，你怎么证明这只鸡是你们的，你叫它一声它会给你托梦吗？"我上去立即赔不是："大姐，不好意思，杀了你的鸡。"我给胖子打手势，这大姐家里肯定有其他人送的礼酒，不管品相了，就算是土烧酒我也得要。

胖子一看没有酒，立即现场演示了什么叫一秒钟变尿，过年没有酒对于他来说也是大事。他笑着对大妈道："大妈，你走运了，它没有托梦给你不要紧，你知道为什么吗？因为它托梦给我了，它说你就是它亲娘，啊不是，是领导。"

我们两个演了一出双簧：我们想赔鸡钱但是没有零钱，添几瓶酒吧，哎呀，加了酒价钱又超了，算了，一口价，我吃亏一点儿都要了。戏演得很成功，让大妈觉得自己只用了一只鸡和几瓶酒，就狠狠地敲了我们一笔。

当地的土烧每一坛味道都不一样，酿法完全靠想象，可以在里面乱加东西，而且发酵时间和温度全凭酿酒人的心情。所以，谁也无法保证开坛时是什么味道，我只能靠临时瞎编了。不过，土烧有一点是不会变的，就是酒精浓度一定不会低。对于我来说，这一点就够了，都赶紧喝醉，少他妈多事。

闷油瓶煺鸡毛，去内脏。我把脏器拿来洗干净，切成丁做炒鸡杂，再放一点儿辣椒，味道绝了。我奶奶特别爱做这道菜。

胖子在边上烧热水过豆腐雪菜，他往那儿一站俨然就是一名大厨。土烧直接开一坛，他倒上一小碗，边喝边焯水，还和我说："啧，我先前下到那个盗洞里的时候，有一种回家的感觉，你知道不，咱们是不是应该发挥发挥余热啊？你要知道，这江湖地位，说没就没了。"

"你黄鼠狼啊，钻个盗洞就回家。"我道，"歇菜吧，趁早找个婆娘留个种，免得到时候连生殖能力都没有了。"

"呦，天真，什么时候轮到你怀疑胖爷我的生殖能力来了？我告诉你，胖爷我鞭打三山五岳，蛋压四海九州。知道海水为什么是咸的，那是因为……"

"那是因为你闲的！"我没好气道。胖子把豆腐和雪菜捞出来，拿起一块抹布，包住锅边就开始翻炒，声音很大，他后面的话我就没听清楚。

其实我比谁都知道，胖子为什么会这样说，就像有些人到了一定的岁数，就特别喜欢拍照片，那是感觉到青春即将消失，单纯的美好即将失去。那种"还有时间，但是已经看到了失去"的阶段，最让人无所适从，所以下意识地会想在这段时间留住自己的美好。胖子也是一样，冒险让他觉得自己仍旧年轻着，即使他现在的身手仍旧矫健，但他自己应该已经感觉到年龄在他身上起的作用。

我比他好一些，是因为我从小就不太行，所以力不从心这种感觉永远伴随着我，就像人说的30多岁的人60岁的腰，所以我并没有太多的心理落差。

菜做好了三分之二，村口响起了铜锣的声音。村子地形复杂，他们又是第一次来，胖子在村口放了个锣，让他们到了村口就敲。锣声震天，感觉鬼子进村了。胖子在围裙上擦了擦手，喜滋滋道："来了，来了！"

我们迎出去，来到村口，先看到秀秀穿着一身红，冻得有点儿呆，东张西望的，看到我，她开心地挥手，声音发着抖："哥，福建不是南方吗？"

我迎上去，她过来抱住我，我知道她是真的开心。她接手了霍家的很多事情，这种乡村游园对她来说已是十分难得。只是她穿得像根蜡烛一样，一看就知道棉衣是路上找店随便买的。

后面的人也都迎了上来，我们上前去接他们手里的年货。看到爹妈，我立即从雨村"Down Town"小王子、乡村期货庄家，变成了爹妈的儿子。烟肯定不能猛抽了，介绍朋友的时候也要含蓄一点儿。我介绍胖子是我在这里搞的农产品投资的合伙人，闷油瓶是胖子的助理。我还说他们两个是亲兄弟，这样我爹妈就不会问出"你们过年怎么不回家啊"这种对于张家人来说属于致命一击的问题，虽然他们对大哥把营养都吸走了这件事情耿耿于怀。

二叔点着烟，他早已看穿一切，到这儿来就是劝我回城的，只不过刚到不好发作。我一直回避他的眼神。小花看到我也很开心，他看着村子，说我是个骗子，就这么个破村子被我形容成了一千年才能现世一次的世外桃源，不过那永远不会停歇的瀑布声，还是容易让人安静下来。

进到我屋子里，小花还露出了惊讶的表情："虽然看得出力不从心，但你还是花心思了。"

"要么你也来住？"我挑衅他。

"大隐隐于市，小隐隐于野，我的桃花源在自己心里。"小花摸了摸我油腻的桌子，搓了一下手指，看了我一眼，"你就不会铺块桌布吗？"

我心想，村子里生活不方便，很多事情都要自己干，我这么讲究那其他事不用干了。小花继续审视，看了一遍我准备的食材后默默地脱掉棉衣外套，从背包里拿出了一件自带的围裙穿上，就开始帮忙。

人一多，屋子里就暖和起来，水汽给玻璃蒙上一层水雾。秀秀给长辈准备瓜果，闷油瓶捏核桃，胖子和小花拌嘴，挑剔这些在2元店买的厨具。我的眼睛模糊起来，觉得一切都那么不真实。

就在这个时候，手机振动了一下，我拿起来看，发现老头给我发了一条短信。他是个老派的人，不用微信。短信内容没有显示出来，我想点开，却犹豫了。

过年（二）

　　我犹豫了几分钟，还是没有点开那条短信，不是不敢，只是觉得没有必要在这个时候开启什么。我之前的人生大部分时间都在迫不及待地试探各种可能性，其实，可以让自己先做好准备再去迎接命运。

　　胖子问我怎么了，我笑笑说老头发了祝福短信过来。胖子咳了一声，说老家伙也怪可怜的。

　　我把手机正面朝下放在灶台上，继续忙碌起来。

　　有了小花帮忙，我们摆了满满一桌子菜，热气腾腾，油脂香四溢。每个菜我都思量过，所以把盘子摆成了一朵向日葵，黄的在中间，绿的绕一圈。虽然都是土特产做的菜，味道也相似，但舟车劳顿加上爬山路，开饭的时候所有人都饿了，一动筷子就大吃了起来。

　　电视里在播春节联欢晚会，以前在城市里都是爸妈在客厅里看，我去房间里上网。这一次，联欢晚会不得不当背景音了。

　　席间，胖子问小花生意的事情，秀秀伺候长辈聊家常，闷油瓶竟似被春节联欢晚会吸引住了，又或许是这一切跟他都没关系，他也只是对着电视发呆。

　　他以前的年是怎么过的？还是说，在他生命的漫漫长河中，有着比年更巨大的计数单位，我们的生命走出很大一个格，他的秒针刚刚"嘀嗒"一响。如此推测，张家人必然是不过年的。因为年是我们生命往前推进的最大一步，失去了那么大一部分，当然要好好品味，而这对他们却没有任何意义。

　　想着很感慨，但我已经学会不去纠结这些不可改变的部分。

一开始，我爸妈比较沉默，说的都是一些客套话。作为晚辈，我们都给长辈敬酒，我妈喝酒后立刻进入妇女主任的状态。她以极其慢的语速，先总结了自己教育我的时候犯的错误，然后慢慢把话题转移到我身上。我二叔很识趣地找了一个话题打断了我妈的发言，说他作为长辈是不称职的，上一代人留给我的都是各种各样的问题，但最需要说对不起的，都不在了，他只能替他们说了。说完，他喝了一杯酒，然后看着我："你这么多朋友在，你也说点儿什么吧。"

所有人都看着我，一副幸灾乐祸的表情。我看着二叔，心想：从我8岁开始就让我到人前表演这个节目，我这都快40了，还来这一套，我说什么啊我，都熟成这样了。但我还是站起来，端起酒，看着房间的横梁说道："对不起，谢谢。"然后，把酒喝了。

其实，我只有这两句想说，也只有这两句能够代表我所有的想法。小花拍了拍我的腰，表示他明白。

喝完我看向胖子，胖子怕我让他发言，立即站起来抢先道："今天真是高兴，我给大家唱首歌吧，因为长辈在，我就不唱我的保留曲目了，最近学了首新歌，叫作《五环之歌》。"

胖子开始唱起来，配着电视机的背景音乐，竟然还挺好听。胖子唱完之后，小花起来就开始串烧西皮流水，二叔很快就被圈粉了。秀秀害羞，就是不表演节目。很快，节目就轮转到了闷油瓶这里。

秀秀为了转移大家的注意力，直接指着闷油瓶坐的位子说："男生都表演完，才轮到女生。"我转头才发现闷油瓶已经不在位子上了，我立即看了看门口，发现他果然早去了院子里透气。真是机智的boy！

闹腾到了半夜，村里开始放鞭炮。农村里的鞭炮那叫一个豪，十万响才是入门级别的，噼里啪啦，连绵不绝，还有二踢脚上天爆炸。胖子在院子里要宝大喊："前线的枪声已经打响了，兄弟们！把我们的炮仗都拿出来，咱们给隔壁看看什么叫土制炸弹，把他们家的鸡全炸成不孕不育。"

我耳朵已经麻木了。走到院子里，在满天的烟火味中，我点上烟，伴着尼古丁把冰冷的空气也吸入肺部。

小花手插着口袋站在我身边，看着路灯下的青石板路。屋里人在打麻将，很多人抽烟，他出来松快一下。

"你真的准备一直待在这里吗？"小花忽然问我。

我看着他，不觉得这是一个问题。用嘴角把烟衔住，我从井里打了一桶水上来，洗了洗手，说道："不知道，我只是现在想待在这里。"

小花没有追问，搭上我的肩膀："你只是不想待在其他地方而已。"

我朝他笑笑，我懂他的意思。无须讨论，我知道自己要什么。

我和他往山上走去，小孩子们已经跑出来串门。村子的祠堂里漆黑一片，我俩在祠堂门口的台阶上坐下来。

我们没有再对话，没有再讨论复杂的局面、可能的变化及应对的方法。谈过太多这样的东西，我们都彼此熟悉了，如今不用谈了。我递了根烟过去，小花第N次拒绝了我。我们就这么一声不吭地坐在一起刷朋友圈。手机的光照在我们脸上，清冷，却很安宁。

第十章

出发

黑瞎子的朋友圈几乎不更新，没有人知道他在做什么，但就在刚才，他发了一张图片，上面写了一个"穷"字。文字写的是："开年接活儿，等开饭。"

我和小花同时点赞，但都没有任何表示。

我在村里的屋子其实很大，我安排好了房间，让他们开着电热毯各自睡去。回到我自己房里的时候，已经快凌晨4点了。缓慢地洗漱后，我躺倒在床上，这才意识到在这种极度的从容下，我的内心是激动的。

我合眼就睡着了，一觉睡到了中午12点，醒来的时候发现他们已经开了第二场麻将，胖子刚刚自摸了今年第一把十三幺。

我用温水洗脸后走到院子里，外面空气冰冷，整张脸冒起水汽。小哥翻出了我们之前的一些装备，在检查是否还耐用。

晚上7点左右，我爹妈、二叔、小花和秀秀都离开了，他们还有自己的拜年项目。我们送他们到了镇上，回村的车上，又只剩下我们三个人。晚饭时我曾和二叔聊了一会儿，二叔也没有为难我，只是让我想想，我爹妈再过几年怎么办。

还是胖子开车，我坐在副驾驶的位子上，拿起手机，点开了雷本昌的短信，里面是集合的地点、时间和可能需要我们自己准备的东西，并没有新年祝福。

车里的人都不说话，接这趟活儿对我们这些退休人员来说，多少有些羞耻。我仍旧没有找到我们接受的核心原因是什么，特别是小哥接受的原因。不过我总感觉，他是想让我看到什么。

时间飞逝，接下来的几天我和胖子做了一些恢复性训练，至少让自己的关节能适应跑跳的状态。我也照例做了一些研究，把老头发我的东西做了一下整理。胖子把老头的腊肉都炒着吃了，按照道理，这些就是定金，我最后反悔的机会都没了。不过，腊肉味道还不错。

到了时间，我们在镇上会合。镇上很多店都陆续开张了，老头开着拖拉机，装着他的钓鱼装备早早在早餐店门口等我们。我吃着鼎边糊（又叫锅边糊，福建特色小吃）看他拖拉机里的东西，就知道他确实是行家里的行家，虽然里面很多装备都是现成的，但都经过了改装。

好的改装不会让人有违和感，这是一种很奇妙的感觉，你一眼看去，从本能上就能感觉到这种改装是有效的，即使做工非常没有美感。

开着拖拉机我们往山里走了十四个小时，在雷本昌安排的农户家落脚歇了一歇，再开拖拉机往一个偏僻的山村前进。我听过那个村子，我一般管这种村子叫断头村，因为村道到了这种村子就没有办法再往后延伸，这种村子往往背靠着大山，或者距离下一个村子很远。那个村子背后靠着武夷山的余脉。

开到村道的尽头，前面是田埂，田埂的尽头是一片林间坟地——现代的水泥坟墓。我们下了拖拉机往里走，过了坟地就是野山，山上的林子很柔和，既没有参天大树，也没有特别诡异的密林。我们在其中穿行，看到很多地方还有荒废的碎石台阶，再往前就看到了武夷山的山影。福建并没有真正的无人区，我们走了半个小时爬上一个山头，放眼望去，看到一片绿色的山岭，刚觉得有点儿意思了，结果再过一个山头又看见梯田，说明虽然是深山但还是有人耕作。这么重复了两三次之后，我们才算真的进到山里。

老头说的深潭并不算太远，几个小时之后，我们终于到达。这里山势奇伟，到处都是瀑布。我还以为雨村瀑布的密度已经是最高的了，但此山中溪水、瀑布、深潭组成的水系让人目不暇接。胖子每过一个潭口都会提问，老头都会耐心地回答潭的名字，有什么来历，有什么鱼以及他什么时候来过，来过几次。

老头落步稳健，毫不犹豫，看得出对这一片非常熟悉。

到达那个深潭的时候，我才发现它和我之前想的完全不同。这个深潭位于一块巨大山岩的下方，山岩像个鸭舌帽子一样正好盖住了潭面。潭面大部分都在岩石的阴影下，只露出一个边。我们从山岩下到潭边才知道当时的人为什么要走下潭去，因为潭最深的地方在山岩下方的最里面，他们只有涉水到那块石头下面，才能把钓竿甩进潭底。

因为阳光很好，所以能看到这个潭水浅的地方的底部有几块巨大的山体岩石，被水腐蚀出了一圈一圈贝壳一样的纹路，感觉很滑的样子。

我们放下装备，在附近扎起帐篷。老头照例准备下一钩，他已经把龙棺菌碾碎了拌在自己的豆饼和虾酱里。但按照闷油瓶的推测，这肯定没用，因为没有特殊天气，那条鱼绝对不会从地下湖游上来。闷油瓶四下观望，查看周围的山势，我问他在找什么，他没说话，胖子说道："你手艺退步了啊，一看就知道小哥在找石场，山中筑墙，必然就地取材，你看这里山头缺下去一块，所以修建下面那座墙的旱道必然就在不远处。"

老头在潭边跪了下来，点上三炷香插在乱石中。我点上一根烟，忽然意识到老头有事情没告诉我们。

第十一章

开
钓

　　我蹲到老头边上，看着老头虔诚地跪在潭前，我眯起眼睛问他："你拜的是谁？"

　　"你知道这么一口潭，从古至今死过多少人吗？"老头闭着眼睛吸了一口气，然后睁开眼，眼睛混浊不清，"深潭都是有灵性的，拜一拜总是不会错的。"

　　我看着他用的香苦笑，以前我也相信这种说法，但如今我知道那就是一潭水，敬重它和轻视它，并不能改变什么。

　　"死掉的那几个钓鱼的人，和你只是普通关系吗？陌生人？"我问道，接过他的香点燃了，也上了三炷香。

　　老头叹了口气，开始组装自己的鱼竿，一节一节接起来："你们这种聪明人，什么都要搞个清楚。"

　　我认得这种表情，三叔经常有这种表情，当他认为我没有必要知道某些事的时候，就是这种表情。

　　我如今已经不生气了，经历过很多事情的人，可能都是这种脾气。我有时候也能理解，太多事情，说出来只会带来更多的问题。不过，我也很懂得如何撬开这些人的嘴巴。

　　我指了指闷油瓶："你看看这个人。"

　　老头看了一眼："他是你们这里身手最好的。"

　　"你觉得你看得透他吗？"我问老头道。

　　老头笑笑："人，不就那么回事？需要看透吗？"

　　"我和他认识好多年了，他一件事情也没有让我看透过，他总是做看上去很简单实际却非常复杂的事情。我想帮他，但连他想做什么都弄不清楚。"我抽了一口烟，"那是因为他认为，这些事情只有他可以做成，其他人是做不成的。"

老头没有说话，自顾自地做着事情。他已经将一根鱼竿组装了起来，在渔线上绑上钓钩，用的是爆炸钩，每只钩子有弯曲的小拇指般大小。他用龙棺菌混合的饵料裹住钩子，空气中弥漫着臭味。我继续道："不喜欢把事情说清楚的人都是这种状态。这种状态的人大部分看透了生死名利，甚至更多东西，觉得世界上没有人懂自己。但唯独有一件事情，他们没有看清楚。"

老头停了下来，看着我："是什么？"

"这种状态没有什么了不起的，这种人世界上也多的是。"我说道，看着他的眼神，"你可以不说，但是别骗我，你只要说一次谎，我马上就会知道，不管我们走了多远，我都有能耐把他们叫回去。"

老头低下头，看不到表情，人很难不骗人，任何人都没有办法生活在绝对不能撒谎的环境下。我相信他肯定会把心里话说出来的。

我转身退回了几步。老头脱掉鞋子，卷起裤腿，往深潭里走去。他的小腿上全是多次冻伤导致的重复伤痕，他走到石头下面，水已经到了大腿，他没有再往下走，因为再往前水底变得坑坑洼洼的，人站不住。

老头横过钓竿，打开飞轮的保险，横着对着潭的最里面一甩，像甩鞭子一样把鱼钩甩了进去。杆子甩得非常轻，外行看不懂，我一看就明白这一甩需要很大功力。

鱼钩横着甩出，贴着水面打着水漂飞了出去，准确地落在潭口，沉了下去。

看着非常轻松的一甩，但在钓鱼人看来，这已经是绝技了。老头开始放渔线，这一根渔线200米长，大概有90磅（1磅约等于0.45公斤）的拉力，飞轮看着比普通的大了起码一倍。渔线一直往下放，显然钩子一直在往下沉，放了一多半，轮子还没有停止。

接着，老头退了回来，将飞轮的线的后端接到了一个大概篮球大小的滚轴上，滚轴上全是钓鱼线，估计有好几千米长。很快，鱼竿上的渔线放完了，开始放滚轴上的钓鱼线。

我意识到老头在这里钓那么多年绝对不算长，这他妈放满一钩子，就可能要半天时间，放一次竿，起码要几天，拉钩子上来估计也要一整天时间。

也不知道放了多少线下去，线终于不自己走了，这根钓鱼线已经刺入山体的深处。

"为什么不多用点儿钩子？我看人海钓，线上全是钩子，放几公里长，钓皇带鱼。"胖子问。

老头将鱼竿和飞轮分离，我知道鱼竿只是为了甩钩子进去，正式拉鱼上来，需要滑轮设备。老头找了一块大石头，压在那个巨大的滚轴上，然后对胖子道："钩子太多，容易钩上岩石，真那样了一点儿办法都没有，只能剪线。"

他坐到岸边的一块石头上，拧开茶杯开始喝茶，眼睛死死地看着那个连着滚轴和潭底的钓线，进入了入定的状态。

胖子耸了耸肩，我们回到闷油瓶身边。我有些泄气，老头没有被我吓住。我对他俩道："小心点儿那个雷本昌。"

闷油瓶还在高处的石头上仔细地观察，但是已经不那么积极了，看样子，这里并没有线索。我也帮他一起找，但脑子里是漆黑的水底，一根钓线在黑暗中随水流漂动，一个小小的鱼饵，冰冷地散发着味道。

这一切就发生在我的脚底几百米深的地方，那里像有一只纤细的手，在水中漫无目的地摸索。

那条鱼真的存在吗？它知道我们的存在吗？我心想。

老头不起线，我们也没法离开，三个人坐在山崖上，云从天上飘过，我们一句话也不说，看着夕阳落下，给山岩镀上了金色。

风不大，空气冰凉，三个人挤在一起，让我想起了很多很多一样的时候。那些时候，我们每个人的心中都有着不得不去做的事情，如今，心中空空如也，什么都没有。

"真美啊，之前看过那么多名川大河，怎么就没有停下来好好看看呢？"胖子说道。

是啊，真美啊。夕阳慢慢下到天的边际，我打开手机，这里没有信号，电还很充足，我放出一首没有歌词的歌，然后靠着胖子沉沉睡去。他身上有一股胖子特有的混合着烟草的油脂味。在野外三个月，所有人身上都是这种味道吧。

从长白山回来之后，我再也没有在野外睡过。以前每次睡觉之前，我都希望不要发生任何事情，不要做梦。这一次，不会再发生任何事情了吧。

晚上8点，降温之后，我被冻醒了，胖子张着嘴大睡，闷油瓶不在我们身边。我揉了揉脸，点上一根烟，把胖子推开后站了起来，就看到深潭边上亮着两盏渔灯，其实就是防水矿灯，闷油瓶提着帮老头照着潭面。老头踩在水里，正在转动滚轴，把线拉上来。

"怎么了？"我走下去。老头说道："中鱼了。"

渔线绷得笔直，每转动一圈，老头几乎都用出了吃奶的劲儿，他用力转了两三圈后忽然放开了手，滚轴便非常快地转动了十几圈，然后被老头再死死锁住。

"是那条鱼吗？"我心想，龙棺菌这么有用？这么多年都没中，现在竟然中了？

老头叹了口气："不是，应该是其他鱼，有一米多长，我以前也钓到过，不是它，否则……"

我不知道老头"否则"的后面是什么，也许是否则他根本拉不起来。我看着他开始逐渐加大了收线的频率和力度，慢慢地，渔线那边的拉力和爆发力都慢慢减弱。老头开始不停地收线，我们也可以帮忙了。

一个人收一个小时，轮到我的时候，我还兴奋了一下，鱼虽然不再抵抗了，但是手感仍旧非常沉重，几分钟手就没力气了，得休息一下才能继续。胖子醒的时候，我们正好把那条鱼从深潭里拉了上来。在出水的一刹那，我就看到矿灯下一个黑影带着白鳞出现在水面下。水面有放大效应，那个影子像个怪物一样。

那是一条大青鱼，约有一米六长，眼睛已经退化了，不知道具体是什么品种。

"吃过潭鱼吗？"老头问我。我并不知道我吃的那些鱼从哪儿来，但鱼的味道不都差不多嘛。

"放回去吧，长那么大不容易。"我对老头道，"我们四个人吃不了多少。"

老头摇了摇头，拉着渔线把鱼拖到旱地。我此时才看到，这条大鱼的肚子上有一个巨大的缺口，整条鱼几乎要被咬断。

"刚才不是我把它的力气消耗掉的，它忽然不动了，是因为被一条更大的鱼咬了一口，立即就死了。"

我用巴掌丈量了一下大青鱼身上的缺口，吸了一口凉气，那条大鱼的嘴倒是不大，但是从这咬一口的力道和准度来看，堪比猛兽。大青鱼几乎是被一口致命的，连同内脏都一口被扯掉了。

"我说的是真的，对吧？"老头看着我，"它就在下面。"

他眼中的混浊消失了，两眼炯炯有神，看着水面，就像能直接看到深处去。

也许在这么多年里，他也无数次地怀疑过这条鱼王是不是真的存在，我心想。老头默默地站起来，把鱼用树枝挂起来，开始刮鳞片，处理内脏。

我再一次看这个水潭，在手电光下重新审视它。我来到水潭边，看这里的最高水位能到哪里，这可以帮我还原当时那些人丧命的真实原因。按照老头的说法，那些人死前看到了水面下有水草在动，水草是长在那条鱼身上的。

当时福建大旱，水位肯定比现在还低，水面本身就不宽，如果水位再低，狭窄的水面下有一条长满水草的鱼在活动，那鱼不可能太大。

看刚才青鱼的伤口也不大，是不是可以这么推断，那是一条一米以下的鱼。但一米以下的鱼，有没有这么大的力气，可以一口咬死一条约一米六长的青鱼？

我心中产生了疑问，这个水面似乎和所有听到的线索有冲突，但我对鱼类确实又不了解。

我抽了一口烟，地下湖里是绝对的黑暗，为什么鱼身上会长着水草？或者不是水草，而是水草样的东西？

我把疑点罗列了一下：小哥有兴趣；地下湖形状像太极；湖中有人工修建的石头墙；湖中有怪鱼能在大旱的时候浮上水面捕食；怪鱼出现时水潭很小；怪鱼身上有水草一样的东西；雷本昌是给盗墓贼掌灯的。

我停止了思考。我们现在还是为了钓鱼，不要让这件事情变成另外一件事情。保持这种简单的内心，除非我真切地看到谎言，那个时候我会把老头丢下，不管是在什么地方。

老头把鱼处理完，然后切下一些鱼条，用作鱼饵。他还根据鱼伤口的大小，把鱼切成了大概半截手臂大小的鱼块，泡在龙棺菌液里。

他在潭水中把手洗干净，来到胖子身边，开始处理鱼头。正在研究鱼头的胖子秒懂："鱼头豆腐汤！他娘的，我还没见过这么大的鱼头，咱们的锅子够不够大？"

老头说道："鱼饵里有龙棺菌，这鱼头没法吃，洗不干净，但是鱼脑可以挖出来吃。我们明天再往里走，我说的那个地方离这个潭很近，但是鱼游过去要几个月的时间。接下来就要看你们的了。"

"你为什么不再试试，这个潭不是中鱼了吗？"

"钓条鱼上来很正常，但过去那么多年，那条鱼一次都没有上钩过。下面是个大湖，要钓一条特定的鱼，太难了。"老头道，"如果你们可以陪我半年，我可以碰运气，但这显然不可能，我也不想耽误你们。"

老头咳嗽了几声，眼神重归混浊，转身缩回了帐篷里。我们面面相觑，胖子说道："这是个死士。"

"什么意思？"

"他知道自己的结局是什么样子的，已经心无旁骛。你见过这种人吗？"

我的脑中闪现出潘子最后的表情，心中抽了一下。

百年榕树

/第十三章/

第二天早上起程，我浑身处在一种舒缓和紧张交错的状态下，因为这半年下来，我的身体已经完全舒缓了下来，但这种环境让我本能地开始调动舒缓下来的神经，想重新活跃起来。

在路上，胖子一直眯着眼睛翻看手机上昨晚拍的鱼的照片，鱼已经变成鱼片了。这条鱼存在过的唯一证据，就是这张照片，不知道他为何一直看。

"你是没吃上鱼头心有不甘呢，还是已经变态，连鱼都不放过了？"我问他。

"你懂个屁，要学会从细节里发现线索。"胖子说，"一看天真你丫就不知道生产知识，也难怪，你这种生活在城市里的小少爷，能分得清楚猪羊就不错了。"

在胖子眼里，我可能永远都是小少爷。我凑过去，他把照片放大了，在看那条鱼的伤口。

"到底怎么了？"我勾住他，"少他妈给我装蒜，立即，马上，即刻，Right Now，告诉我。"

"你他妈不会自己看，这咬的地方是哪里？"

我心想，我对鱼的生理结构又不熟悉，怎么知道是哪里。我看了看鱼伤口的部位，在肚子往下一点儿的地方，不由得倒吸一口冷气，说："难道是那玩意儿被咬走了？"

"你什么时候看过鱼长那玩意儿？你家吃过鱼鞭啊？"胖子道，"这个部位对青鱼来说很特殊，你如果搞过生产一定知道，青鱼有二宝——青鱼石和青鱼胆。青鱼胆有剧毒，人吃多了就会挂。"

"你他妈这些冷门的知识都是从哪儿学来的？"我看着照片上青鱼的伤口，说，"你的意思是，这个部位有青鱼胆？"

胖子点头，我又说："你的意思是，这条鱼这个部位被咬不是偶然的，青鱼胆有什么用？"

胖子沉默不语，"啧"了一声才道："老子又没用过，怎么知道？问老头，老头肯定知道。"

老头在我们前面走，眼睛一直看着前面。我知道他什么都没有想，但也没有走神儿，他走路就是走路，现在这个时候，天地间没有东西可以烦扰他，除了我。我上去就把胖子的问题丢给他。

"哦，啧，这有点儿意思。"老头看了一眼手机里的照片，也皱了皱眉头，告诉我，"青鱼胆是重要的药材，可以清火明目，但人吃多了会上吐下泻，甚至会麻痹休克，或者就死了。"我回到胖子身边，胖子就道："咱们假设，暂时假设哈，这一口是看准了咬的，老头要钓的那条怪鱼，会不会爱吃鱼胆？"

这无法验证，只能说是我们的一种臆想。但不知道为什么，我总觉得胖子说的是有可能的。为什么有这种直觉，我无法思索清楚，总觉得其实是有根据的，但一时又拿不出证据。

老头显然非常熟悉这里，他有一条便于行走的路线，虽然没有路，但是碎石和落脚的地方他都知道。很快，我们便到达了那个水潭边，一看便知道这里不一般。

这个水潭处在一个小天坑之下，天坑四周的乱石缝隙里全是榕树，密密麻麻几乎挤在一起，根须布满了天坑壁。榕树的树枝犹如巨手，在天坑的上方互相纠缠，把整个天坑都盖了起来，只有零星的阳光可以照进来。榕树树枝上也有无数的气生根垂下，落到天坑下面的水潭里。

整个天坑的口子有两个篮球场大，天坑底下是一个大潭，潭水碧绿，往下看颜色发黑，显然非常深。我们靠近潭边，无数的小鸟飞了起来，从缝隙中飞了出去。

"有点儿意思。"胖子说，"小哥，这要是夏天，咱们肯定游个痛快。"

闷油瓶没有说话，在看周围的乱石。我已经明白，这里就是我们之前一直想找到的采石场，榕树在石头缝隙里发芽，长成了大树，都有四五人合抱那么粗，从这个就能推断出这边的采石场至少都有几百年的历史。

闷油瓶头稍微一转，如今我已经能够知道他的一些习惯，他这是在看石头之间的距离。他猛一发力，两脚凌空踩上一块石头侧面突起的裂缝，然后再次翻身跳起，单手一撑就上到了榕树的树梢上。他丝毫没有停留，接着往上踩跳，一连串做了几个人类几乎不可能做到的动作后，上到了榕树的树冠。

就像放了个窜天猴一样，我和胖子都已经习惯了，看都不看。我俩从目瞪口呆的老头边上经过，互相帮助，开始缓慢攀爬。

"小心腰啊。"胖子道。他把我托上闷油瓶跳上去的石头，我再转身把他拉上来，然后慢慢地抱住树干，胖子把我顶上去。

/ 第十四章 /

鱼道

我不是没有能力跳上去，虽然我的弹跳力不是那么强，但我的韧带仍旧是松的，黑瞎子当年的速成训练到现在仍旧可以让我掌控自己的身体，我只是没有必要这么做。

我明明可以爬上去，为什么要跳上去？

我抓住树干，胖子用力一顶，我顺势翻了上去。雷本昌在下面问："你们都上树干什么啊？"

胖子道："你不懂就闭嘴，这是给你找路呢，别破坏我们的灵感，识趣的你弄条鱼上来给我们庆功。"

老头听了似懂非懂，点点头，忙自己的去了。我把胖子拉上来，两个人继续爬，就看到闷油瓶靠在一根树枝上看四周的山势。

我装作气不喘的样子，爬上去轻松地靠到另外一根树枝上，摆好Pose准备观山定位。胖子看了看上面树枝的粗细，就在下面的树丫上坐下来。闷油瓶忽然看到了什么，踩着一根横长的树枝往树梢走去。树枝被压弯的瞬间，他蹲下拽住树枝，挂落到潭边的石头上，然后顺手抓了一把叶子，往深潭里丢了下去。

树叶飘落，缓缓飘向潭面。我和胖子对视了一眼，我心想，还观不观了，爬上爬下的要我老命是吧？

看老头在看我俩，我决定先做做样子，否则很容易被老头看出我们没跟上节奏，于是表面上装出眺望的样子，实际在思索闷油瓶看到了什么。

我看了一圈，四周都是榕树，附近的山很矮，都看不到什么巨大的石头，这种地方就没什么可看的了。潜龙脉要去高处看，这里这棵树最高，但显然还不够高，真不知道古人是怎么看的。

我翻身下树，稳稳落地，留胖子一个人在树上观看。我来到闷油瓶身边，他蹲在石头上，看下面的水潭，说："有洞口。"他指向像被蛇一样的榕树树根包住的天坑壁的某处，我看不清楚树根之后有什么，但他指的方向靠近水面。

"怎么知道的？"我问道。闷油瓶指了指潭面漂浮的树叶，我立即明白，刚才撒树叶下去，是想看看下面是否有风拂过，看来是有，这说明下面有风口，这种封闭空间有风口就必然有洞穴或者缝隙。

我回头看了看树冠，以前闷油瓶这些举动我就算看几十遍也看不懂，但是这段时间，我努力地向他讨教了几次，大概理解了其中的逻辑。他上去看山，是看风水龙脉，既然看不到，那就看地下水位。这里的山势状态和深潭的水位不吻合，他怀疑深潭本身有问题，不知道是不是这样。

我仔细观察，用上了望远镜，果然看到了榕树根须后面有一个小洞，一个人蹲着应该能进去，如今全部被根须掩住了。

闷油瓶爬下去，拿出斧头砍掉了挡住洞口的根须，看到树根还进入洞口很深。我们用绳索滑下装备背包，又在树上盘了绳子，一个一个下到洞里。榕树的树根非常好攀爬，只是靠近水面的树根长满了青苔，使得我们脚下经常打滑。

钻入洞内，光线变暗，落脚也很不舒服，潮湿的青苔一踩都是绿水，看样子这里有时候会被水淹没。洞口往里的路马上就斜着下去了，所以光线极速变黑。洞壁上的石头属于片层岩，应该没有被修整过，一棱一棱的。洞里有潮湿的空气吹过来。

我和胖子局促地蹲着走，雷本昌在最后，闷油瓶在最前面。我的脚竟然有点儿抽筋，胖子就道："看仔细点儿，各位，这可难碰到，这不是走人的通道。"

"这不走人走什么？"我警惕道。不知道他又要说出什么惊世骇俗但往往又对的结论来。

"走鱼。"胖子眼睛冒光，显然他自己都感觉惊奇，"这是条鱼道。"

"鱼道？"我摸了摸四周的石头。胖子接着说："我只听说过，没想到还真的有。这地下湖里如果真的有建筑，那这些建筑所需要的石头、砖块，都不是人运下去的，而是鱼运下去的。鱼只要不停地往下游去，它身上拖着的石块，就会由鱼道拖入深处，在下面被人拦截取下。"

我摸了摸下巴，心想，还能有这事呢？但这鱼怎么上来的？而且如果是水道，为何现在没有水？难道洞的深处有水？那我们不就下不去了吗？

　　闷油瓶打起了一个火折子，往鱼道的深处甩去。在我的位置，看不到深浅。他看了几眼，就开始往下挪，说道："千万别说话。"

第十五章

盐花

我戴上头灯，我认为头灯是我用过的所有照明器械中，最适合洞穴探险的。它照得不远，但是它和我的头是同步的。唯一的问题是，两个人面对面说话时，容易被对方的灯闪瞎。所以，"不要看着我"就变成了我们的口头禅。

闷油瓶往下之后，我们把所有的装备都系到绳子上，做了一个滑轮挂上。我们抓着绳子一头下去，等落到底之后，就可以用滑轮把装备放下来，这样就不用负重往下，可以节省体力。

胖子第二个往下走，往下的石道不是笔直的，有坡度，像个滑梯一样，一看就是人工开凿的，只是这个"滑梯"非常长，而且上面有很多尖锐的石头突起，人一旦失去控制滑下去，就会被拉成人条，碎肉能挂满一路。所以，他很小心地用脚踩着这些突起，宁可像攀岩一样往下爬。

下去十多分钟后，鱼道里面一片漆黑。所有的探险中，我最讨厌在黑暗的狭窄空间中摸索，不能畅快活动让人内心非常焦虑。这里的鱼道狭窄，我站不起来，这让我的心情变得很差。老头体力更差，喘得更厉害，手脚不停地发抖。

"你们有没有想过等下怎么上去？"胖子说道，"看样子元宵节咱们得在下面过了，这不是好兆头，知道不，这不是好兆头。"

"他娘的，你接活儿的时候怎么没这么说？"我骂道。我的头灯光照出了岩壁，上面有大量被水冲刷的痕迹，呈现出各种不同程度的灰色。我心想，水呢，这条鱼道里面的水到哪儿去了？我们现在的位置，其实已经在外面深潭的水位以下了，如果水系是相通的，为什么这里没有水？

我摸着岩石，想在石头的表面找到一丝水汽，但是除了潮湿的空气，鱼道表面的岩石是干燥的。

我们放下装备，在休息的位置再次放置滑轮，以防绳子用完。闷油瓶忽然用手指抹了一下岩石表面，放进嘴里沾了一下，我看了看他的手指，突发奇想，趴到石头上舔了一口。

"哇，天真你这个变态，你干什么？"胖子怒道。

我咂着，发现石头非常咸。

"盐。"我说道，"石头里含盐。"

福建的海盐市场非常发达，山中的小盐矿无人问津，难道这里的岩层中有盐层吗？

想着我又舔了一口，老头虽然觉得我奇怪，但也跟着舔了一口。胖子也舔了一口，然后吐掉。

有意思，我心中暗暗说道。当时并不知道这是愚蠢的行为。

继续往下走，三个小时之后，石头上开始大面积地出现盐花，掰下来一看是盐巴。黑暗中，在头灯的照射下，这些盐花犹如宝石花一样璀璨发光。

这是一个盐矿，下面的湖有可能不是一个淡水湖。

盐是辟邪的东西，这里有盐是个好兆头，但此时我的肚子疼起来，绞肠痧一般地疼，这些盐里估计有不好的杂质。

我捂着肚子忍了十几分钟，疼得脸色发白。在这斜坡之上，我难道要就地解决吗？万一"那个"滚落下去，糊下面的胖子和闷油瓶一脸，那过去十年我就白辛苦了。大概是我表情可怖，雷本昌问我怎么了。

我摆摆手，作为一个高手和扛把子，我必须自己解决这问题。

第十六章

青铜铜管

我停了下来，让他们先下去，我稍后赶上来。雷本昌和我擦身而过，他见我脸色惨白就知道肯定哪里不对。但是，胖子已经麻溜地下去了，估计他知道我要干吗。

等他们的头灯光消失在通道的下方，我内心的面子压力减轻，开始四处观察。我需要一个天然的凹陷，或者我需要两个。然后，我掰下墙壁上的盐花，撒在完事后的凹陷上，风干之后，应该不会有破绽。

在头灯照射下，我一寸一寸地找了一圈，也没在石壁上发现足够大的凹陷处。头顶上有，可我也没有办法反重力完成这件事。

我深吸一口气，拔出腰部的地质锤，开始敲击我身体下方的盐花，如果这里的盐层足够厚，我就可以在上面刨出一个盐坑来。

心情不好，我下手就快了一点儿，没敲几下，整片盐花就被我敲了下来，滚落下去。胖子在下面骂："小心点儿，胖爷我的发型一千八百块。"他刚说完，我敲击岩壳的地方就裂开了，裂缝犹如有生命一样快速地扩展，瞬间扩展到我四周的整个隧道。我愣了一下，没反应过来，就喊了一声："要完了。"

"你屎掉下来了？"胖子在下面大惊。我脚下的盐壳瞬间就碎了，盐壳是一整片，如今犹如滑板一样，我一下就裹挟着无数的盐壳碎片滑了下去。我大叫："我掉下来了！"

几乎瞬间我就撞上了胖子，我的双脚夹住了胖子的脖子，两个人根本没有刹住，直接继续往下滑。我反手用镐子敲击岩壁，想做一个锚点，敲得火星四溅，根本敲不进去。一下就要撞上闷油瓶。

几乎只有四分之一秒，我根本来不及思考，他就单手撑住一边的岩壁，跃起一个平行翻身把我们避了过去。胖子大叫："没义气啊！"一下又越过闷油瓶撞上雷本昌，我们三个糊面团一样直接开始打转往下。

　　通道一下变得非常倾斜，下落的速度变得极快，我连续撞到了十几块凸起的石头，就好像有乱拳在通道里打我们一样。那个疼痛和冲击感，让我七荤八素。接着，我身下一空，似乎通道变成了90度垂直的一口井，我都摔得腾空了。

　　我×，难道要摔死！我心中大惊。这时候，一个黑影越过我头灯的光区，一下揪住了我的领子。

　　我们三个人几乎是被直接拉住的，凌空拉停，衣服一下被拉直，纽扣啪啪啪一直弹飞，我立即用力，在衣服脱身之前双臂往下，让衣服没有从领子被拽掉。同时，我们裹挟下来的盐壳碎屑拍在我们头上。扑打盐壳碎屑有一分钟，东西过去之后，我们浑身都是盐屑了。

　　三个人的重量太重了，拉得我两个腋窝剧痛，似乎要被撕裂，瞬间我青筋爆出，抬头就看到闷油瓶单手拽着我们，我抬头的瞬间头灯照过去，他把脸扭开。

　　那个瞬间我看到了他的头后面，盐在空气中滚动，一时我以为有一张脸在他身后的黑暗中，但瞬间被吹散了。即使如此，我的心脏还是几乎骤停。

　　我就看到在他的身上绑了绳子，刚才他先做好了安全措施才冲下来，最后一刻拉住了我们，也不知道是怎么追上我们的。

　　我往下看，通道果然已经逼近垂直，刚才一吓，我的肚子完全不疼了。胖子和雷本昌挂在我下面。胖子还在大叫："啊……"

　　我们三个被拉上去，就发现通道根本站不住了，太陡了，而且被我们冲击了之后，我们稍微用登山镐一敲，盐壳就立即开裂往下掉。

　　盐花裂开之后，竟然出现了一块生锈的老青铜板。

　　我环顾了一下四周，用地质锤把四周的盐花都敲掉，我惊讶地发现，这个鱼道的表面嵌着一块一块的铜板，被做成了管道的样子，有一个曲度，上面都是石头一样的盐花，所以我们下来的时候以为是个石头通道。

　　我尝试着在铜板上站住，但铜板上有极细的盐粉，非常滑。

　　我们四周的裂缝不停地往上开裂，胖子上来的瞬间继续往下滑去，被闷油瓶直接扣上了安全绳，就挂在陡坡的边缘。

　　铜板表面因为腐烂起了很多锈泡，已是坑坑洼洼，有些地方全是绿色的铜花，有些地方还带着奇怪的蓝色和红色。铜起锈和铁不一样，铁是起鳞片，铜是起疙瘩。看锈看千层，这块铜板锈下起锈，都可以用指甲摸出好几层来。铜板上都是密密麻麻如蝌蚪一样的花纹，每隔一臂的距离，有两条并排的抽象的鱼图案。鱼的鳞片呈云纹状，鱼头的前方有一个似乎是太阳的圆形，看不出用意。

胖子才缓下来，我们去看雷本昌，他似乎已经晕了过去。我心想，也有可能被胖子压死了，但也管不了那么多了。

胖子敲了敲铜管，我们都十分肯定，管道外面是空的，这条铜管通道并不是插入岩层中的，它的外面有可能是一个巨大的悬崖，或者它是深水之下。

闷油瓶把耳朵贴到铜管上，胖子立即学样，听了半天，我问他们到底听出了什么来，胖子摇头："瀑布？"

我爬到他的位置听，听到的声音非常轻微。不知道这些铜管有多厚，铜管的外壁可能还有厚厚的一层盐和石垢，所以听不清楚外面的声音。能听到的那些细微声音很复杂，如果外面有瀑布，那绝对不是一个，应该是无数个巨大的瀑布正在奔流而下。

"这个地下水系，非常庞大，这条人工的通道，阻止了外面的水汽进入，当时有人在这里修建的工匠道路特地做得很光滑，可以让物资滑下来。"我一边说一边用头灯往下照去。

通道已经见底了，刚想说话，闷油瓶一下越过我们，踩着通道两边，横跳两下借力往下，瞬间落到了这个通道的底部，然后抬头看着我们，意思是：来吧，我接着。

第十七章

盐原奇景

我们三个人下去的过程惨不忍睹，也没有必要多叙述了，总之在经历了巨大的刺激之后，我的肠胃是不疼了，但是随时有可能拉裤子，让我心神不宁。

三个人都陆续下来，雷本昌是胖子背下来的，我们用水把他弄醒，问他才知道，他是被胖子一脚踹晕的。

地下就是坑底，一边有六七个口子继续分岔，但我们不用选，因为只有一个口子有巨大的风吹进来，闷油瓶出去探路，三分钟之后他就在前面轻声说："到了。"

前面的人一个一个爬出去，到我了，我看到头灯照亮的空气中飘着无数的盐屑，像下雪一样，出口外面是一片盐覆盖的地面，似乎非常空旷，头灯的光照不到尽头。

我也爬了出去，才探出头，头发立即就被吹乱了，盐粒灌入嘴巴，满嘴都是苦涩的咸味。巨大的风吹得我脸上的肌肉都抖动起来。

鱼道的出口在一个像干涸水潭一样的盐坑的坑壁上，坑的深度有半人高，坑底全是盐花。

我们爬到坑的边上，面前一片漆黑，除了眼前飞舞的盐屑，什么都看不到。胖子翻出狼眼手电，打到最大，瞬间照出去几百米。我们发现我们在一片盐原上，全是白色的盐形成的平地，非常平整，而四周什么都没有。

手电光晃来晃去，盐屑如雪花飘舞。光线不能到达的地方，皆为虚无。风也不知道从哪儿来的，吹得人耳朵发麻，吹得盐屑如沙子般打在脸上。而在极远的边缘某处，却能隐约看到很多似乎是盐花覆盖的洞壁。这里是一个巨大的地下盐洞。

胖子把手电往上打去，我们看到了盐洞的顶，就在我们头顶十几米处。盐面多结晶，反射光，显得流光溢彩。

回过头去，我看到犹如怪兽一样的盐壁，盐花结得跟触手一样，扭曲着盘绕在盐壁上。我们往前走了几百米，再回头看，就发现这块岩壁并不是这个巨大盐洞的边缘，只是一块巨大扁长石柱的一面，石柱连接上面的盐顶，盐花疯长，犹如一个巨大的华盖。

我们出来的鱼道口在石柱的下方，边缘处堆积了很多的石头，这些应该就是经过这鱼道运下来的建材。仰头看石柱，它大得犹如一艘万吨巨轮。

"这是什么地方？"胖子大声喊道。

我也拿出狼眼手电，拧亮对准脚下的盐原，这里犹如雪地一样，是一块由盐形成的地下平原，那前面也许有更多巨大得犹如航空母舰一样的石柱支撑这里的盐顶。

"到底有多大？"我在问自己，"这么巨大的洞，拿里面的盐腌白菜，我能垄断全国。"

"湖呢？"老头竟然没有被眼前的景象吓到，而是问我们。

第十八章

子母湖

我们在入口处插上一个无线电信号机，作为入口的记号。四个人打开无线电对讲机，测试了噪声的强度，然后开始在狂风中往前找湖。

我现在仍旧无法明白这个巨大的地下山洞里曾经发生过什么，由青铜管下来，这里的地质结构我就无法复原。从老头的叙述来看，这地下应该是一个巨大的地下湖，地下湖的中心有一条人工建造的石墙把湖隔成了两部分，但我们下来之后，发现了建造石墙的材料，却没有看到湖。

难道这块盐原就是原来地下湖泊的湖底吗？我心想，湖水已经干涸了？刚才出来的时候，我还觉得自己听到了水声，后来发现那声音都是盐粒刮过盐原的摩擦声。

老头一脸迷茫，走几步就会茫然地看看四周。胖子拍了拍他，让他淡定一点儿。

"我们现在在哪个位置？"我问胖子，他对这种爬上爬下的折腾，脑子要清醒一点儿。胖子就和我说："咱们现在应该是在山里，这条青铜管进入岩层之后，往下的趋势就放缓，但是横向的趋势加大，所以与其说我们一直在往山的底部走，不如说一直在往山体的内部走。"

这推论是符合逻辑的。胖子道："咱们盘算一下，别瞎走。"他用脚把我们脚下的浮盐抹掉，坚硬的盐面露出来了。他拔出锤子，在盐地上画图。

"普通的地下水系是怎么样的？首先，山中有很多水潭，里面的水来自四面八方的高山流水。水这种东西，就是一个道理，从高处往低处走。武夷山顶上的水往下流，有的就积在水潭里了，但这个水潭里的水，还得往地下走，怎么办呢？它就往岩石的缝隙里渗入，这些渗水缓缓地往下渗透，遇到地下的洞穴，就开始滴落、汇聚。无数个水潭同时这样，就形成了地下的小溪，小溪再汇集就会变成地下河或者地下湖泊。"

我点头，他继续道："但是按照这个道理，这深潭里的鱼，总有一天会被捞光。事实上，很多深潭里的鱼源源不绝，鱼从哪儿来？古人就开始传说了，什么连着海眼啊，连着龙宫啊。到了近代，有人给出了科学的解释，说是这种深潭连着地下河。但问题是怎么连？地下河要在水潭的下方，那你在潭底打个大洞，潭里的水就全流地下河里去了，所以，大部分人认为这种潭在上、地下河在下的地下水系是不对的。大部分时候，地下河不是在水潭的下方，而是在水潭侧方的大山内部，两者水位是一样的，这样水下有洞连着就很合理了。"

我继续点头，我家里有一套《十万个为什么》，在我的印象中里面也是这么说的，而且里面的问答，还引用了许多毛主席语录。

"还有一种可能，就是子母湖。"胖子说道，"我们看到的深潭是一个子湖，在我们看不见的山的内部有一个高度一模一样的母湖，二者在水位以下有通道相连。母湖的水平面以上，有旱洞连通地下河的旱洞，这些洞穴都在水位以上。地下湖水位上涨，涨过平时的水位线把这些旱洞淹没，那鱼和水就会从地下湖灌入母湖里。鱼还可以从母湖游到子湖。"

把地下河换成地下湖泊也是一样成立，从逻辑上说，这两种情况其实是一种情况。这条古青铜鱼道往山内延伸是正确的，按照趋势和逻辑，我们确实已经到了地下湖的所在。之前我们看到深潭的位置，应该是在这个山洞的侧面某处。

如果地下湖泊干涸了，那么肯定出现了什么地质巨变，老头要钓的那条鱼肯定早就死了，或者变成了巨型的咸鱼。

"他娘的就在这儿，湖呢？"胖子挠头，挠了一手盐粒子。

我抽了一口烟，烟都是咸味的。我看着胖子画的图，皱起眉头："等等，风从哪儿来的？"

封闭的山洞里是没有风的，如果山洞通着很多地方，气流才会涌动。这很符合胖子说的第二种情况——子母湖。这个巨大盐洞的上方可能有很多旱洞，和整个山体的洞穴相连。风是从这些洞里吹进来的，而这里的风非常紊乱，这非常符合推断。

继续往前探索，我已经被吹得蒙了，嘴唇咸得开裂，眼睛里、鼻孔里全是盐粒儿。用胖子的话说，再走下去我们的肺就被腌熟了，但仍旧没有水的迹象。

我们坐在地上休息。我看着盐原，听着像水声一般的盐粒声，心想，这里简直就是盐的海洋，如果这里曾经有湖，这么咸的水，鱼能活下来吗？

　　想到这里，我灵光一闪，盐海盐海，那个湖会不会在我们脚下的盐壳下面？我趴在地上，把耳朵贴近盐原，但听不到下面的声音。我的动作让胖子也醒悟了过来，他拿出地质锤敲了敲盐面，盐面很厚，纹丝不动。

第十九章 / 钻洞

　　胖子和闷油瓶翻出装备，取出洛阳铲。我们每个人带了五截螺纹管，都是特制的高强度的碳纤维材质，找鱼竿厂定做的，特别轻便。胖子立起铲头，开始往盐地里敲，因为盐结块之后变成晶体，铲头没有办法像进入泥土一样刺下去，每一次敲击，盐面就开裂，最后整块整块地碎掉。

　　我张着变成腌香肠的嘴唇问胖子："还记得咱们在雪山上用炉子融冰挖洞吗？"

　　胖子长叹了一口气，年纪大了之后容易气短，在大风中呼吸越发困难。他搬出酒精炉子："天真，盐能融化吗？你大学生他娘的别要我，我觉得我马上就要被咸死了。"

　　正说着，边上的老头也摊开了自己的装备，从装备包里拿出了两根和洛阳铲很像的钢管，一根头上是钻头，另一根头上是一个摇杆，后者是冰钓时候用的手摇冰钻。老头一人孤零零地在我们三四米外，开始在地上钻洞。

　　胖子做了一个表情，意思是你瞧瞧人家，那叫一个专业。

　　我们踩着的地面很稳，如果下面是空的，那盐层肯定很厚，老头的钻头估计不够长。老头慢悠悠地开始打钻，一根钻头打下去之后，拿出一根螺纹钢管接上。转动了十几分钟，他站起来歇息了一下继续，我们在边上蹲着抽烟看。烟越抽越咸，我拿围巾围住嘴巴，四周一片漆黑，盐屑被吹到我们有限的照明灯光的范围内才会出现一下，然后迅速消失在黑暗中。我转头看闷油瓶，他的灯光往黑暗中远去，显然他去探路了。

　　他对一个区域的探索范围比我大得多，我一般只检查周围几百米。闷油瓶到雨村之后，几乎走遍了村子四周的所有山脉。有段时间，我一个礼拜都看不到他一两次，不过他每次都会带点儿奇怪的土特产回来，这倒是让人很期待。记得有一次，他带回来一具落难山中的尸体，花了很久才找到认尸的人。

"你知道少数民族有盐葬的习俗吧？"胖子捧起地上的盐，堆砌盐人，"等饥荒的时候，刨出来全是火腿。胖爷我要是盐葬，肯定弄点儿冬笋、千张结陪葬，挖出来时热一热就是腌笃鲜。不过，咱们辛苦那么多年，葬盐里实在太亏了，起码得葬咖喱里。"

"你他妈那么爱吃小龙虾，你应该葬在十三香里。"我道。我忽然注意到老头的手和我们的手有些不一样。

他的虎口的茧特别厚，不知道是不是常年钓鱼导致的畸形。

"老爷子，你手怎么回事？"我直接就问他。

他看了看我，又看了看自己的虎口，说道："天生的。"

我一看就知道他在撒谎，不过倒也没有发现他撒谎的时候紧张或是如何，似乎只是不想说。

老头没有成功，一直不停地尝试，我看了他打的几个洞，觉得这里可能就是当年的湖底，湖早就干涸了，钓上那条鱼的概率已经极低了。突然，我看到闷油瓶用灯光在离我们非常非常远的地方打起了信号。他似乎发现了什么。

闷油瓶的信号

闷油瓶的信号是闪三下，再闪两下，再闪三下，这是我发明的村子灯语，意思是快点儿，快点儿，快点儿。

雨村里房子隔音不好，我有一个储藏间在山坡上面，是问刘刻在买的，他有两间，卖给了我一间。老刘神经衰弱，雷声、雨声、瀑布声，都听不见，唯独觉得我讲话声刺耳。储藏间的边上是一棵大榕树，我在上面整了一个大台子晒咸菜。城里人没有农村人那么利索，我在家里打游戏打晚了，忘记收晒着的荠菜，只得晚上爬上去，踩着房顶收。

这晚上就不能叫唤，老刘睡得早，我一出声他就醒，所以我就拿灯给胖子他们打灯语，收够了一筐子就打灯语让他们上来搬回去。刚来雨村的时候天气暖和，我对瀑布还有兴趣，也老在半夜里爬到房顶上拍月光下的瀑布，这也需要胖子他们帮我接设备。

久而久之，这灯语就成体系了——我觉得所有的语言都是这样来的，我可以用灯语和胖子隔着半个村子骂隔壁大妈半宿。

我们收起装备，朝张起灵的灯光走过去，但走了很久很久，这灯光还是在那么远的地方。

"不对劲！"胖子停了下来，说，"这他妈的不对劲，这他妈是个海市蜃楼。"

我仔细辨别过了，那确实是我编写的灯语，仅仅有骂街和叫人上来接咸菜的作用，这种灯语不会在其他地方出现。持灯的是闷油瓶，而且我也熟悉他打灯语的频率，他的手速很稳定，所以每一次节奏都是一样的。

"走吧。"我说道，"这一次也许没有什么可怕的意外或者机关，也许真的只是很远。"

我们三个继续往前走，老头一路都沉默寡言，但脚步比谁都急切，胖子让他放松下来。

很快，我也开始怀疑出了问题，因为无论怎么走，那灯光都在那个地方，我们似乎完全没有靠近，甚至有时候感觉离那灯光更远了。胖子和我对视了一眼，我忽然意识到，还有一个可能性，就是闷油瓶仍旧在前进。我们走近一些，他走远一些。

"小哥在勾引我们？"胖子纳闷道，"有什么事情不能停下来等等我们，他都跑了几十年，我们也追了几十年，多少应该等等我们了。"

胖子的话触动了我，我之前一直在想他这次来的目的，他想要告诉我什么。跟着他走，意味着他的生命永远奔流，而我们会逐渐缓慢停留下来。

我一时胡思乱想，但最后觉得他绝对没有那么哲学化。闷油瓶是个实用主义者，这种情况，只能说明他在追什么东西，他打灯是通知我们赶紧赶上去。

如果走追不上，那就跑吧。如果我会老去，我也无计可施，但至少现在不会输给他。

"跑！"我对胖子说，"你看着老头，追得上就追，追不上就慢慢来。"

"凭什么我看着他！"胖子怒道。我不由分说，已经狂奔起来。

在盐风里，我朝着灯光跑去，按照黑瞎子教我的跑步方法调整呼吸。我知道匀速是到达目的地的最快速度，但我仍放开了节奏，我已经很久没有全力冲刺了。在长白山的时候，我转身射击的速度，冲刺跳跃的顺畅感，都能让我感觉到自信，那是一种掌控自己身体的快感。我忽然很想重新获得这种感觉。

跑了二十分钟，胖子已经被我甩下很远很远，眼前的灯光却只是稍微变大了一些。我大口大口地喘气，汗水从内衣里渗透出来，浑身冒着水汽。

脸上和脖子上的盐粒被汗水浸湿，变成盐水，开始腐蚀我的皮肤。眼膜也疼起来，我用力闭上眼，只能用疼出的泪水来洗一下。

我继续追了上去，心中已经知道，我赶上他的时候将会精疲力竭。

也不知道跑了多久，灯光终于开始持续变大。我已经跑到虚脱，手脚甩动只是在靠本能。慢慢地，我听到了巨大的水声。

我根本不知道四周的环境，也不用咬牙，双腿继续甩动往前跑去，终于看到闷油瓶背对着我，单腿跪在地上，反手拿着矿灯，正在有规律地打着信号。他的面前，还是一片漆黑。

水声越来越大。我的矿灯照上去，使他的灯光不再那么刺眼。这时，我看到了他正在凝视的黑暗中，有一个巨大的湖面。湖水正在流动，发出巨大的水声。他离这个湖面只有十几步远，脚下的盐原犹如沙滩一样滑入水面之下。

我先站定，让狂跳的心平静下来，让想呕吐的感觉尽快消失。然后，我蹲下来，平复痉挛的肺部。最后，我站起来，缓慢地走过去，来到闷油瓶的身边。

"这就是那个湖？"我几乎用尽全身的力气才让这句话听起来非常淡定。

闷油瓶站起来："小心一点儿，这湖里的东西不寻常。"他指了指面前的盐沙滩，上面有一条巨大的印子通入湖中，好像有什么蛇形的东西，刚刚从沙滩上爬进湖里。

雨村钓王

第二十一章

我被惊得一口气卡在喉咙里，差点儿就背过气去。我往前走了几步，蹲下来看地上的痕迹，那痕迹的宽度和汽车轮胎差不多。

"这他妈是蛇吗？"我道，"你刚刚是不是看到它了？"

"我没有靠近，不是蛇，是鱼。"闷油瓶看着湖面说，"速度快。"

闷油瓶说话的时候，手扶在腰上，他没带刀，显然有些不习惯。我拔出我的宝贝大白狗腿刀，递给他，他接过去反手把刀鞘按照他的习惯卡在自己后腰上。我又拔出了我另一把刀，按照他的样子卡好。

我们继续用矿灯照湖面，就看到在我们左边很远的地方，似乎有一堵石墙。我们沿着河滩走过去，果然看到一堵结满了盐花的石墙，从岸边一路延伸到湖面上，犹如一条水上道路，横穿过湖面。

"这他妈是苏堤啊。"我道，就差两边杨柳飘飘和几座断桥了。

矿灯扫过去，能看到另一面的湖面明显比这一面要小一些。这个"太极"并不完美，我们还是想多了。但这石墙确实是人造的，不知道是哪朝的高人所为，意欲何为。

湖面上有很多凭空而起的大浪，说明水面以下水系混乱，水流相互冲撞。我来到湖边，刚想掬水，就被闷油瓶拉住了，他用刀蘸了点儿湖水，把水蹭到皮肤上又甩掉。

"咸水。"他轻声道。

我接受过大学教育，知道盐矿很少伴生有毒的矿物，刚才肚子疼可能是盐里有其他矿物，但不至于让人死掉。我让他放心，舔了一下湖水，确实是咸水，但是没有那么咸，肯定是因为水下有淡水冲进来降低了盐度。

我回身给胖子也打了灯语，告诉他没事，并催促他快点儿。等了很久，才看到胖子和老头筋疲力尽地赶过来。胖子指着我就骂："天真，你个兔崽子，你就不应该叫吴邪，你他妈就是个臭邪。你跑什么？这老头要是出事，还得我一个人背过来，得亏他还挺硬朗。"

老头已经筋疲力尽，但是看到那湖，还是颤抖地走了过去，我想他从来没有想到过有朝一日，自己会真的看到这个湖。

他老泪纵横，在湖边蹲了下来，低头默默哭起来。

胖子上来就要找我算账，我忙赔不是。胖子轻声对我说道："再这样下去，老头就不行了，他太激动了，刚才都要抽过去了，不能让他再这么跑了。在这儿出事，咱们麻烦大了。"

我点点头，打开水让老头喝了几口。此时，我们已经连续运动了十几个小时，身体的疲倦因为奔跑终于开始袭来，我觉得也快到生命边缘的时候了。

我面对老头坐下来，说："够意思吧，说到这儿来就到这儿来了。"

他点头："谢谢，谢谢。"

"能说实话了吧？"我看着老头道，"你到底为什么要到这里来？"

老头愣了一下，抬头看着我。我拍了拍他："没人骗得了我，我觉得你不算骗我，只是有事情没说，没事，你说出来吧。"

他张嘴刚想说话，我握住他的手："老人家，我可以接受别人不告诉我，但只要骗我一次，我就不会让你在这里钓鱼。"

我看着他，用眼神告诉他"别反驳"；我握紧他的手，用了足够的力气让他无法抽回去。我用我的状态告诉他，其实我没有外表看上去那么柔弱。

"我……"他的肩膀从紧张中缓缓地松了下来，顿了顿，"我来找我的儿子。"

我回头看了看胖子，胖子朝我点点头。

"我儿子在这个湖底。"老头说道，"我要把杀死他的那条鱼钓上来，我也要把他钓上来。"

我之前的违和感是对的。老头缓缓地告诉我，当年在深潭钓鱼被拖入潭底的人中，有一个是他的儿子。他儿子是因为他喜欢钓鱼而喜欢上钓鱼的，他和儿子有共同的爱好。他因此觉得面子有光，但是，他没有想到，因为这个爱好，他儿子竟然丧命在一条鱼的嘴里。

这让老头无比内疚，他无法接受这个现实，经过很长时间，也没有释怀。最终，他选择了面对。他要钓上那条杀死他儿子的鱼。这才是他在这里生活了那么久的原因。

"老人家，生死有命，这么多年了，你也应该放下了，为何这么执着呢？"胖子道，"也许那条鱼早就死了——当心！"

话音刚落，闷油瓶忽地一下跳过来，抓住我的领子，胖子慢一步上来抓住了老头的后脖颈儿，两个人一起发力，把我们拽起来就往岸边狂拉。几乎同时，我们身后响起巨大的水声，炸开的水花扑满我们全身。

"×你妈！"胖子骂道。我回头看，只见巨大的水花中，一个影子迅速退回水里。

第
二
十
二
章

铜
钱
鳞
片

说时迟那时快，胖子骂声刚落，闷油瓶已经猛冲了上去，他反手出刀，直接扑进水里，朝那个影子冲去。

只比他慢了半秒，我翻身滚起，单脚用力同时左手出刀，也冲进水里，刀刃朝下就往水里一捅。水中一片漆黑，岸上的灯完全照不到水里，我只感觉到刀刺入了水底的盐沙中。胖子在我身后大吼："放开那个妖孽，让我来！"然后，他直接撞在我的后背上，把我撞进漆黑一片的水里。

我爬起来，水到我的腰部，岸上的矿灯已经照向水面，应该是老头干的。我抹掉脸上的水，就看到水中一条奇长的巨大黑影，几乎就在我的胯前游过去了，速度非常快。

胖子大喝一声："小哥！"说完，就把身子一缩。闷油瓶在我身边回身撑住我的肩膀，翻出水面，然后脚踩到胖子的肩膀上，胖子一抬身子："起！"两个人的力气叠加，闷油瓶瞬间从我头顶掠过，直扑到前面的水中，水花四溅，我俩都被震飞了三四步，好不容易才站稳。此时，闷油瓶站在齐胸深的水中，甩着头发，水花慢慢地平息了下来。

我知道失手了，立即招呼，三个人退回到岸边。

闷油瓶收刀入鞘，默默地看着水面，他的手臂在流血。老头惊魂未定，拿着两个矿灯照着水面。

"什么东西？"他问道。

我摇摇头，从背包里翻找绷带。我刚才那一刀都没有刺中，只看到水中的影子，这条鱼非常长，体型巨大，似乎不是普通的鱼，更像是鳗鱼之类的生物。我怀疑是一条蛇，但看它刚才在水下游动的样子，又不像是大蛇。

胖子"呸"了一口盐水，拿起装备就往远离岸边的地方挪。我问他干什么，他说："胖爷我识相，这东西在水里，我可不敢睡在水边。"走出去十几米远，他拿出各种炉子，开始布置。刚过了年，气温寒冷，我们很快就会被冻病，得把衣服换了。

我给闷油瓶使个眼色，刚才他两次出击，肯定够到那东西了，我想问他摸到的是什么。闷油瓶忽然甩手，丢给我一个东西。

我接住在矿灯下一看，那是一枚大概金橘大小的铜钱，上面全是绿锈，看不清字。

"这是什么？"我问闷油瓶。他道："鳞片。"

我明白了，这是刚才他从那条鱼的身上扯下来的东西，竟然是一枚铜钱，难道这条鱼的身体表面全部覆盖着铜钱组成的鳞片？

这是什么情况？这条鱼不是天然在这里的。这么看来它是被养殖的。

我们来到胖子边上，他已经脱光了，在组装自己的火器："他妈的，傻×水产还想称大王，这他妈就不是鱼，是妖精。咱们这一趟算为民除害了，看胖爷我崩了它。"

我把铜钱给他看，他愣了一下，看了看老头，老头还在那边看着水面发愣。他就轻声道："水产还穿着铠甲呢，这真是妖精，咱们该不是碰见'奔波儿灞'了？"

我道："湖里的肯定不简单，你看这铜钱上是什么。"

铜钱上有一些绿色的"毛"，像是某种藻类，和老头说的传言一模一样。我说鱼鳞上怎么长水草那么奇怪，肯定是因为铜钱和鳞片经过多年已经生在了一起，这些水草长在了铜钱上。

胖子看了看老头，示意我别说，别刺激老头，然后轻声道："看来这老头说的是真的，他娘的，水中的妖孽伤害了无辜的小昌头不说，还想对我们下手，绝对不能姑息，必须鱼头豆腐汤伺候。"

我也想不到居然真有这种鱼，只觉得满腹疑问，刚才问老头问到一半，我还得继续去问。

我和闷油瓶也脱掉衣服，换了太空毯裹着。我去看闷油瓶的伤口，伤口在他的手腕处，非常整齐。我下意识地担心了一下，以为是我跟着他冲出去，黑暗中出刀的时候伤到了他。不过又一想，这不可能，我是左手出刀，因为黑瞎子训练过我，如果前面一个人在你右边出击，我必须左手出刀，这样不容易在混乱中误伤同伴。

我把老头拽回来，让他别发蒙，继续告诉我之前发生的事情。老头有点儿发抖，以前无法接受儿子死在一条鱼嘴里，等真的看到这条鱼的时候，他又意识到这不是一条鱼那么简单。

"几位，这一定就是害死我儿子的东西。"他默默地把矿灯放下，"我总算看到这东西了。"

我问老头："你之前为什么不直接告诉我们？"

老头仍旧在发抖，好像完全没有在听我说话，而是发着抖开始摸自己的装备，我看到他首先组装的是一把鱼叉。

我还想逼问，胖子阻止了我，让我先给闷油瓶处理伤口。闷油瓶自己已经处理得差不多了，我给他包上。我问胖子，以前有没有碰到过这种情况。我不害怕自然环境，但是这里的水墙和鱼身上的铜钱，说明这里确实有人工的痕迹，但这里又不像有古墓。这个地方到底是做什么用的？是谁建造的呢？

胖子组装好火器，装上子弹，对我道："先别问那么多，来，老规矩，全副武装，答案我认为就在石墙之上，我们上去走走，看湖中心有什么。老头现在状态不好，你放心，晚上我灌他几瓶酒，他肯定全说出来。"

死水龙王

我翻出自己的装备，这些武器很久都不用了，我收起来之后，从来也没有想过会再打开。那些日子，我蒙蔽自己的心，做出的所有我无法接受的事情都和这些东西有关，如今我却又把它们搬了出来。

不过，也没有那么多纠结了。这个世界上没有那么多谁欠谁的，斗里见过的那么多古尸，谁在乎他们的生平？任何恩恩怨怨，过个一百年都失去了感情因素。毕竟像汪藏海这种设计几百年以后的人的人，还是太罕见了。

重新穿上以前下斗的衣服，我们三个人迎着风走上石墙。风中盐屑乱舞，感觉像是走上了大雪中的苏堤。

胖子道："这几年来杭州，总想咱们三个人在下雪的时候到处走走，没想到在这里实现了。天真，你看这景色，有西湖好吗？"

我用矿灯照着湖面，这里常年是绝对的黑暗，刚才我们忽然被水中的东西袭击，有可能是因为这里忽然出现了光源。如果这条鱼有趋光性，那就好办了，我们三只矿灯就可以玩瘫它。

往前走，离开岸边越远，风越大，我裹紧围巾，这里乏善可陈，没有什么好形容的。盐块结在石墙的表面，非常结实。墙顶上的石道大概有三个人宽，我们排成一字长蛇形，以免有东西忽然从水里出来。不过，水面离墙有四米多高，估计也没有东西能跳这么高。

好像蛇一样的鱼，白色的堤坝，飞舞的盐雪花，感觉是另一种形式的《白蛇传》。要是写小说的话，我会把这条石墙写成一条被盐冻结的巨蛇，水中生活的都是她的子孙。不过胖子说得更加精辟。

"欸，你说，咱们这像不像唐僧过流沙河啊？一个老头心怀虔诚，一个钻天猴，一个……"他指了指自己，忽然觉得不合适，"不对，不像《西游记》，胖爷我用这个比喻自己不合算。"

我乐道："我觉得你比喻得挺好，爱吃，爱妞，你本色出演啊。我做沙和尚我都不委屈。"

胖子"呸"了一口："沙和尚在流沙河里，你他妈最多算白龙马。"

闷油瓶忽然停住，我以为他有意见，不想当猴子。他用矿灯照了照前面，我们看到前面的石墙上忽然出现了一个建筑物。

建筑物造在石墙上，两边延伸到湖里的部分有石柱支撑，也结满了盐花。整个建筑物是一个三层的楼阁，已经被盐覆盖成了白色。能看得出有柱子塌了，整个建筑物有些变形。

我远远地看着，觉得这个古楼阁有些奇怪，走近才发现这楼阁不是正常的比例，它非常小，只有两三个人高，更像是一个模型，或者是路边土地庙一样的神龛。

我们面面相觑，果然如胖子所说，这石墙是做什么用的，答案就在石墙上。

我们走了过去。我在胡思乱想，也许是这半年的好日子让我有点儿怕死，我想如果古代人能做地雷，我们盗墓的成功率会下降很多，当然，大部分人也不会在自己坟里埋炸弹。

来到古阁楼边上，前面是一个已经快被盐封闭起来的门，胖子几脚踹开，弯腰走进去，就看到延伸到湖面的平台上有两尊雕像。

雕像弯曲，已经变成了奶油糯米糍，看不出是佛像还是三清像。胖子走到面向外湖的雕像前，用地质锤敲了几下上面的盐皮，露出了里面的石头。

我们上去帮忙。一通乱敲后，我们看到了一尊从来没有见过的石像。这尊石像的身体是人的身体，但是头是一个巨大的鱼头。雕工粗糙，不像是熟练的工匠所为。

我们呆立在雕像边上，久久没有评论。最后，胖子喃喃道："兄弟们，这是鱼头豆腐汤之神啊。"

我们看向整个湖面，胖子用矿灯扫过湖面："难道，这个湖，这就是整整一锅巨大的鱼头豆腐汤啊。"

"少臭贫。"我心想，这要是一锅汤，不咸死人才怪。闷油瓶还在继续剥石像背后的盐皮，说道："这是一种龙王。"

"龙王？"胖子问道，"那就不是鱼头豆腐汤之神了，必须是佛跳墙之神。"

我让他别闹，问闷油瓶这是什么龙王，为何会出现在这里。闷油瓶看着水面，忽然转头去看另外一边的石像。我们上前帮他把这尊石像也清理出来，也是一个鱼头石像，只不过是女性体态的。

闷油瓶两边看了看，又蹲下来看石像的屁股。我们这才发现两尊石像的屁股通过地面相连在一起。这不是两尊石像，是尾部相连的一座石像。

"这是……"闷油瓶道，"死水……"

他没有说下去，我觉得可能是他也没有什么把握。胖子摸着下巴抬头看了看："各位，你们看这是什么？"说着指了指头顶。

我们抬头，看到我们的头顶上挂着很多圆形的镂空香炉，个头儿比核桃大一倍。可能因为在屋里，香炉上的盐花结得没有那么多，能看到盐花中间露出了银黑色的金属光泽。我抬手用刀拍了其中一个，里面掉出来很多碎屑，我们都往后退避。碎屑好像是中药的药渣。

闷油瓶蹲下来看了看，又站起身摘下来一个，闻了闻，掂了掂："鹤虱。"

"什么玩意？"

"中药，杀寄生虫用的。"

胖子感兴趣："这是仙鹤身上的虱吗？这他妈是名贵中药。"

鹤虱是一种草本中药，我懒得理胖子，心想，在这个地方用中药熏虫，目的是什么？难道这附近容易生寄生虫吗？

胖子也摘了一个，掰掉上面的盐花，里面是银质发黑的老镂空物件，原本应该可以拧开，但现在已经腐蚀得粘在了一起。他把里面的"药渣"倒干净，确定里面没虫子后，就往包里放。

"你能别手痒吗？咱们不缺这几个钱。"我道。

胖子"啧"了一声："你瞧你那样，谁稀罕你那几个臭钱，咱要的是这巧取豪夺的感觉。"

我不去理他，环视了一下四周，通过这个古阁楼，还可以继续往前走。这个古阁楼似乎也不是在湖的中心，前面也许还有其他东西。

我们又仔细检查了一遍，一无所获，便继续往前走。

我一直想着闷油瓶说的死水龙王的事情。

我并不知道任何关于死水龙王的传说，但死水龙王，听名字，有几种解释。一种解释是死水中的龙王，死水往往指的是不流通的水，水在封闭的水潭内逐渐发臭、发腥。在古代志怪小说中，一般有龙的水规格都很高，不是边上有洞天福地，就是潭深万尺，直通大海，或者是九江汇聚的水眼。死水之中的龙王，不知道是什么设定，难道因为穷？想想觉得也是，长着鱼头的龙王，肯定没什么说服力。

另外一种死水的解释，就是碰到这个水就会死。这个水无非是毒水、沉水或者是开水。在开水里当龙王，那真的就是鱼头豆腐汤了。其他两种解释，现在还看不出端倪。

闷油瓶是不会和我解释的，我也不会问他。他不会传授任何知识给别人，这似乎是一种必须遵守的传统。

我们继续往前走，又走了十几分钟，风忽然大了起来，明显感觉到从横风变成了从头顶吹过来的风。胖子用矿灯照向我们头顶，在湖面的穹顶上，我们看到了无数个大洞，非常骇人，风正从大洞里吹过来。

这是难得一见的奇景，我们打起所有的矿灯和狼眼手电，扫射这个区域的湖顶，就看到很多洞口还有瀑布流下。瀑布的水流不大，水声被风声掩盖。

"这地下湖里的水，有一部分应该来自这些山洞。这些洞口上面应该都是溶蚀山洞，丰水期，山上的水都会冲到这里来，还有一部分水应该来自湖水底部的孔洞连通的地下河。"我说道。

"这湖里的鱼，怎么样才能到地表去呢？"胖子问道。

我道："兴许当年这里的水位非常高，我们刚才走过来的盐原，都是湖底。"

这其实仍旧有点儿不符合逻辑，当年那条怪鱼出现的时候，恰逢枯水期，福建罕见大旱，水位很可能比现在还要低。不过那条鱼似乎可以上陆地，难道是因为水位干涸，导致湖里的鱼上岸寻找新的水源，才来到陆地上的？

胖子拿出手机自拍，这里没有信号，幸存的电量还能闪光。他拉着闷油瓶拍了好几张照片，还让闷油瓶帮我和他合影。

"你说当年手机要是这么先进，咱们早成网红了。"胖子说道，"真是可惜，青铜门前咱们必须来一张，天真，要不咱们回去补一下？"

我心中呵呵，催他们继续往前。又走了将近半个小时，我开始惊叹于这个湖的巨大。手电照向水中，我们能看到白色的湖底，此处的水非常浅，最多到我们的腰间，似乎湖底有一座没有露出水面的高原。

那里有点儿像海边的珊瑚浅礁，但没有任何鱼。手电继续往前照，我们照出了一个巨大的建筑物，就在前方的堤坝上，形状和之前的古阁楼非常像。矿灯和手电照射的空间有限，我们无法看清那东西的全貌，但还是能看到，通往这个建筑的石墙路上出现一尊一尊死水龙王雕像。这一次，这些雕像没有面对水面，而是面对着我们。

我们都停住了脚步，心想，果然内有乾坤，这是什么鬼地方？

这个巨大的建筑起码有十几层楼那么高，整个轮廓似乎也是一座雕像的样子。胖子看了我一眼，我也看了胖子一眼，然后我们两个都看向小哥。我们三个勾肩搭背，以那个巨大建筑为背景，胖子用剩余的电量拍了张合影。

三个人沉默，老头诚不欺我，这个巨大的古建筑，不知道在中国历史上属于哪个朝代，就这么隐没在这里。如果不是老头的执念，它化成尘埃也不会有人知道福建的地下有过这么一批残骸。

这里可能是一个巨大的秘密的唯一留存，由此可以抽丝剥茧，发现一个发生在几千年前的故事。

作为从事我们这样职业的人，到了这种时候，总归是要进去看看的，或者说，只要是人，在这个时候，总归是想进去看看的。人的好奇心在这种时候，往往难以抵御。

但是，就在这个时候，我回头看了一眼老头。

老头也跟了上来，他只是淡淡地看了一眼这些古建筑，就把所有的钓具排开，手里拿着那根绑着黄布的钢筋，也就是钓尸竿。竿子被锤子敲进了石墙的缝隙里，竿头上绑着渔线和飞轮。老头从自己的包里掏出一个装满了沙子的饭盒来，上面也贴了黄纸。

我们和整个古建筑群，对于他来说，似乎是不存在的。他就如一个禅定的高僧，已经不为任何事物所动。

我又看了胖子一眼，两个人似乎都悟到了什么。只有闷油瓶，对于老人的似乎能拈花涅槃一样的举动，丝毫不在意。

"你们待在这里，我去看看。"闷油瓶和我们道。说着，便向前方的建筑走去。

到底谁离佛更近呢？我时常有一种难以言喻的矛盾。

对于面前的古代建筑，虽然诡谲异常，对于我仍有着强烈的吸引力。我没有必须要去的理由，但帮助这个老头，是我们一路下来的初心。这么多年，更小一点儿的时候，从来都是随心所欲，到我这把年纪，把守初心就似乎是一种修炼，必须注意和把持。

我和胖子没有跟着闷油瓶过去，而是回到了老头的身边。

老头努力点了三炷香，跪在饭盒面前磕了三个头，然后从饭盒湿沙里抓出来一只螃蟹，贴上黄纸，最后抛线入水。

"这是什么？您做什么？没见过啊。"我问道。

老头道："这是一个黄河钓尸人送我的螃蟹。这是给死者送信，我想告诉我儿子，我终于来了。"

胖子叹了口气，拍了拍老头，然后去拨弄那饭盒，沙子里还有好多螃蟹，都是不大不小的。

老头很从容，并没有马上开始钓鱼，而是先休息。我们一路过来消耗了太多体力，是不能马上行动。

当天晚上——其实天快亮了，我们在岸边搭了帐篷，胖子在边上做了几个陷阱，设置了警戒钢丝。我们准备吃完好好睡一觉，等睡踏实了，老头要开始钓那条怪鱼了。二十年前他想做的事情，终于要实现了。

闷油瓶一直没有回来，这么多年了，我仍旧会有些担心，但我也知道他仍旧在最好的状态，我没有什么资格担心他。

胖子拿出了酒，老头也不拒绝，微醺之后，这个老人打开了话匣子，开始和我们说当年他儿子出意外的详细经过。

第二十五章

一步之遥

老头讲述事情的能力一般，他儿子从5岁开始和他一起钓鱼。他以前是一个很热情沉稳的人，自己喜欢的东西，也希望儿子喜欢，于是整天带着儿子到处去钓鱼。他儿子小小年纪，就晒得像黑猴一样。

他儿子很有天赋。钓鱼不讲究看，一根棍子、一根绳子就能钓，细了则有各种讲究。但这都不是核心，核心是天赋。所谓钓鱼的天赋，是说不清楚的。很多时候，钓鱼的人自己也说不清楚。老头说，有些时候，他儿子好像能和水里的鱼沟通似的，能知道鱼在想什么。这种感觉莫名其妙，但往往就是在那个水域，没有任何征兆地，他儿子就能钓上鱼。

还有一种高手，与其说他熟悉钓鱼，不如说他熟悉整个水域的情况，哪里水深，哪里水浅，哪里有洄流，哪里有浅坡。这种高手也是一钓一个准，在同样的条件下，总是能比其他人钓到更多鱼。

两种高手，前者能钓到大鱼，后者能钓到很多鱼，雷本昌的儿子属于前者。

他儿子钓鱼上瘾，开始去名川大河找大鱼钓。大江大河都钓过了，他儿子还参加了很多比赛，拿了很多奖杯。让老头最引以为傲的是，不知道为什么，他儿子能感觉到水系里有没有大鱼，他问他儿子为什么，他儿子也说不上来。他儿子往往看一眼，就能下一个结论。

他儿子其实是带着几个学生来福建钓鱼的。很多有钱人喜欢上钓鱼之后，都听说了他儿子的厉害，所以让他儿子来上课。有的时候，这些有钱人外出玩钓鱼，还会请他儿子当教练。野钓非常锻炼人的身体，也能让人领略风土人情，20世纪有一段时间非常盛行，和现在有钱人玩檀香差不多。

他儿子到了那个潭口，不知怎的，忽然就停了下来，和学生说这口深潭里有大鱼。

于是，他们纷纷下钩，其实四根钓竿都是老头儿子下的，其他几个人只是帮他持竿而已，老头儿子想让他的学生尝尝大鱼中钩的滋味。结果一个小时不到，就有东西咬钩了。

那根鱼竿直接被拉成了一个非常夸张的半圆，然后几乎被拉成了一根回形针，接着线断了，鱼竿甩回来——持竿的人没经验，直接打到了他儿子的眼睛，眼眶顿时肿了。他儿子还没反应过来，就发现自己的鱼竿也中钩了。

当时，他儿子喊了一声："这么凶？"

这条鱼吞钩之后，没有犹豫害怕，而是直接把线拉断，然后继续咬了边上另外一个钩子。他儿子凭借直觉，意识到下面只有一条鱼，而这条鱼完全不惧怕鱼钩和渔线。

除了海钓鲨鱼，很少会碰到这样的情况。

他儿子经验丰富，和鱼搏斗了两三个小时。更加离奇的事情发生了，边上的人继续放下去的钩都陆续中钩了。这条鱼在和渔线搏斗的时候，竟然还在吃钩子，不知道是饿疯了，还是过于凶猛。四根鱼竿都被拉住之后，渔线开始缠绕打结。忽然，他们的渔线同时松了。他儿子以为线断了，不由得泄了气，因为深潭钓鱼，线非常容易摩擦到岩壁。虽然这种线很难被拉断，但一磨就会崩开。

经历这么一场大战，三个有钱人都酣畅淋漓，他们体验了从来没有体验过的感觉。他们背对着潭面，开怀大笑，互相说着自己有多爽。没想到，渔线并没有断，那条大鱼顺着渔线游了上来。

一个巨大的长满水草的影子一下浮现在深潭表面，然后水花一炸，他儿子第一个被拖入水中，其他人以为他儿子落水，立即去救人。一片混乱之后，四个人都不见了，水面上只漂浮着四根鱼竿。几分钟后，四根鱼竿猛地被拖入水中，也消失在潭中。

后来，人们去打捞，只捞起了三根鱼竿，那四个人和最后一根鱼竿都消失不见了。

老头听到噩耗之后，还蒙了很久，等他到出事的地方查看，就知道儿子绝无生还的可能性，他儿子有可能已经被拖入地下河里了。他实在无法接受这个现实，于是开始在那个深潭里钓鱼。

说到这里的时候，老头闭上了眼睛，我知道他想哭出来，心中的巨大悲痛和二十年的等待，在这一刻应该汇聚成眼泪，但是他没有眼泪，只是无声无泪地哭泣。他最后的眼泪，应该就在刚才看到湖的刹那流光了。

我能懂那一刻他的状态，那是他看到了自己的尽头。这条路对于老头来说非常孤独，非常漫长，看到了尽头的时候，他唯有哭泣一种举动。我懂得寻找一个人的感觉，以前觉得自己的执着天下第一，如今看到了花二十年寻找尸体的人，才明白这种执着，是为人使然，没有什么了不起的。

我只经历了十年，唯有佩服老头，让他多喝点儿热水。

躺下之后，我浮想联翩，又困顿非常。胖子很兴奋，根本睡不着，就问我那巨大的建筑有可能是什么。小哥回来如果啥也不告诉我们，他非憋死不可。

根据外面古楼阁的设置，放置的死水龙王雕像，如果非要按照逻辑推理，那可能是当时的古人发现了这个地下的水潭——毕竟当年效仿徐霞客深入各种洞穴的游侠很多，他们发现了潭中的怪鱼，以为是死水龙王栖息其中，那必然会修建庙宇。那巨大的建筑，最大的可能性就是死水龙王宫，用来镇住龙王。人们将食物抛入深潭祭祀，祈求保一方水土。

这怪鱼袭击老头的儿子是在他们背对水面的时候，袭击我们的时候也是，想来它能主动攻击又能选择时机，可能有很高的智商。这种鱼暂且称它为死水龙王，老头也许能钓住，但我们是否有能力将其制伏，这是个疑问。

胖子一直啰啰唆唆，我沉沉地睡去，老人则开始拼接鱼竿。第二天早上，我是被胖子摇醒的，人还没完全清醒，听到他的话都是模糊的。他不停地重复，似乎很急的样子，我努力清醒后才听到他说："老头死了。"

我皱了皱眉头，没弄清他什么意思。我走出帐篷来到老头的帐篷前，撩开一看，看到老头保持着拼接鱼竿的动作，一动不动，头靠在鱼竿上，鱼竿撑在地上。闷油瓶已经回来了，正在查探老头的鼻息。

我上去摸了一把，他已经凉了，身体僵硬，眼睛还睁着。我看了看瞳孔，已经放大混浊。

老头死了。

我看了看边上的闷油瓶，他替老头合上眼睛，对我道："他有重病。"

"你早就知道？"我惊讶道。忽然意识到他当时为何会答应老头，他早就知道了。

闷油瓶看着老头，拍了拍他的肩膀，将他慢慢放下。我看着闷油瓶的动作，忽然意识到，闷油瓶认识这个老头，闷油瓶的动作不像是对待一个陌生人，而是在对待一个熟悉的故人。我的汗毛倒竖，抓住闷油瓶的手："他是谁？"

　　"一个很久以前熟悉但现在已经忘记我的人。"闷油瓶说道。

闷油瓶撸开老头手臂上的袖子，我看到老头的手臂上有一道苗族图案的伤疤，是烫伤的。"这是陈皮阿四在苗疆时候用的记号。"

我仔细看了看，伤疤已经褪色很久了，只能看出一个大概的形状，但看不出是什么图案。

"你记得他？是四阿公的人？"

"只有在苗疆的人用这样的记号，我当时也在。"他道，"我记不得他是谁，也许为我掌过灯。"

很久以前闷油瓶自己瞎混的时候，他在四阿公手下，地位还是非常高的。我叹了口气，问他老头有什么重病，是不是胖子的酒把他喝死的。

胖子大怒："天真，酒是隔壁大妈的，你别往我身上赖，喝酒喝死人这种事情，在胖爷这儿属于喜丧，死得其所，我没心理负担。"

闷油瓶没有回答我，只是说了一句："他能到这里已经不错了。"

我大概确定了，闷油瓶在看到这个老头的时候，就已经知道他命不久矣。在雨村的这段时间里，村中也有老人去世，闷油瓶在老人去世之前，也曾经观察过。他看到老人在太阳底下昏昏欲睡，往往会停下来看一看。

胖子说，对于老死这件事情，除了敬老院的工作人员，所有人都不会有太多经验。可在小哥的生命中，也许经历了很多人的自然死亡，不管是病死还是老死，所以，他能看懂人最后几天的样子。

小哥看到老头已经油尽灯枯了，才会在那个时候帮胖子说话，带他到这里来，至少让他离目的地近一点，而不是在无尽的遗憾中死去。

我们按照西藏的仪式为老头做了法事，在西藏待久了对这个很熟练，然后把他埋入了盐地里。他这样的人没有墓碑也许是好事，胖子用老头的钓竿做了一个十字架，当作记号。

"他又不信天主教，你这强买强卖好吗？"我喝着酒问胖子。胖子说道："总得有个归宿，否则变成粽子爬出来，我们会很尴尬。对了，如果忽然有一天小哥对我特别好，你得提醒我，那说明老子可能快挂了，我得最后再去找个花姑娘，绝对不能自己一个人死在床上。"

我白了他一眼，继续做法事。处理妥当之后，我内心比较压抑，看着湖面，心里想到的是自己。

我花了那么多时间找人，一心要找到自己的三叔，却找到了身边的这两个人，又因为他们折腾了十年时间。如果我在青铜门前死掉，那和这个老头就没有什么两样。之所以结局不同，是因为我身边的人为我牺牲了太多。

人生中有太多这样的事情，我宁可老头在鱼上钩的瞬间心肌梗死，也好过在这个时候悄无声息地死去。

正想着，我就看到闷油瓶收拾起老头的鱼竿，接好，扛到肩膀上，提起鱼篓就缓缓往堤坝墙上走去。

我看了一眼胖子，胖子耸了耸肩膀："我翻译一下，小哥的意思是，咱收了定金，得把事办了。"

我们两个跟了上去，胖子就道："小哥，咱们先把老雷头的委托完成了，然后你告诉我们你昨晚在那个庙里看到什么了，行吗？否则，就算你拧断我的脖子，我也天天趴在你床头问。"

闷油瓶看了看他，点了点头，我和胖子都松了一口气，虽然知道闷油瓶可能直接和我们说"我看到了'终极'"之类的信息，但他愿意说，我们就阿弥陀佛了。闷油瓶来到了那个古阁楼处，我接好鱼竿渔线，拿出一块块青鱼的肉，搅上龙棺菌，一根一根地抛竿入水中。

远处一片黑暗，我知道黑暗中是那座死水龙王宫，胖子时不时会看一眼，心中仍旧放不下。大风中，鱼竿颤抖。我们三个人都站着没有坐下，保持着手插在口袋里的统一动作。

还没等我集中精神，我忽地看到我们抛竿落钩的区域炸起了一个水花。

我立即蹲下，随时准备提竿，突然就看到那边的水面上划过一道水痕。

这么鲁莽的鱼？我心中有些难过，也许老头再多活一天，就能自己钓到这条龙王。这时，甩竿的铃声大作，一根鱼竿立即弯成了一个弧形。

我上去抓住，开始往后拉，顿时感觉到有一股非常霸道的力量和我角力。两秒不到，渔线就断了。

第二十七章

巨大的黑影

我大概太全情投入，所以转头看到胖子的时候，他正目瞪口呆地看着我，显然还没明白发生了什么事。我刚骂了声娘，另外一根鱼竿又响了。

我连忙上去，一把抓住鱼竿，鱼竿弯曲成非常夸张的弧度，胖子喊道："放线！"我才想起线轮锁，立即放线，渔线被狂扯出去，我站稳了再次上锁，一下力量更大，鱼竿再次被拉成弓形。我想抓住把手收线，发现一点儿用都没有，就看线瞬间拉紧，又要断了。

"继续放线！"胖子再叫。我再放线，线又狂走，再锁，心知这不是办法，线收收放放是为了逗鱼，他妈的放了收不回来，线没了怎么办？

"帮忙啊！"我对胖子叫道。胖子挠头："怎么帮啊？"

"老头肯定有准备！"我被鱼扯来扯去，胖子就去翻老头的装备。他忽然惊叫了一声，翻出一把铁钩来，这是海钓用来钓大鱼上岸的长柄钩子，非常锋利。

淡水大鱼很多时候都是用小鱼竿钓起来的，只要把鱼的体力耗尽，渔线若足够强韧，可以拉鱼上来的。看来老头没有准备其他方式，就是想用钓鱼的方式，把鱼钓上来。

"我下去吧。"胖子对我道，"老子和它拼了。"

闷油瓶忽然抓起我的饵料袋，拿出一块鱼饵，我问他想干吗，他指了指死水龙王宫，然后抓起一根备用鱼竿的第二节，就用鱼竿像打高尔夫球一样把鱼饵打了出去。

鱼饵一下落到前方的湖中，我的渔线立即就被往那边牵引了，这鱼应该是饿极了。闷油瓶让我跟着鱼走，他提着鱼饵一边跑一边用鱼竿把鱼饵打到鱼前面的水里，一步一步，把鱼往死水龙王宫前面勾引。

他用力非常巧妙，鱼竿在空中划出各种曲线，崩出呼啸声，但是鱼饵是完整地被拍出去的，没有被拍碎。

一路冲到死水龙王宫前，我再次看到了水面下那片巨大的浅滩，明白了闷油瓶的想法，他是要把鱼引到浅水区，可此时鱼饵早已经打光了。

"干粮！"我对胖子吼道。

胖子道："只有腊肉和老头的螃蟹了。"

"不要了！"我道。胖子从后背拔出腊肉棍，举着，我用大白狗腿刀把它狂砍成一块一块的，每砍下一块，没等落地，闷油瓶就像打棒球一样直接打出去。胖子就看着自己手里的腊肉棍越来越短，两个人对着他手里的腊肉，一个用刀狂劈，一个用棍狂打，他眼珠都转疯了。

一根腊肉就要被砍完，胖子把手里最后的这截直接抛给闷油瓶，闷油瓶打了出去。接着是老头那些可怜的螃蟹，也全部被打完。我们用手电去照浅滩，看到一连串涟漪都还没有消失，每一块腊肉都落在恰当的位置上，形成一条完美的涟漪珠链。

同时我们也看到了，一个巨大的黑影迅速划过了这些涟漪。距离太远，那东西完全就是一个影子，却十分长，就像一条龙一样。

"上来了！"我大喜，"继续！"

胖子道："没啦！"

"你就带一条？"

"我带一条就不错了，你他妈出发的时候一条都不让我带！"

我不信，去摸胖子的腰，胖子大怒："滚蛋，我是那种夹带私货的人吗？"

"还有什么？"

"就剩那玩意儿了，要不割了给你！"胖子大怒。

我咬牙回头看湖面，黑影的位置离我们还是太远，还需要勾引过来一点儿。

胖子掏出他的酒，丢给闷油瓶，闷油瓶一下抓住我的肩膀翻起来，凌空踢了酒瓶出去。这就是最后的东西。

我脑子狂转，四处去找东西，瞬间陷入空前的焦虑，忽然腹部一阵剧痛，我立即捂住，心想，来得真不是时候。胖子看着我，露出了疯魔的表情，问道："小哥，打过屎吗？"

鱼钓人

我怒目看向胖子，知道他想干吗。我单手持着鱼竿，把刀刺在地上，然后抬手揪住他的衣领："为什么要打我的屎？屎他妈招你惹你了？你有问过它的感受吗？"

胖子拍掉我的手，指了指湖面："少废话，没时间了！你拉不拉？"

我心想，去你妈的。我捂着肚子四处找东西，恨不得从地上抓出点儿东西来，但是什么都没有。胖子还魔怔地看着我，指了指地上："你要是不拉，我就只能把老头挖出来切碎了才可能完成任务！"

我转头看了看闷油瓶，闷油瓶丝毫没有看我，他反手拔出了我的大白狗腿刀，划破手心，然后猛地跳入了湖中，湖水只到他的胸口。

他手上的伤口颇深，血从伤口流出来。他一边拍打水面，一边往渔线拉扯的地方走去。我手上的渔线立即就往闷油瓶靠了过去。

"来了！当心！"我对闷油瓶大喊。渔线却一下又反转了方向，退了回去。渔线在闷油瓶头顶滑来滑去。

胖子一看，忽然醒悟："这鱼通人性。"

从之前这条鱼的攻击记录来看，它属于偷袭型的食肉鱼，非常警惕，这不禁让我有些恐惧。

我看过鳄鱼偷袭的纪录片，鳄鱼偷袭之后，如果失败，不会立即逃跑，而是会停留在原地。猛兽偷袭是为了获得猎物，而不是害怕自己有什么危险。

但这条鱼现在的举动似乎是在试探闷油瓶，这不像是海洋食物链最高层动物的举动，更像是狼这类群猎动物的举动。

胖子也跳下水，拿铁钩划破自己的手，就往小哥的方向跑去。

我犹豫了一下，是自己先解决了，还是下水解决？最后心一横，我也跳下湖，整个人往水中一沉，冰冷的湖水立即冻得我全身的毛孔都收缩了起来，一下精神焕散，浮上来已是一身轻松。我也划破自己的手，满手血地抓着鱼竿朝胖子追去，同时回收渔线。渔线绷直之后，我就看到渔线入水的位置就在前方，那里不停地有划出的大的水痕。渔线一会儿松一会儿紧，看来鱼在我们四周不停地游动。

"千万别放手。"胖子的手电追着渔线。手电在水里的照明效果不佳，我们追不到鱼，每次都只能看到一个黑影。如果没有渔线，我们会非常被动。

"再近一点儿！"我喊道。三个人离开堤坝石墙，继续往这块浅滩的边缘走去。我的手电扫过那里，忽然看到了更多的东西，脑子立即就"嗡"了一声，喊道："胖子，中计了！"

胖子也打灯过去，在这块水下浅滩的边缘，我们看到了无数潜伏着的黑影。

"小哥，它们在钓我们！"胖子吼道，"快回去。"

胖子拉住闷油瓶，闷油瓶轻声道："假的。"

我用手电仔细去照，果然发现这些影子都是静止不动的石雕，低头看了看脚下的浅滩，忽然意识到，这不是天然的水底，好像是某个水下古建筑的顶部，只是被盐覆盖了。这些影子，是飞檐上的石雕吗？

正想着，闷油瓶撑住我的肩膀，翻身出水，一脚踩胖子的肩膀，一脚踩我的肩膀，蹲了下来："线给我。"

我转动鱼竿，闷油瓶用他两根长手指夹住渔线："关手电！"

"看不见！"胖子道。

"我能感觉到，关手电。"闷油瓶非常冷静地说道，"我一跳起来，鱼竿放线，再开手电。"

我和胖子对视一眼，闷油瓶这么说还有什么办法，听呗，立即关了手电。我在水下不停地收放渔线，从鱼竿头部被牵拉的动静中，感觉这条鱼瞬间朝我们游了过来。

水里非常寒冷，20秒之后我就开始打寒战，只感觉鱼越来越近，它是螺旋着前进的。又过了10秒，我在水下冻麻的身体，已经感觉到鱼游动带起的水流打在我的身上。

胖子"嗯嗯"暗示我来了，我抓紧鱼竿，全身的注意力都集中了。接着，我感觉到肩膀上的闷油瓶调整了一下动作，他整个人都绷紧了。

我再也没有感觉到冷，所有的感官都开始搜索水里的动静，闷油瓶几乎就在绷紧身体的一秒后，跳了起来。

肩膀一松，我立即从水中扯出鱼竿，打开线轮锁，胖子瞬间打开手电，我就看到闷油瓶手里夹着渔线，几乎贴着水面扑向一米外的巨大鱼影。因为是整个身体入水，水面上炸起了巨大的水花。接着，一条巨大的鱼从水里翻了出来，鱼尾打在胖子身上，胖子直接被拍进了水里。

这是我第一次亲眼看到这条鱼，鱼尾上都是细鳞，泛着土黄色，上面有黑色的纹路。这鱼好像是一种鳝，尾部有电线杆那么粗。

胖子从水里翻出来："千年黄鳝！"

就看那鱼不停地上下翻滚，我手里的渔线轮不停地扯出线。我看到了它身上嵌入肉中的铜钱甲，胖子想用海钓的长柄钩子攻击，我立即阻止，怕他误伤闷油瓶。鱼又一抬身子，闷油瓶被撞出了水面，落到我身边，瞬间又被拽入水下。他身上缠满了渔线，和鱼捆在了一起。

我一下明白了闷油瓶的用意。

他要用渔线把这条鱼绑起来。在水中与这种大鱼搏斗非常难，只有让它身上所有的地方都缠绕上了渔线，它才会惊慌失措，越挣扎，线越乱，它就越无法挣脱。

此时，闷油瓶好像已经得手，渔线已经在那条鱼身上绕了好几百圈，但是他自己也和鱼缠在了一起，马上要溺死了。

鱼还在剧烈地挣扎。我抛掉鱼竿，单手拔出手电，和胖子上去抓住渔线，可渔线根本拉不动。鱼只要一挣扎，我们的手指就全部被拉破。胖子大怒，上去拳打脚踢，我大喊："把线割了！小哥要挂了！"

胖子要去割线。忽然脚下一空，原来已经到了浅滩的边缘，我一下摔了下去。

那鱼和闷油瓶也一起摔出浅滩，我手脚乱抓，被渔线缠住，心中大怒。

我和闷油瓶，还有一条鱼，一起沉入漆黑一片的水底。

水底的温度更低，而且有巨大的水流，冲得我们开始打转。我回身抓住大白狗腿刀，就要割断渔线。我知道渔线一断，这鱼也可能挣脱，但如果渔线不断，我们就要死在这里了。

黑暗中，我看到头顶有光，是胖子举着手电潜水下来救我们了，但是他离我们太远了，水流已经把我们带出去几百米远。水下有地下河的暗流，要是被暗流带入地下河，我们就死定了。

我咬住手电，拔出刀，却被一只手按住了，我看到闷油瓶漂浮在水中，平静地缠在渔线中，眼睛并没有看鱼，而是看着另外一个方向。

手电光划过黑暗湖底中的一片虚空，我看到一座巨大的被盐花覆盖的古楼宇在湖水中若隐若现，横向两边看不到尽头，无数的雕花窗户已冻结腐朽，无数的飞檐廊柱覆盖着斑驳的盐花。最令人惊讶的是，在盐花中，还能看到无比清晰鲜艳的雕花彩绘梁木和红色大柱，它们完全没有褪色。

我们漂浮在侧，就像飞在半空看着悬崖上的悬空寺庙。手电光射去，不知道激发了什么，楼宇内竟然开始出现红色如灯笼一样的晕光。那些红光一会儿亮一会儿暗，好似楼宇中栖息了什么怪物一般。

水流急转，我发现所有的水流都围绕着这座巨大的水下建筑物在转动，越往下沉，水流越急。

马上就要憋不住气了，我去抓闷油瓶的手，他才割断渔线，我们两个挣脱了出来，那条巨大的鳝鱼也挣脱了出来，迅速往楼宇中游去。我看到了它的全貌，真如一条小龙一般，不知道是什么品种，也不知道为何它的身上长满了铜钱甲片。

慌乱中，我抬起头，看到一根渔线从水面下来直刺入楼宇内。闷油瓶一手抓住我，一手抓住渔线，在激流中把我们固定下来。渔线绷紧，他把我提上来，一点儿一点儿，顺着渔线往水面爬去。

第二十九章

尾声

　　露出水面，我才发现这根渔线是老头钓尸的线，用的是海钓大鱼的渔线，非常结实，钢筋也死死地钉在堤坝石墙上。我们爬上岸去，给胖子打灯语，还在浅滩的胖子跑了过来，看到我们没事，才长舒了一口气。

　　我们浑身湿透，手掌受伤，回到营地换了衣服，合计了一下，胖子就说："这鱼肯定是修建这里的人放养的，人说千年的黄鳝万年的鳖，也许还不止这一条，他妈的，看来不弄清这是什么地方，咱们这鱼肯定是钓不上来了。"

　　我回忆在水下看到的宫殿楼阁，应该是如水下悬空寺一般建造在悬崖上的。那些鲜艳的梁木、大柱，可能是由整个宝石雕刻而成的。水面上的龙王神龛非常普通，看来是两批人所建。那死水龙王，估计是一种古代的鳝鱼，平日里居住在那水下建筑物内部。只不过不知道水下建筑物中的那些红光，到底是什么。

　　不过没有鱼饵，也确实不知道怎么再钓上鱼来，而且看到这条鱼的真面目之后，我反而不知道把鱼钓上来后能怎么样。

　　杀了这条鱼吗？似乎没有必要。和之前的过程不同，这一次确实是我们在招惹人家，为何一定要杀掉这条活了那么久的鱼呢？

　　就算钓上来，难道还真能做鳝爆面吃吗？

　　但我已经感觉到，我心中的好奇心，在死去那么多年之后，开始猛烈地膨胀。我看着水面发呆，我能离开这里吗？这种熟悉的欲罢不能的感觉，让我非常恐惧。我不停地问自己，我能离开这里吗？我已经证明了多次，我可以放弃。如果我可以放弃，为什么不在我觉得危险的时候放弃，而在什么都没有做的时候放弃？

我能在进入死水龙宫后，任何一个我觉得应该放弃的时候放弃吗？我之所以没有进去，是因为知道自己进去了就不可能退出吧。

　　这是豁达，还是自己骗自己呢？

　　我忽然明白了些什么，这段时间我屏蔽所有好奇心和想法，一步都不愿意走进任何谜团，似乎是错的。

　　"走吧。"我咬牙拍了拍胖子，看了看老头的墓，背起自己的装备。闷油瓶也背起了装备。胖子"哎哎"了两声。

　　"就这么走了？"他道，"大家等等，我认为龙宫可以不探，但鱼不可以不钓。"

　　我点上烟说道："谁说不钓？这条鱼肯定要钓起来，而且，龙宫，我们也要进去看看。"

　　"那你现在走什么呀？没事，我们等你再肚子疼，肯定能生产出足够的鱼饵。"胖子说道。

　　我没有回答胖子，而是拉着他继续往回走。

　　我的脑子竟然想通了一些事情——这条鱼我是肯定要钓起来的，只是不是现在，终有一天，也许是几天后，也许是几年后，我们三个人还会来钓这条鱼，以完成雷本昌的委托。人生中这一次的冒险，是一次遗憾，我们没有完成，没有知道一切，没有酣畅淋漓。

　　回去之后的每一个午夜梦回，我可能都会想起这水下的建筑物，就像我当年会想起那扇巨门。十年时间，我能坚持下来的理由，都因为有一个念想，我的好奇心，我的好胜心，我的承诺，它们让我的生命更有意思。

　　我不是在村里逃避什么，就如胖子在消化一切痛苦，我必须学会消化我过去的一切，而不是对一切无感。所以，在村子里是我的选择，就算不是在村子里，我也可以自己决定进退。

　　我走完了一个轮回，从毛头小子变成了现在这个样子。接下来的一步是什么？当我什么都懂了，什么都了解了之后，我会变回当年那个天真的吴邪吗？有可能吗？

　　是可以的，因为人是螺旋上升的动物，当我意识到自己回到了原地，只是在横向坐标上，而纵向坐标上，我的高度已经发生了变化。我已经可以用当年的态度去对待所有人，而不会受到伤害。

　　我们回到村子里，有一件事情我一直没有告诉胖子和闷油瓶，它也一直在困扰着我。如今，我忽然知道了应该怎么做。

我把我的老装备包拿出来，里面有我当年用的老手机和老号码，我在胖子面前给手机充上电，然后打开了短信，里面有一条最新的短信，是在大年三十发给我的，来自一个无法识别的号码。

　　短信就一句话：南京鼓楼东，北极阁气象博物馆221号储物柜，新年快乐。

　　我有一种强烈的预感，这条短信，来自我的三叔。

陈皮阿四·皿屠黄蔡

喜秀才缓缓地拿开那些写表字的黄纸，在木板上写下了：一百文，杀一人。

序

《陈皮阿四》这部小说让我得到了很多褒奖，这大概是我第一次认真地用文法来写小说。

当年的文笔之争，我一直秉持我的想法，就是文笔是用来服务内容的，文笔之美当然可以美到极致，但对于我这样的人来说，让人更多地看到我想讲的那个故事和里面的那个人，才是最终目的。

所以，我更喜欢用平时聊天和小朋友讲故事的口吻来创作小说。但《陈皮阿四》让我靠向了文法，大概和这个故事有关。

我现在看来，《陈皮阿四》的文法，正适合《陈皮阿四》这个故事。

这个故事我写的时候，少有地落笔有序，少了很多乱笔和狂乱的心绪，至于写出了什么，也只有请大家去看了。

世界上有各式各样的人，写故事的人，不管有没有载上什么道理，总归记录了世界。这是我们唯一的价值，除此无他。

另外，这个短篇集里有《十年》这个短篇，为陈皮阿四的结局所在，《四屠黄葵》为《陈皮阿四》的第一篇小说，不会有更早的，而《十年》是他的结局，不会有更后面的陈皮阿四，也是一个缘分。

陈皮阿四有很多地方像我自己，孤傲、一诺千金又拖延成性，这个短篇集集结了这么多年，三篇还算完整的，又正好有陈皮阿四的头尾，似乎有什么启迪，总算出版了。

再开一个窗口，窥一窥那个世界吧。

/第一章/

杀春

长江面上有一层薄雾，透过雾，阳光亮得发白。看到那群小孩跑过来的时候，正在江边吹冷风的陈皮有些疲倦。他把手里的毛竹竿正了正，将脖子缩进麻衣里，靠在树后想继续打之前那个盹儿。

之前他正在做梦，梦到在海边看渔船回来。海渔归船是大事，很多人死在海上，有些在沙滩上等着的妇女，是等不到归船的。陈皮在看她们的表情，看着她们从希望变成绝望，一直到夕阳落下海平面。

孩子们又在他的身边停了下来，好奇地看着陈皮，这个乞丐已经在这里坐了一天了，没有看到他钓上一条鱼来，又整天睡觉，连鱼竿都没有提起过半分，要饭的不在集市转悠已经够懒了，在江边钓鱼还这么懒，他们的父母早已对着他们议论过了。

边上的孩子往江里丢石子，很多落到陈皮面前的水面上。他们开始绕着陈皮唱起来："懒要饭，饿肚皮，铜钱滚进长江里，要饭的妈，好垃圾；洗脚的水，调粑粑，身上的圪子搓麻花，围桶盖子敬菩萨（方言，垃圾，脏的意思。圪子，泥球的意思）。"陈皮没有发火，江边讨生活的人口音很杂，他也听不太懂。这些都是拉纤人家的孩子，父亲在岸上做纤夫，母亲在船上做渔活儿，他们就混在这附近，天天岸上、船上跑上跑下，到处生事，不胜烦人。

孩子们看陈皮没有反应，开始用石子丢他。八九岁的孩子下手已经很黑，石头打在陈皮头上，惊了昏昏沉沉的陈皮一下。他转过头，孩子们一哄而散，只剩下一个，还有些木讷地继续丢石子，根本没有注意到其他人。

陈皮认得这个孩子，叫作春申，其他孩子都叫他傻申。他好像要比同龄人笨一些，反应慢一些，丢出石头的动作也不协调，石头都落在离自己很近的地方，无论他怎么努力，都打不到陈皮身上。

陈皮站起来，要抓到这孩子的后衣领了，他才想到转身逃跑。陈皮一把提溜起这个孩子，来到江边，把他抛入江里。

孩子在江里挣扎，江边的孩子水性很好，但他一来到岸边，就被陈皮一脚踹下去，每一脚陈皮都用了死力气，慢慢地，这个孩子就翻着白眼沉了下去。

陈皮无趣地回到自己刚才靠的树边，收起了竹竿，竹竿非常沉，显然下面的鱼饵非常重，提起之后整根鱼竿都被压成了弓形。他把鱼饵拉出水面拖到岸上，猛地看上去，那是一大坨混合的东西，有石头，有头发。其实，这是一具体内塞着石头的腐烂尸体，他刚刚从远郊的乱葬岗里找到的，尸体有辫子，不知道是清遗还是女性，头发很长，陈皮将这些头发打成各种圈结，无数的螃蟹脚就缠绕在头发圈里，被一起带了上来。

他把螃蟹一只一只择下来，顺手拗断螃蟹的钳子，用边上的柳树条扎成三串蟹链，把掰断的像瓜子一样的钳子装进衣兜里。他抓出一个钳子就生嗑，同时将尸体踢回江里。

这个时候，他看到春申最后一次从江中冒出头游到了岸边，靠在岸沿上，已经被冻得脸色发白。长江涨潮，水面离岸沿有一臂的距离，他已经没有力气爬上来，只能抓着岸沿下的乱石，陈皮冷冷地看着岸下的脸，就想动脚。

这个时候，他发现这孩子没有哭。春申呆滞地看着陈皮，他似乎太傻了，连哭都不会。

陈皮觉得这孩子和自己小时候有点儿像，活下来或活不下来没什么区别。他一脚把春申再次踢回水里。春申沉入水里，连最后的叫声都没有发出。

接着，陈皮嗑着蟹腿，在夕阳下往城里走去，找不到春申的那群孩子在远处叫着春申的外号，看到陈皮后纷纷用石头丢他，陈皮没有在意。今天晚上吃饱了，他有个大计划，他相信可以改变自己的境遇。

喜秀才的预言

城郊外沙湖边有一座马火庙，是一贯道的道场。这些年兵荒马乱，一贯道道场到处都是。庙外都是乞丐，庙里通宵打着烛火香炉，被更换的贡品有时候会丢给乞丐。陈皮在墙角找了一处地方，其他要饭的见他回来，纷纷让开。

在有码头的地方，乞丐中流行大潮锅，煮点儿下水和着辣子就可以管几顿饭。陈皮找了个土灶子，提溜一个破碗，烧水闷煮螃蟹。他从自己蹲着的墙角的稻草里扯出一块木板来，这是他从汉口大胜府街上的裁缝铺里偷的盖窗板子，板子的背面涂了红漆，上面写了几个字：一百文，杀一人。壬申年（1932年）长沙蝇灾，20只蝇可兑二十文，6天内长沙灭蝇60万。一百文大约就是100只蝇的价钱。但对于陈皮来说，杀100只蝇很难，杀一个人则很简单。

他一边擦拭木板，一边嚼螃蟹腿。吃饱之后，他便扛着木板上街，除了大胜府街他不去，其他街口，他都找胡同口，将木板靠墙摆出来，自己蹲在墙根下。

这个举动，他已经做了三天。关于他为什么要这么做，有很多传说，日后最有名的一个说法和日本洋行的喜秀才有关。

这个喜秀才很有趣，左手有七根手指头，外号叫喜七。"喜"是因为洋行的名字里有个喜字，现在洋行已经不在了。给日本人做过工的喜秀才也没有其他人要，房子也被官府收了，前段时间他在街上摆摊给别人写字，也住在马火庙墙根。要饭的也知道他给日本人干过活儿，就天天打他，还把他的笔都折了，他就"哎哟哎哟"地叫，吵得陈皮腻烦。不过，很快马火庙的庙祝给了他一份工，抄香火表字。喜秀才七根手指，握笔姿势很怪，但书法很厉害，写出来的瘦金很怪，他说那是五只手指的人写不出来的。

"这个字，要么是七根手指，要么就是手指奇长，否则板马日的张裕钊都写不出来。"喜秀才常这么说。

抄香火表字一天大概可得十文，这里香火很旺，喜秀才抄得手都要肿起来，但总算有口饭吃。要饭的也不敢打他了，只是路过时还会朝他吐几口口水，骂他几句。

有段日子，不知道为什么，他忽然注意起陈皮来，包一些剩菜给他，一来二去，还似乎把陈皮当成了朋友，有的没的过来找他说话。

陈皮当然知道这是喜秀才在假装和自己熟络，来这里之后，附近要饭的被他杀了不下四五个。汉昌两地要饭的结帮派抢地盘，"杀葫芦"（砍头），"采生折割"（把正常人变成"怪物"博同情），凶狠残忍远胜常人，死了就地一埋，也没有人去管。但毕竟都是要饭的，遇到陈皮这种睚眦必报的人也是没办法，你要杀他他就杀你，你吐他口水他也杀你，每日每夜不让你安宁，反正你惹他就是死。久而久之，所有人都离陈皮远远的，连看一眼都不敢。

这喜秀才毕竟是活络人，看到了这一点，想要日子好过一点儿，于是假装和陈皮亲近。陈皮虽然厌烦他，但自己去寻饭又觉得麻烦，于是也就顺水推舟，而且陈皮总是觉得，这个喜秀才不是一个一般人。

陈皮看过很多人的眼神，知道什么是普通人，哪怕他穿得再好、再华丽，陈皮还是能看出，那就是一个普通人。但喜秀才不是，喜秀才心里想的事情，不是普通的事情。

但陈皮并没有来得及弄懂喜秀才到底在想什么，好日子过了没多久，喜秀才就得了瘟病，很快就死了。死前，他仍旧在抄写香火表字。他当时只能躺在床上，垫着陈皮偷来的板子抄表字。他还能走的时候，都敲不开郎中的门，现在更是绝望。

死前，喜秀才是这么和陈皮说的："以前我写一幅字，日本人给十个大洋，中国人给十文钱，我当然给日本人写。如今日本人走了，中国人一文钱都不给我了，还要打杀我，试问：当时多少人想给日本人写字？他们不是恼日本人，是恼那些个赚不到的大洋。"

他越来越愤恨："那些郎中没看过日本人吗？没收过大洋吗？"

陈皮就问他："你恼他们吗？"

"当然恼，恨不得吃他们的肉。"喜秀才恶狠狠地说。他此时已经没有了日常对待陈皮的谨慎。陈皮知道他现在已经不怕自己了，因为，他已经不用怕死了。

"你恼他们，为什么不去杀了他们呢？"陈皮听着觉得奇怪，又问喜秀才。

喜秀才愣了一下，忽然哈哈大笑起来，笑得太急以至于剧烈地咳嗽起来。笑完之后，喜秀才露出了一个陈皮至今记忆犹新的阴森表情，他说道："我在洋行里学到一件事情，日本人凡事都会先问问有什么好处。你杀人有好处吗？陈皮，你杀了那么多人，却还是一个要饭的，说明这些人你都白杀了，你杀了他们，对你一点儿好处都没有。"

陈皮瞪着眼睛看着喜秀才，并没有立即听懂，但是他忽然觉得自己明白了什么。喜秀才缓缓地拿开那些写表字的黄纸，在木板上写下了：一百文，杀一人。

"这六个字送给你，你今生今世的荣华富贵，就在这块板上。"喜秀才对陈皮说出了最后一句话。

喜秀才，在老九门里非常有名，去汉口也确实还能查到一些他当年的事情，然而真真假假，已经永远无法下定论。但陈皮早年举着"百文杀人"的招牌摆摊，武汉还有很多人记得。只说当年陈皮摆出摊位，路过人皆言疯子，不仅无人问津，还常有人指点嗤笑。

陈皮记得喜秀才死前的眼神，觉得他应该是一个不一般的人。他常说自己应该遇到贵人，但无奈遇到了陈皮，不是有缘人，能点化的也就这么多了。

连日下来，陈皮白天靠钓蟹度日，晚上去集市摆摊杀人。江边的小孩子还是照例来捣乱，丝毫不觉得身边少了一个人。人穷命贱，看来真是如此。陈皮也不以为意，日子一天一天地过，汉口入冬，螃蟹就几乎钓不到了。军警满城，他也不敢偷窃抢劫，便到码头寻一点儿苦力活儿想挨过冬天。

此时，仍旧没有人光顾他，他不禁也开始怀疑，那是否只是喜秀才死前的疯言疯语。

这一日，他缩在潮炉边上，取暖发呆，"一百文，杀一人"的木板也没有之前那么珍贵了，被垫在屁股下，上面的字也磨损了很多。忽然头上一疼，他被人用石头打中。陈皮睁眼一看，只见一个拖着鼻涕的男孩子，正在用石头丢他。

他愣了一下。他认得那张面无表情的脸，是之前被他踢进水里的那个傻申。这孩子竟然没有死，而且还胖了。

在他发呆的瞬间，春申的两块石头狠狠打在了他的头上，打得他眼冒金星。一段时间不见，这傻子丢石头竟然熟练了。陈皮拨开接下来的石头，站了起来，春申立即转身逃跑，躲到一个壮硕的汉子身后。

那个壮硕的汉子抬头看向陈皮，眉宇间和春申长得很相似，不是父亲就是叔父之类的。两个人对视了一眼，壮汉也不说话，只是挡在春申面前。

长江纤夫非常凶悍，而且团结，陈皮本能地往后退了一步，杀心又起，但他立即看到不远处码头上的宪兵。

陈皮想起来，这人是码头上的工头之一，码头上的人都听他的，现在码头军货运输非常繁忙，如果自己上去和他打起来，肯定是自己倒霉，当兵的不会抓工头的，自己扰乱后勤军需，是要被杀头的。

他瞪了春申一眼，缩了回去，同时安慰自己，现在自己杀人有价了，没有好处的杀人如果不是特别方便，那就不做了，来年开春别让自己看到吧，没看到的话，事情也就过去了。不过这孩子也算命硬。

那个汉子拍了拍春申的后脖颈儿走了。春申也跑开了，顺着江堤跑到一艘船边，船是江上的小渔船，有一个女子将他抱到船上。显然，这一家子是在江边讨生活的渔民，春夏秋在江中捕鱼，冬天就拉纤，一家人肯定都生活在船上。

现在水匪肆虐，这些人也只能生活在岸边，借着码头的军队保护自己。

陈皮远远看着抱着春申的那个女的，慢慢发现，那不是春申的娘，应该是春申的姐姐。小女孩大概十八岁，长得条子很顺，汉口的姑娘大多腿长，是常年入水的缘故。十八年少，这女孩有一股少女特有的美丽。难得的是，她常年在船上风吹日晒，人却很白，两只手臂像白藕一样，让人看着真想截去当枕头。

不由自主地，陈皮收工后就拖着自己的招牌，走到那艘船靠的岸边，找棵树坐下，看那个女孩进进出出。陈皮盯着她的小腿，小腿纤细匀称，在船板上走起来像跳舞一样。陈皮摸着自己的后脖颈儿，有些烦躁，心中泛起一股奇怪的感觉，和他杀人之前的感觉差不多，但又不是杀心。

春申拖着鼻涕站在船头，呆呆地看着陈皮，他也不害怕陈皮。女孩子不停地干活儿，时不时给他擤个鼻涕。一来二去，女孩子也看到了陈皮。

女孩子停下手里的活儿，穷人家的女孩子很多事情懂得早，一看陈皮盯着自己脖子和领口的部位看，就用汉口话骂道："下作鬼。你看么子，我爹回来挖出你的眼睛。"

陈皮仍旧盯着她看，女孩子就恼了："看看看看，回家看你妈去。"拿起船桨就拍船边的水，水溅起来泼在陈皮身上。

陈皮忙躲开，看着姑娘白嫩的脖子，心中的焦躁更加重了。他站起来，撑着招牌，和女孩子对视，竟然不知道怎么办好了。女孩子也气呼呼地看着他："听到没？你滚开我的船边儿。"

陈皮冷冷道："我摆摊儿，船是你的，岸又不是你的，你把船弄走，别挡着我看风景。"

女孩子就笑了："你个要饭瓜儿摆什么摊？要饭还要摆摊，没人光顾你。"

陈皮指着招牌："一百文钱，杀一个人。杀人的摊子。"

女孩子一船桨拍在水里，又溅了陈皮一身水，冬天的江水冰冷，冻得陈皮一个哆嗦。"等我爹回来收拾你，你脑瓜儿有病。"说完，女孩子拉着春申就进了船舱，把帘子放下。

陈皮拍了拍身上的水，冷水一泼，内心的那种焦躁忽然就下去很多。他左看右看，发现看不到那女孩子，又听一边传来讪笑声——那批纤夫都干完了活儿往家里走来，他只得悻然地扛起招牌。

在船里，那个女孩缩在船头，看着陈皮离开，才松了一口气。她也不由得多看了几眼陈皮。

夕阳下，陈皮吊儿郎当地走远。女孩其实对陈皮早有耳闻，他爹让她看到这个人一定要走远点儿。在夏天，沙湖一带的很多人都说这个陈皮是个狠角色。现在看来，这个人真的脑瓜有病。

但对那个年纪的女孩来说，陈皮是一个一眼看去就和渔民、纤夫不一样的人。她看了几眼，扯了扯自己的领扣，想到陈皮看自己的眼神，不由得脸红了起来。

陈皮被泼了一身江水，走到城里，也不想摆摊了。他将招牌拖到卤煮的摊子前，找了几块石头搭起来，把招牌架上，然后花两文钱打了一碗下水，伴着辣子就呼噜着吃了下去。红汤下水汤，吃得他满头的汗，最后连汤水都喝得一干二净。他再拿一文钱去隔壁澡堂子泡个澡，最后一文钱，晚上就去庙里斗鸡。

泡在澡堂里，他想着自己的事情，心生郁闷，这种江边的澡堂里都是苦力，互相搓背。想起船上的小船娘，那白皙的脖子，那蛇条子一样的小腿，陈皮焦躁又起，只得站起来到澡堂的破洞边吹江风，这才发现自己的身体已经完全起了反应。

他透过破洞往外望去，江面上渔火星星点点，对岸烟波流转，喜秀才说的事情，什么时候才会应验？

第四章

水鬼白

渔火长明，春四走出船篷，凛冽的江风吹得她打了一个寒战。她打了个哈欠，看着繁华的老城，灯火通明。

"不要进进出出的。"她爹在篷里说道。春四"哎"了一声，打了一桶江水，提溜进篷里。

这是一艘双篷的渔船，篷口挂着被褥，里面生着炉子，半夜江面上冰冻，靠着炉子的地方才好睡，靠着篷口的地方能冻出冰凌来。春四把江水倒在锅里煮着，烧热了可以灌到汤婆子里。

像汤婆子这些东西都是从江底挂上来的，夏天的时候，这些孩子经常在江里潜水，找一些上游冲下来的垃圾，有的能用，不知道是什么的就都挂在篷顶，叮叮当当的。

"那个陈皮，今儿盯着我看了半天，我们明天，船不要停在这儿了。"春四对她爹说道，"他还和我说，他杀人赚钱，一个人一百文。"

"穷骨头发烧，你不要去理他嘛。"春四爹一边轻声说道，一边拍着春申的背。春申把头抬了起来，问他姐道："杀人不是要杀头的吗？"

春四爹把春申的头按回去："你听他嘀嘀嗒（武汉方言，吹牛的意思），他敢？睡过去，别听大人说话。"

春申把头缩进被里，船底有几个格子，靠近炉子的两个是他和他姐睡的。他人小，整个人就陷入格子里。

春四爹拉了拉披在自己身上的衣服，对春四说道："人盘穷火盘熄，叫花子盘得冇得米吃，这个陈皮，鬼儿来路不明，莫去理他，开春肯定就见不到他了，这种人待不了多久。"春四点头。

一边春四娘在剥蚌肉，冬天江水支流流到附近的湖里，蚌都在淤泥底下，不像夏天那么容易找。蚌肉吃了有力气，白天春四爹拉纤的时候，娘就带着春申、春四去湖里挂蚌。蚌壳灰还可以治疗烧伤，现在军队在收，敲碎了，二十两就可以换一个铜钱。春四去帮忙，春四娘看着春四，帮她理了理头发："他爹，春四是大姑娘了，要嫁到岸上去，跟在船上吃苦，日本人来了，活不下去的。"

小渔船是不可能逆流而上的，如果要走，船能走到哪里，春四爹自己也说不准，几代人在长江里讨生活，早就不知道在岸上该怎么活了。船里就沉默起来，春四爹点上烟袋，低着头不说话。

春四也不说话，她从来没有想过这个问题。她也听了不少发生的事情，只是听说，虽心中忐忑，但从没想过离开这里。

灌好汤婆子，春四就想躺下睡了。忽地，远处传来一连串奇怪的声音，连绵不绝，贴着江面传了过来。春四爹惊了一下，认得这是鼓声，立即挑开帘子往外看去，只见江面上漆黑一片，什么都看不见。但漆黑中，竟然有鼓声传来。

"怎么有人打鼓？"孩子娘问道。春四爹一下抓起边上的火灯，浸入江水将灯熄灭。他入篷用汤婆子里的水浇熄了炉子，然后跳到摇橹处，解开锚绳，春四惊问："爹，怎么了？"

"莫说话，水匪来了。"春四爹一边摇动船橹，一边看向码头。他惊恐地发现，码头上的驻军营火已经熄灭了，那些驻军不知道在今天什么时候都撤了。

江上水匪都是盘踞在各个湖泊里的，日本人打来之后，他们全部被赶到了长江里。早先码头有军队管着，现在军货备齐了肯定要开拔前线，军队一走，先来的不是日本人，水上的水匪先卷浪重来了。这批水匪杀人不眨眼，肯定又要死人了。

船平滑地往上游划去，鼓声忽然停了一下，有些听不清楚了，春四爹松了一口气，看了一眼春四，春四也是脸色苍白。他刚想说话，忽然，整个船一晃，船头一沉，接着又是一浮。

春四爹一下跳了起来，心想，糟了，他行船那么多年，从脚下的感觉就知道，船上多了一个人。

春四爹冲到船头，月光下，一下就看到船头蹲着一个半裸的男人，男人膀大腰圆，皮肤发白如雪，浑身是水，冰冷的江水在他身上泛起白雾，似乎他体温极其高。这个人，是从冰冷的江水中一路追春四爹的船过来的。

　　春四爹举起边上的鱼叉，但这个男人根本没有在乎。他直直地看着春四，春四抓紧自己的领扣，也拿起了蚌刀。

　　"讨碗热水喝。"半裸的男人忽然说道，"游得有些渴了。"

看春四爹浑身僵硬没有反应，那个半裸的男人似乎有些愧疚。他摆了摆手，想说什么，但最终似乎又觉得说不出口。

"放心，我等一下就走。"半裸的男人轻声说道，"真的，能不能讨一碗水喝？我实在太冷了才不得已上来。"

春四爹有些摸不着头脑，这个男人不似一般的水匪，能够在凌冬的半夜在水里追船的人，显然水性极好。他说等一下就走，那他在水里做什么呢？难道是在追另一艘船？难道水匪有内讧？

半裸的男人看春四爹还是没有反应，从兜里掏出了几文钱，忽然有些不高兴了："老子付钱买一碗热水。老爹，老子是什么身份你也知道，只是要一碗水而已，喝了老子就走，你要不识相，可别惹急了老子。"

月光下那人的手犹如苍白的爪子，冰冷的江水冻得上面都是疮疤。

春四爹仍旧犹豫不决，不知道如何应对。但是，孩子娘立即倒出了刚才炉子里的湿煤，放入干煤引火，让春四去船后面打水。

水很快烧了起来，船上起了一层暖光。半裸的男人将铜钱拍到船头："我不进去行了吧？你拿过来烧，我暖和一点儿。"

春四娘端起炉子，抬到了船头，那半裸的男人从腰后的水靠袋中，掏出一个小锡瓶，瓶子大概有两根手指粗细，上头用泥封了口。那男人剥开泥封，将里面的液体倒入烧的水中。

瞬间，一股香味溢满了船，这是烧酒的酒糟。

"好这一口。"那男人呵呵笑了一下，用汉口话说。他又掏出两只小碗，倒上掺着酒的温水，一只碗放到春四爹的跟前，一只碗自己喝。他喝了一口，发出了让人心痒的啧啧声："来点儿吧，你们也不容易。"

春四爹警惕地看着他，但是酒香让他有些焦躁。在船舱里，春申被酒味呛了，莫名醒了，刚抬起头来，就被春四娘迅速按回被子里，嘴巴也被捂住了。

"我让你喝酒，你看着我做什么？"半裸的男人没好气地让春四爹坐下，又有点儿不开心起来，"你不给我面子，来，我喝几口就走，你陪老子聊聊，哎呀，不要害怕，我要弄你们，早把你们船弄翻了。"

春四爹看他的表情，似乎不是穷凶极恶之人。水匪成帮结派，这个人只是一个人，确实不像是来害人的，他略微松了一口气。看了看那碗冒着水汽的酒，他拿起来，看了看篷里紧张地坐着的春四和她娘，喝了一口。

酒糟非常香甜，一下冲开味蕾，就是掺了江水，味道也非常浓郁，春四爹一口下去，不由自主又喝了一口。

那人就开心了，咧嘴大笑："这才对嘛，我们都是江面上讨生活的。当水蝗，我也是迫不得已。喝上酒了，咱们没什么两样。"

"你喝了赶快走嘛。"春四爹喝酒下去，一股热气就上来，一下也不觉得害怕了。

"好酒喝起来就不一样，哈哈哈哈……喝完就走，老子喝完就走，不骗你们。"他又从水靠后腰里掏出一锡瓶倒进去，"我告诉你啊，老子他妈也厌喽，这当水蝗，就是黑唬（方言，吓唬）人，黑唬你们，你说我们收捐，都是问商船收，你们能有几个钱几个货嘛，还不是最近军队闹的，商货、军货分不清楚才来找渔船，所以你们以后也别害怕，这一碗热水，老子记得你们，老子回去吩咐兄弟们，你拿着这个。"他从腰里扯出一条黄布来，在船头晒鱼的拉绳上挂上，"这是我们黄葵水蝗的免捐旗。挂上了，以后黄葵不会找你这艘船的麻烦。"

春四爹看着那黄布，上面画着一朵奇怪的花的图案。那人的脸已经发红，有些喝多了，他继续对春四爹叹道："你记得，老子是黄葵水蝗的炮头，现在五湖十八河的水蝗都被赶到长江里来了，都是不要命的年轻小鬼，都盼着我们这些老人死。老子做炮头十几年，为黄葵算是立下汗马功劳，他妈的现在却沦落到要'摘花鼓'（砍人头），今晚花鼓摘不回去，恐怕老子的炮头也当不下去了。你听到刚才打鼓了吗？那就是摘花鼓的声音，烦死个雀儿。"

春四爹疑惑地看着这个人，不明白什么是摘花鼓。自称是炮头的那人把一碗酒水全部喝干，道："幸亏老子宝刀不老，八个花鼓我刚才一口气都摘了，累死我了，所以才到你这儿歇歇，你不用害怕。"

炮头说着，弯腰把手探入江水中，原来有一只铁钩子钩在船头，连着水下什么东西。他一把全部提了上来，竟然是一串滴水的人头，全部被水泡得发白："老子刚摘下的花鼓。前面三只船巧了，正好八个。"

春四一声尖叫，她一下就认了出来，隔壁船里经常和春申玩的二孬的人头挂在里面，四岁的小女孩脑袋皮只剩下半个，似乎是被硬扯下来的。

春四爹也一下就被吓清醒了，站了起来，几乎要吐出来。

"1，2，3，4，5……"炮头拨弄着那些人头，忽然愣了一下，看了看水面，"搞么逼，少了几个，掉哪儿去喽？"

"老子这个脑壳儿，怎么会掉了呢？"炮头看着水面，表情懊恼。他看了看春四一家，苦笑了一下，说着，一下跳入水里，翻身漂起来，对船上道："大哥，麻烦再烧点儿水，老子的东西掉喽，老子去找。"说完便潜下水去。

春四爹脸色苍白，看着丢在船头的一串人头，浑身都打起了摆子，恐惧让心口发紧，一股巨大的恶心感让他脑子一片空白，白天还在聊天的几个人，全部死了，血水早就被江水洗净，人头张着大嘴，头发粘在脸上，眼睛直直地看着船板。

"他爹，他爹！"春四娘上来把春四爹摇回神儿，拿着鱼叉把人头拨进水里，"走啊，走啊，他爹。春四！摇橹去！"

春四抹着眼泪就跑到船后开始摇橹，春四爹梦游一样，跌跌撞撞地也走向船尾，一脚绊倒东西，半天没爬起来。

此时，春申又探出头来，又被春四娘按了回去。春四娘把所有的杂物都从船顶拨弄了下来，把春申盖住，然后叫道："春四，上岸，往岸上摇啊！"

春四这才醒悟过来，但是手忙脚乱，怎么摇船都转不过来。船逆流而上，春四娘上前抢过橹，摆了方向，让船往岸边靠去，又把橹交回给春四，这才冲到篷里把春四爹扶了起来。

"他爹，他爹！"她叫着。

春四爹目光涣散，捂着胸口看着湖面。春四娘在湖里掬起水泼到春四爹脸上，春四爹打了一个寒战，这才醒过来，一把抓起边上的叉子："快走！快走！"

两个人冲到船尾想代替春四摇橹，刚到船尾，春四娘惊叫了一声。

他们看到春四已经不再摇橹了，炮头浑身是水，坐在船尾，春四被他按在甲板上，头已经被切了一半，大量的血从春四的嘴巴里和鼻孔里喷涌而出。她腿蹬着，瞪大了的眼睛满是惊恐地看着自己的父母，眼泪已经流不出来了。

炮头用的刀非常小，但动作非常熟练，颈肉很快被切开，只余连着脊椎。他用力一掰，春四的头就掰了下来。

"哎呀，大哥，对不住了。"炮头把春四的头放进水里洗了洗，像串鱼一样把春四的头串到原来的那串头里——看来刚才被春四娘拨到水里的，又被他捞上来了，"刚才有几个花鼓找不着了，他妈的太背了，我得赶快再攒几个。对不住，对不住。"

春四爹发出一声无比凄厉的惨叫，举着鱼叉扑向炮头，一下把他扑进水里。炮头在水里挣脱，一个翻身蹬开春四爹，出水后骂道："干什么你？"

"你个畜生！"春四爹瞪着血红的眼睛大骂，鱼叉一下一下朝炮头刺去。炮头一直往后游，在水中躲闪，竟然不见了。

春四娘在船上发呆，蹲下抱起春四的尸体，眼泪止不住地往下流。炮头翻身上船，从水靠中掏出一把王八盒子甩干，对着春四娘的脑袋就是一枪，脑浆溅入船篷，全部溅在春申的被子上，说："真他妈有病。"

春四爹惨叫着拿着鱼叉翻身爬到船沿想上来，炮头蹲下对着春四爹的眼睛又是一枪，春四爹的脑浆溅到水里。

一下，除了江水打到船底的声音，江面上一片寂静。

"你他妈有毛病，叉子叉着我怎么办？"炮头对着尸体大骂，"我叫你声大哥，你这么对我！你有没有良心？"说着，对着水中的尸体连开了四枪。

发泄完之后，他才坐下来，甩了甩手上的血，伸手把春四爹的尸体也拖上来，用小刀快速切下他的脑袋。大量的血流入船舱，流进春申躲的格子里，渗入他的被子。

炮头弄完之后，忽然看到春四的尸体，她的衣扣已经被扯开，露出了雪白的肚子，窈窕的曲线，他把玩了半天，在春四稚嫩的胸口上把血抹干净。

春申没有睡着，冷冷地透过被子的缝隙，看着这一切，就像之前被陈皮丢入水中的眼神一样。

江面上的鼓声又起，炮头"呸"了一口，整理好人头，跳入水中，往鼓声处游去。船顺流漂往岸边，渔火仍旧亮着。

第七章

一把铜钱

陈皮睡眼惺忪地在江堤上走着，在澡堂里躺了一晚上，潮气让他浑身的骨头疼。头昏昏沉沉，昨晚的骚动已经消失，被江风吹着，他不仅没有清醒，反而有一种作呕的感觉。

太阳刚刚升起来，他往码头走去，今天还是要做苦力。忽然，他看见前面的堤岸上围着密密的一圈人。他本能地往路的里面靠去，避开人多的区域，他能受得了臭味，受得了霉味，但人扎堆在一起的气味让他作呕。走得近了，一阵江风吹来，他却停了下来。

风中一股浓郁的血腥味，人群窃窃私语，陈皮拨开人群，就看到堤边卡着一艘渔船，满船的血顺着船舷流下来，码槽带人正在船上查探。陈皮眯起眼睛，看到了船上横着几具尸体，头颅被割下了，脖子处的脂肪翻出，被风吹了有一段时间了，所以变成了番薯烤熟之后的颜色。血泊中，能看到一具半裸女尸，在黑色的血中，白嫩的躯体犹如羊脂一样。

陈皮听着边上的人议论，大概知道了是什么事，瞥了一眼那具女尸，耀眼的白色仍旧让他心中有些躁动。刚想离开，他忽然看到船边上，呆呆地坐着一个满身是血的男孩子。

是那个春申，他面无表情地看着码槽指使人搬运尸体，一动不动，手里紧紧地抱着一个罐子。

还真是命硬，陈皮心想，转身走开了。他看着江面，发现堤上以前随处可见的当兵的都不见了，难怪水蝗忽然回来了，他们长久没有出现，肯定要杀人立威，自己没有切过人头，也不知道他们为何要那么费事。

正想着，陈皮忽然发现自己的招牌忘在澡堂了，只得悻然回去取。

这一日码头上就没多少人了，纤夫们都不敢出来，昨天晚上发生的事情，今天会在汉口传开，今天傍晚就会传到上游，很多船会在上游的码头直接卸货走陆路绕过这一段，明天的活儿肯定会更少。

人少货多，陈皮打了两趟苦力得了十文钱，在夕阳里拖着招牌往澡堂里去。路过早上的地方，围观的人群早就散了，船仍旧在，尸体已经被人抬走了，春申一个人蹲在船尾，在用抹布擦洗甲板上的血。

血都冻在甲板上，要很用力地擦。擦几下，春申就要在江水里洗一洗抹布，船外的江水泛起一层血沫。这个小孩子好像一夜之间长大了不少，擦洗的动作看着就像码头上的那批纤夫一样。

陈皮停下来看着春申，春申也抬头看着他。陈皮忽然有一股冲动，觉得这个小鬼不应该活着。你活着干什么呢？你又能活多久呢？

陈皮看了看四周，四周没有人，附近的船都逃进各处的湖里去了。

两个人对视了一会儿，陈皮忽然觉得身体疲惫，想起喜秀才和他说的话让他不舒服，自己也实在提不起劲儿来，于是什么都没有做，拖着招牌继续往前走去。

走了几步，他忽然觉得不对，转身一看，就看到春申下了船，怀里抱着那个罐子，呆呆地跟着他，看着他拖着的招牌。

陈皮看他那个呆样，忽然一阵恼怒，上去抢起木板，一木板把春申打翻在地。"你的荣华富贵，通通就在这块板子上了。"他的耳边响起喜秀才的话，这段时间积压的怒气，一下就全部爆发了，血气上来，上去拿木板对着春申的头一连狠狠砸了三板子。

"荣华富贵呢？荣华富贵呢？荣华富贵呢？"木板被打得开裂，春申头上的皮都被打裂了，鼻子和嘴巴里都是血，站都站不起来。

陈皮冷冷地看着春申，仿佛看到了自己，一个毫无办法，一直被困在原地没有希望的人。他杀心就起了，举起了木板。

忽然，他的脚踩到了什么东西，低头一看，只见春申的罐子摔破了，里面摔出来一把铜钱。

　　陈皮给春申盛了一碗辣子卤煮，春申猛吃了一口，烫得全部吐了出来。

　　陈皮看着觉得有些恶心，春申害怕地看着陈皮，显然是害怕陈皮再打他。陈皮没有理会他，继续数桌子上的铜钱。春申松了口气，终于又吃起来。他头上的血已经干了，在脑门和耳朵后面结成血痂。陈皮觉得这孩子和自己一样，脑壳厚，所以里面地方小，脑子就呆。

　　铜钱被10个一堆叠起来，一堆一堆地叠着，陈皮已经数了好几遍，他挠了挠头，怎么数都不到一百文。他太紧张了，每次数出来的铜钱数都不一样，一会儿98个，一会儿97个。到底少了几个？他心里也没有底了。

　　炮头绑在晒鱼绳上的免捐旗被摆在桌子上，铜钱都压在上面，免捐旗上绣有一个黄葵花的图案。陈皮数得烦了，暂时放弃了数铜钱，扯起来仔细地看旗。

　　黄葵是黄葵帮的标志，春申要杀谁他自然是知道的。但要查出这面免捐旗是谁的，恐怕要费一些工夫。

　　但陈皮也无所谓了，等了那么久，终于有一个主顾上门，喜秀才说的事情果然是有谱的，这让他整个人都兴奋了起来。其实，他现在已经有点儿记不起喜秀才到底和他说的是什么了，他甚至觉得喜秀才说的是个预言，现在这个预言马上就要实现了。

　　陈皮放下免捐旗，再次把铜钱10个一堆，一堆一堆排整齐，这一次他数清楚了，正好是99个。他叹了一口气，心想，少得不多但是也不能将就，喜秀才说了一百文，就得一百文，否则不灵了怎么办？

于是，他抬头对春申道："杀一个人一百文。少了一个，不够钱。"

春申已经把整碗辣子卤煮吃得精光，连碗都舔干净了，显然还没有吃饱，盯着陈皮面前的那一碗。陈皮把碗推了过去，春申不敢接，一直到陈皮把碗推到他的面前，他才又吃了起来。

"少了一文，不够钱。"陈皮再次提醒春申。春申看了看钱，嘴巴里全是东西，一下噎住了，吃也吃不下去，话也说不出来，但手里的筷子完全没停下，还在不停地往嘴巴里塞。

陈皮上去捏住春申的碗，往后拉，想让他别吃了。春申一下把碗抱住，抬头看着他。陈皮举手要打，春申才把碗放下来。

陈皮看着春申，春申看着陈皮，还在咀嚼，腮帮子鼓起老高，卤煮的汁液从嘴角不停地滴落，根本止不住。

"少了一文钱！他妈的！"陈皮猛一拍桌子，惊得四周的人都看向他们。本来这些人就在窃窃私语，陈皮这种人怎么会带着春申吃饭。

这年头虽然乱，但一般人也不至于去打春申的主意，一来是觉得人都被杀光了，船上的财物肯定也被洗劫一空，二来多一艘船并不能带来更多的钱。这个年头还是劳力值钱，东湖沿岸很多无主的老船，都搁浅在滩上烂着。长江里泥沙俱下，能在岸上讨到生活的都上岸去了，在水里一入冬日子就难熬，多一艘船并不能解决问题。

春申没有任何反应，这一罐子铜钱是他妈妈烧蚌壳攒下来的，他自然不知道里面有多少钱，也没有数过。他只是看着陈皮，眼睛里充满了惊恐。

陈皮忽然意识到自己并不是在和一个匹配的对手交谈，看了看桌子上的钱，用免捐旗包了起来，拉住春申的手，往堤岸上走去。摸黑来到春申的船边，陈皮对春申道："现在我上去找，只要有一文钱，我就答应你杀了这人。懂了吧？"

春申点头，听到"杀"这个字，眼睛忽然睁大。

陈皮完全不理会他，自己爬上去，开始翻找。

春申没有上船，缩在岸上的树边，躲在影子里默默地看着。陈皮到处翻找，船上的血腥气还是十分重，闻得他越来越躁，可是东翻西找，就是没有一枚铜钱。

陈皮烦躁地把破铜烂铁全部抛进湖里，自言自语："再有一个，再有一个就行了。"他真是心急如焚，第一笔生意得尽快落实，折在一个铜板上，太他妈亏了。

这一路翻找折腾，一直到半夜，船底都快被翻过来了，陈皮才意识到，春申家的船上，真的一个铜板都没有了。命运就像开了一个讽刺的玩笑一样，告诉他喜秀才说的也许是对的，"但你永远会差那么一点点"。

陈皮从平静一直找到狂暴，再从狂暴变得面无表情，从船上下来的时候，完全心灰意懒。他把风灯举到春申的面前，将免捐旗和里面的铜钱丢在春申面前，然后转身离去。

春申愣了一下，立即爬起来追了上去，吃力地跑到他的面前，把钱举给他。

陈皮一把把春申拨开："一百文杀一个人，还少一文。"说着，继续往前走。春申又追了上来，跑到他的面前，把钱举给他，显然春申不知道发生了什么事情，脸上满是惊恐。

陈皮再次推开了春申，此时他已经表现出他最大的耐心了，又说了一遍："一百文杀一个人，还少一文。"

春申还是举着手，陈皮心中漠然，继续往前走，春申就一直跟着，一直举着手。陈皮停了下来，冷冷地看着春申，对准他的小腿关节就是一脚，春申一下摔倒在地上。

陈皮继续往前走，春申想爬起来，却发现自己站不起来了，腿一点儿力气都没有。他拖着腿想追上陈皮，但陈皮越走越远，很快就消失在了黑暗里。春申举着钱，看着陈皮离开，脸上终于出现了绝望的表情，眼泪也涌了出来。也不知道在堤坝的路中间哭了多久，忽然，又有风灯的光照了过来，春申停止了哭泣，他看到陈皮又走回来，把他手里的铜钱拿了过去。

"我想到一个法子，明天你去要饭，把一文钱给我要来。"陈皮冷冷地说道。

春申擦了擦鼻涕，拼命地点头。

在澡堂里，陈皮把春申扒了个精光，用板刷像刷鱼一样刷他的身子，他脑袋上的血疙瘩都被刷掉了。

要饭还是有讲究的，小孩子要饭不能太脏，不能有脓，否则进不了人家店铺。现在国家乱，在路上要饭已经很困难了，一个人给钱，所有的乞丐都围过来，打成一团，老百姓已经不敢在路上施舍。要饭最好能到人家后堂去，小孩子是适合的，但小孩子如果太脏了，进了人家店铺、庙堂，会被人打出来，所以不能太脏，不能看上去有传染病。

陈皮把他弄干净了，提溜起来放到放着各种破毛巾的竹筐里，澡堂里暖和，春申很快就睡着了。陈皮也找了个地方躺着，自己盘算着，这孩子这副惨样子，明天一文钱总讨得过来，明天，自己就要扬名立万了。想着他竟然有些睡不着，反倒是春申，缩在竹筐里，呼噜都打了起来。第二天陈皮还是起晚了，他活动了活动身子。他从小就筋骨活络，关节和常人不同，春申学着他的样子，也活动身子。陈皮把春申提溜出澡堂子，在地上抓了一把灰，拍了拍春申的脸颊、头发，使春申看上去像刚刚从前线逃难回来的，就踢春申上街。

春申托着破碗就上街了，陈皮掂量了一下钱袋，也就不去码头了，而是来到东门头，有开封人在这里做斗鸡坑，据说一年两次，一次两个月。

开封斗鸡传统悠久，十几年前有开封人到这里开鸡坑，刚开始，这里就有一个斗鸡坑，现在东门外的广场上有三四个大鸡坑，汉口本地也有人养斗鸡，各处也有做斗鸡赌博的生意。但每年开封人来的时候，这里是最热闹的，会出现很多"鸡头家"买卖种鸡，天南海北各种"鸡王""斗天鸡"也都会聚过来，一连斗上三个月，每日都有几万个大洋的进出。

不过，开封斗鸡的规矩很多，总算文明。翻过东门鸡坑，后面有个山坳，藏在一片林子中间，那个地方还有一个特殊的鸡坑，这里的斗鸡身上披甲，鸡爪、鸡嘴上都戴着各种设计的铁钩利针，很是好看。开坑的是当地一个叫作蔡东南的人，据说是开封斗鸡名家的后人。为了愉悦汉口的达官贵人和公子哥儿，他把斗鸡打扮一番，杀得满地是血，赌博也就更加刺激。

今日场上有一只名鸡叫作杀秦淮，红脖子红冠，嘴上的钢针像喇叭一样张开，那脖子粗得就如人的手臂一样，就算是人也经不住它啄在要害上。不到半日，它已经啄死了四只对手。

陈皮买了三手，他贪心想多赚，结果买的鸡都被杀秦淮几下啄死了，一下手里的铜钱就少了小一半，他掂量了一下，悻然地离开。回到澡堂的时候，他看到春申端着一碗豆腐坐在台阶上。

陈皮上前蹲下，拨开豆腐，在里面找一文钱，拨弄了半天，里面一文钱都没有，只有豆腐。他抓起一把豆腐，打在春申脸上，春申把豆腐抹到自己嘴巴里，连脸上的灰一起抹进去。

晚上，陈皮躺着，心中懊恼，倒不是春申一文钱没要来，而是白天输钱，为何一下就输了那么多，他脑子里都是那只杀秦淮的样子，睡梦中都在发横叫骂。第二天天不亮，他带着剩下的钱，继续往那个鸡坑赶去。

陈皮在鸡场看了一天一夜，一个铜钱都没有投进去，他在等那只杀秦淮出来，但这一天它没有上场。他终于也麻木了，买了点儿酒，来到后鸡笼的帷帐外，远远往里面看，杀秦淮就锁在红木雕花的斗鸡笼里。这斗鸡笼有半人高，上头两个扁担扣，竟然像个轿子一样。透过帷帐，陈皮冷冷地看着这只斗鸡，这只斗鸡也冷冷地看着他，没有丝毫的畏惧。几个鸡奴用羊刀切着肉条，斗鸡是吃肉的。看到陈皮靠近，他们都停下活儿来冷眼看着他。

陈皮只好转头，默默地走了。他活动着手臂，在江堤边坐了一会儿。

天刚放亮，渔船开始出工，春四一家死了之后，江上又太平了几天，总觉得是狂乱之前的平静，大部分渔船又开始从湖里回到江上。

回到澡堂子，天已经亮了，春申在台阶上睡着了，歪着身子靠着墙壁，碗掉在边上，碗里有一些剩饭剩菜。陈皮拿起来，看到碗里还留着半碗菜，还有半个馒头，显然春申不敢吃完，一直在等他回来。

饭菜已经有馊味了，陈皮在里面拨来拨去，还是没有一文钱。他又摸春申的口袋，摸上摸下，口袋里什么都没有。陈皮冷冷地看着酣睡的春申，心中的恼怒无法言说，他把剩饭剩菜全甩在地上，忽然抬手就想一个巴掌把春申抽醒。

但他想了想又把手放了下来，他想着自己的目的是什么，他等不了了。他想着那只杀秦淮，憎恨自己过得还没有一只鸡舒服。

他从口袋里掏出了一文钱，丢进春申的碗里，然后往浴室里走。但走了几步，他又退出来看着天。他觉得喜秀才在天上看着呢，这不管用。喜秀才是个账房，绝算不漏这一文钱。

他颓然地跨过春申，把钱拿了回来，连日的看赌消磨了陈皮身上的戾气。他缩进一个角落，因为疲倦很快就睡着了。明天是最后一天，他告诉自己，明天不管发生什么事情，一百文都要到手。

春申醒过来的时候，陈皮已经睡死了，春申看到剩饭剩菜倒在一边，就把那半个馒头捡了起来，掰成两半，自己吃了半个，另外半个，他看着陈皮，把馒头放在熟睡的陈皮胸口，拿起碗一瘸一拐地走了出去。

早上的空气特别清新，春申眯着眼睛，端着碗来到集市，很多店铺正在陆续开门。

城东米铺已经关门，老板逃去了西北。老板走之前，最后一天做生意，把剩下的豆腐给了春申一碗。春申其实并不明白，人的习性是这样，一个要饭的碗如果满了，人们就会认为他不再需要施舍，而且人们会认为，一个乞丐如果贪婪，是可恶的。

春申在人群里走着，举着碗，没有人看向他。他沿着街走到了头，又走了回来。他坐在米铺的门口，把碗放在脚下，看着面前来往的行人。

他呆呆地看着，到了中午的时候，对面的馒头摊位也收摊了，这一次没有人给他馒头。今天天气冷了不少，馒头摊摊主的小女儿已经穿上了红棉袄。春申看着她，她也看着春申。

天气越来越冷，天阴了下来。春申的衣服太单薄，脚上都是冻疮，只能缩起来。他把小手缩进衣袖里，蜷缩成一个球。恍惚中，他忽然感觉到一个人影坐了下来。他揉了揉眼睛，抬头一看，就看到一个裸着上半身、皮肤特别白的大汉，坐在了他的边上。

大汉似乎完全不怕冷，在冷风里吸了几口气，低头看了看春申，慢慢说道："伢子，我上次在你们船上要的时候，忘记了个东西，我的旗呢？"

春申发起抖来，一下认了出来，这个人就是杀了他全家的炮头。

"找到你真不容易，我也是听码头的人说还有一个小的，幸亏了，我们当家的说免捐旗一面是一面，既然人都没了，旗得拿回来。伢子，我去你船上看过了，旗不见了，有人看见你拿走了。"炮头摸了摸春申的头发，"乖伢子，把旗还给我，就去见爹和娘，好不好？"

春申浑身打摆子，呆呆地看着炮头，没有说话。炮头把他的碗拿了起来，放到他手里，然后想把他抱起来。春申立即缩起头来，不让炮头抱，四周的人都停了下来，看炮头拽着春申。

炮头看了看四周，表情有些不耐烦，但还是没有放手。他蹲了下来，拿出一文钱，放到碗里："乖伢子，乖啊，跟伯伯去。"

春申僵直在那里，看着一文钱滚到碗里。他盯着看铜钱落平，犹豫了一下，伸手去抓，一松力气的当口，他就被炮头抱起来往江堤走去。

春申趴在炮头的肩膀上，没有挣扎。他看着那条大街逐渐远去，人们看了他们几眼，又重新转头行进，没有人再来理会。

春申紧紧地抓着那一文钱，就像抓着唯一的希望。

第十一章

挑起免捐旗

陈皮找到春申的时候，春申被吊在河堤的那棵树上，绳子勒进他细细的脖子里，拉得脖子异样长。只看了一眼，陈皮就知道他已经死了，小小的尸体悬空着，在江风中轻微地抖动。

此时已经是黄昏，江堤上冷冷清清，一个人都没有，不知道又出了什么事情。空气中弥漫着烧焦味，春四家卡在河堤上的船已经被烧沉了，只有一些烧焦的船架子还露在水面上。

春申是被打死的，脸已经被打烂了，从脸上那些横道的烂口看，能知道是用船桨拍的。他嘴巴里所有的牙齿都被打碎了，下巴被打掉了一半，血从嘴巴里滴落到脚下的土里。

小春申没有闭上眼睛，他的眼睛还是睁着的。

陈皮仿佛看到在船上，一个人用力拿着船桨，一次一次狠狠地拍在这个孩子的脸上。而这个孩子没有闭眼，每一下的血花他都看得清清楚楚。

陈皮看着春申的眼神，自己的眼神也阴沉了下来，心中的焦躁在一个瞬间几乎扭曲得要裂开。

一次逃过了又怎么样，还是死了，既没有死得舒服一点儿，又没有获得任何公道。

这个世间有多少人和春申一样，无论怎么努力，都不会有任何希望。喜秀才说的话差那么一文钱，就可以实现了，但是老天偏偏不给他这个机会。所以，大部分人都没有活下去的必要，有机会死的话，就应该乖乖去死。他想到很多之前被他杀死的人在临死之前的眼神，他就想不通了，为何有那么多的不甘？不死的话，你们又能怎么样？

陈皮冷冷地转身离开，走了几步，忽然意识到了什么，又转过身去。他来到春申的尸体前，看着春申的手，春申的左手有一些异样，好像死死地攥着什么东西，握成一个拳头。

陈皮用了很大的力气，才把他的左手掰开，一枚铜钱从手中掉落了下来，落到了下面的血土上，弹跳了一下，往江中滚去。

陈皮上前几步，在它滚落江里之前一脚踩住，捡了起来。他一下愣住了，忽然就明白了，所有的血管中冲出一股狂喜，他大笑了起来，一开始只是抽搐，似乎他内心想笑，但脸还不太相信。随即，他撕心裂肺地笑了起来。

他看向天，夕阳已经全落了下来。他在天上没有看到喜秀才，也没有看到任何神仙，只看到一片即将归入黑暗的晚霞。

"喜秀才！"他大吼了起来，"你狗日的！你给我看着！"

声音在江上回荡，没有人回答他，但陈皮吼得满头是汗。

陈皮转头看着春申，春申也似乎在看着他。

陈皮不由自主地又笑了起来。他爬到树上，把春申解了下来，在地上拖着，拖到了澡堂口。他进去拿出了一只放毛巾的篓子，把春申丢了进去，然后背起竹篓，往沙湖走去。

沙湖东两里地处有一座破庙，陈皮到汉口的第一晚就睡在那里。他把春申拖到了破庙外，一脚把佛龛中的佛像踢倒，把尸首放了上去。

春申靠在神龛里，血开始吸引来苍蝇，陈皮看了几眼，把春申的手脚摆了一个舒服一点儿的姿势，然后走到庙的角落中，搬开地板上的砖头，从泥巴里挖出了一包东西。

这是他从浙江逃出来的时候犯案用的凶器，一把只有中指长的菠萝小刀，刀头有一个将近90度的锋利勾刃，专门用来削菠萝的，还有带着筋皮索的九爪钩，专门在海滩上用来抓螃蟹的。陈皮将这些东西全部收入后腰的褡裢里，然后展开了那块免捐旗，把里面的钱全部倒了出来，和最后一文钱串在了一起。他找了一根竹竿，把免捐旗挑了起来。旗迎风扬着，他往集市走去。

第十二章

黄葵水蝗

这几个月来，江面上发生的事情，远比岸上的人能想象的多。

长江水蝗大多来自长江支流中的各个湖泊之中，一打仗，有武装的水匪都逃入了长江里，蝗多船少，几个大帮派一上来就冲对方的船滩，尸体都漂了几百具。

陈皮听说过，黄葵水蝗最早来自洞庭湖，主事的最早是个道士，在黄葵观里挂单，最早的一批伙计也都是道观中的道士，出来做水匪之后就称呼自己为黄葵。

水蝗一般分为两种：一种是船匪，除了平日里抢劫商船，他们主要的收入来自走私和贩盐，偶尔抢劫商船，往往是因为得到了确切的消息；另一种是旱匪，是从岸上上船，抢劫船员、乘客，然后在江中被人接应。前一种水蝗组织庞大，规矩森严，后一种残忍而狡猾。

如今几十支水蝗被冲入长江里，像养蛊一样抢江夺舟，几百人几百人地死，活下来的据说都归入了黄葵，使得黄葵慢慢变成了汉口第一大水帮。这黄葵老祖，看来是有些本事的。只是黄葵手下，免捐旗据说有七十八面，这一面旗到底是谁的，确实难以分辨。

陈皮拖着自己的木板招牌，脖子里挂着一串铜钱，举着一面免捐旗，招摇过市。

他的形象越发滑稽，路过的人都指指点点，觉得好笑。但陈皮自己浑然不知，简直像耀武扬威起来。

百坪楼在江堤边，楼外是一处野滩，各种小吃摊迎着江风拉开排档，从下午4点陆续出摊要做到第二天天亮。说是小吃，却也不是苦力吃得起的，这些摊子都是商船的水手光顾的。百坪楼则是漕帮的产业，这里鱼龙混杂，很多水蝗混在里面听消息。

陈皮找了个面摊坐了下来，把自己的招牌往桌子边上一立，就把铜钱一拍。这个面摊的老板叫作蔡明伟，常年在长堤街做生意，如今长堤街在修工事，摊位就摆到了这里。他的汤面做得极好，排队的人山人海，陈皮等了半个时辰才吃到面。连上了六碗面，辣子香油拌上两盘红油小菜，再开一瓶老酒，陈皮真是敞开了吃，吃到肚子撑得像个鼓一样，才翻倒在江边上。

辣子加上白酒，陈皮浑身发热，扶着免捐旗的竹竿，脑子却无比清醒。他看着四周的炉火，看着水手来来去去，好几个人路过他的时候，瞥向他的旗帜。他看着他们的眼神，终于有一个，他从中看到了一丝闪烁。

那个人低头走上江堤，往黑暗中走去，陈皮爬起来，跌跌撞撞地跟了上去。他保持着距离，远远看到江堤之上，离百坪楼比较远的地方，有一个孤零零的摊位，那个人走到那个摊位，坐了下来。

陈皮跟了上去，那是一个糊汤粉泡油条的摊子，这里没有任何人流，但里面坐满了人，都在窃窃私语，显然不正常。陈皮没有靠近，把衣服一脱，跳入了江里。

冰冷的江水让他头上的青筋都暴了出来，他咬牙扶着江堤边，一点儿一点儿潜到了那个摊位边上，刚想探头去看，却一下看到在这个摊正对面的江边上，停泊着一艘没有点灯的单帆客舫。客舫有些年头了，但比渔船要大很多，所以不能停得离堤太近。堤上明亮，江面上一片漆黑，所以什么都看不太清楚。

他心中纳闷，恍惚中看到在这艘客舫的船头上站着一个人，正纳闷地看着他。

陈皮一看，心想，糟了，大意了。他一蹬江堤，一下沉入水里，两下翻到船下，然后翻出九爪钩，出水瞬间他就钩住船舷翻了上去，正看到那个人欲点风灯，他翻出菠萝刀对准对方的喉咙划去。那人瞬间翻身下水，陈皮冲到船舷边，瞬间又听到船尾的出水声，船一下晃动，这人显然水性极好，已经在船尾重新爬上了船。

陈皮踩着船的中间线翻上客舫的顶，就看船尾的风灯已经点了起来，挂在尾架上。他俯身往船尾看去，船尾那人也抬头看他，竟然是一个娇小的年轻少女，年纪要比春四大一些，体态也更加丰满，皮肤白皙，梳着两条辫子，身上的红绢褡裢已经全部泡湿，贴在身上，勾勒出动人心魄的线条。

江水滴落在船板上，发出滴滴答答的像是打鼓的声音，如同陈皮的心跳一样。

陈皮稍微愣了一下，这艘船停在这里，显然是水匪的接应，水匪在岸边打探情报之后，连夜乘这艘船回江中，这么多人在活动，看来水匪会有大动作。只是，他实在没有想到，船上的接应，竟然是个女孩子。

这女孩子身材娇小，面容精致，虽然不是美若天仙，但很是讨人喜欢，属于清纯而且泼辣的那一类型。如今衣服打湿，她双手遮在胸前，脸色怒而发红，更是可爱。

难道是被抢来的？陈皮心中转念，立即觉得不是，看这女孩的气度和身法，显然是做惯了水上的营生，普通人家的女孩子在这冬天跳入长江，根本游不出几米。她恐怕是水匪家的女儿，而且来头还不小。

那女孩子却也不叫，冷冷地看着陈皮，毫不害怕，而是轻声问道："你是什么人？"

陈皮看着她的目光就意识到，她在看自己腰间的免捐旗，忽然明白为何她没有出声叫人，看样子她没弄清楚自己的来历。陈皮转头看看，心中有了几个顺水推舟的计策，但又都觉得厌烦，他不是那种能耍阴谋的人，猛一转身，手一扯腰间，九爪钩飞出去一下钩住那盏风灯，直接把它甩上半空。

那女孩子大惊，她显然没有猜到陈皮的第一个目标是风灯，故所有的反应都错了，她整个人往后一缩，并没有躲过任何东西。她眼前瞬间一黑，立即想大叫岸上的人，还没开口，陈皮已经从背后捏住了她的脖子，手指压住她脖子两边的气管，她根本叫不出来。

情急之下，她立即摸向陈皮的裆下，男人在这种时候根本不会防御下面，她的手关节非常松，以一个常人无法完成的角度，直接抓了过去。几乎瞬间，陈皮的另一只手猛推住她的后背，一下把她整个人推成一个弓形，巨大的疼痛让她一下抓空。陈皮的力气是那么大，几乎再加一分力，就可以把她背部的脊柱拗断。

　　但是这个动作，也让女孩子的胸口绷到最紧，一下褡裢的扣子全崩掉了，身上的衣服豁开，露出了整个胸部。

　　这是一个非常屈辱的状态，女孩子眼泪一下就下来了，流到了陈皮的手上。

　　陈皮的手指被滚烫的眼泪烫了，不由自主地松开了，从他那个角度，能隐约地看到女孩子胸部的曲线，他心跳越来越快。

　　"你到底是什么人？"女孩子也不敢大叫，勉强问道，"你要什么？"

　　"我要找黄葵帮。"陈皮冷冷道，"你是黄葵吗？"

　　"我不是。"女孩子的眼泪继续流下来，"我是这艘船的船东，这艘船是我爹的。我们从苏州押船过来逃难，我爹上岸去备货了，我在这里守船。"

　　陈皮愣了一下。他摸着这个女孩的脖子，发现脖子上的皮肤非常细嫩，这不是终日在水上的水蝗的样子，真像是一个正经人家的孩子。

　　他缓缓地松了手，女孩子一下倒在船板上，立即把胸口的衣服裹了起来，缩到角落里。陈皮一抖手上的九爪钩，已经落入水里的风灯从水里被扯了上来，他接住放回到架子上，然后从怀里掏出火折子和油芯，重新将风灯点亮，举到女孩子面前。

　　因为惊吓，女孩子已经脸色苍白、嘴唇也冻得发紫。陈皮问道："那岸上是什么人？"

　　"我不知道，求求你别杀我。"女孩子瑟瑟发抖，陈皮冷冷地盯着她胸口没有裹上的部分。女孩子整个人蜷缩了起来继续往船舱里退去，她用手仰面爬动，掩着胸口的手放开了，胸口的衣服就散开来，无比嫩白的胸部一下露了出来。

　　在灯光下，陈皮的眼睛几乎被白色的皮肤刺得睁不开眼睛，一时没了反应。那女孩一路退进了船舱里，恐惧地看着陈皮。忽然，她一下笑了起来，毫不在意地让上衣完全敞开，露出了自己整段诱人的酮体，双手最大限度地张开以突出身体的曲线。

　　陈皮一下冲了进来，扑到了她的身上，女孩发出了一声无比放浪的呻吟："别急，再好好看看我。"她将身体弓出一个非常诱人的曲线，同时双手缓缓伸入蒲团下，她记得里面有两把王八盒子。但就在这个时候，她忽然发现不对劲，因为她的腿部紧紧地顶在陈皮的裆下，她发现陈皮毫无兴致。

她立即睁眼，正看到陈皮毫无表情地捏住了她的嘴巴，菠萝刀毫不犹豫地刺入了她漂亮的眼睛。

第十四章

肉票

刘三烤听着船上的动静，他的耳朵很好，能听到船上女子的喘息和惊呼声，他摸了摸自己的脖子，浑身不自在。

这男人就是贱，以前玩惯了江后的窑姐儿，也不觉得那些皮肉粗糙的女人有什么不好，可加入黄葵看到水香之后，什么女人他都看不上眼了，那细得和筷子似的脚踝，那两手可以合握的细腰，那个白嫩，根本不像江上过生活的。最要命的是，这个水香讲话声细语的，虽然有些泼辣的样子，但像极了岸上的娘们儿。

刘三烤脑子里晃着水香的胸口，想着水香每次梳头发牵拉到的胸部，只觉得快要窒息了。他摸着腰间的短叉子，好多瞬间，想要上到船上去，把那个骚货办了。但他始终是不敢的，手中的叉子紧紧捏了几次之后，还是放松了下来，指甲掐进自己的肉里，都掐出血来了。他知道得罪水香会是什么后果。

已经几天了，他听着船上的动静，心中的嫉妒让他的牙齿打战。水香替黄葵打探消息，总有各色的男人上船，每次他都能听到那让他如蚂蚁噬骨的喘息声，他能想到那犹如荷苞一样娇小圆润的屁股，那两条白玉一样的腿盘在那些男人的腰上，据说水香的腿能交叉着翻到男人的脖子上。但这种好事是绝对轮不到他的。

想着他继续灌了几口酒，其他人正在聊江上即将发生的事情，日本人不知道什么时候打过来，现在江上军货来来往往，很多人暗中出高价让他们劫船，这是掉脑袋的买卖，这些军货船上都有武装押运，普通人不敢轻举妄动，但据说，得手一次可获万利。

他听得厌烦，斜眼瞟了一眼铺子后面蹲着的几个姑娘，她们手脚都被绑着，嘴巴被缝了起来,这才是这艘客舫的真正主人。水香带人劫了船之后,放这几个姑娘的爹上岸去筹钱赎人。

他走过去,那几个姑娘缩进角落里,不停地发抖。刘三烤撩开一个姑娘遮着脸的头发,这江苏姑娘长得水灵,但太素了,看着像个尼姑一样,身子板也比丰满的水香寒碜不少,但好在也白。他把手伸到一个姑娘的衣服里,直伸到胸口,就开始把玩。姑娘身上所有的鸡皮疙瘩都立了起来,不停地挣扎扭动,因为想叫,缝住的嘴巴伤口裂开,开始流血。

这一摸,刘三烤的血就直往头上涌,头上的青筋都冒了出来。他意外地发现这姑娘看着瘦,皮肤却很滑,摸上去真是舒坦。那种欲望要爆发的窒息感,一下从胸口往下身压去,他的眼睛都有点儿花了。

有一个人已经发现了他的举动,冷冷看着他:"三烤,肉票动不得的,你知道行规的。花钱消灾,什么样绑的,什么样送回去。"

刘三烤正在极度的焦躁中,就对说话的人说道:"他妈的憋了那么久,摸摸会少片肉啊?"

那人轻蔑地看了刘三烤一眼,不再说话。刘三烤一把把那姑娘抱起来,用手扯掉她的裤子,一下整个屁股和白腿就露了出来。姑娘死命挣扎,眼泪直流。

刘三烤咽了口唾沫,他已完全看不到其他人,只看到白花花的肉。这时候铺子里的其他人都看向了他。刘三烤把姑娘的裤子褪到脚踝处,遮住自己的手,看似在猥亵,其实偷偷把姑娘腿上的绳子解开了。

之前说话那人似乎是个小头目,立即喝止他:"屎脑壳,你他妈疯了!"刘三烤冷笑,咧嘴把女孩放到地上,把手放开,那女孩子一下就跑了。

这下所有人都惊了,就看那姑娘跑往江边,似乎想跳入江里。

刘三烤冷笑起来:"肉票飞喽,不留活口,你知道规矩的,你管不了我。"说着,就追了上去,跑了十几步就追上了,一下在江堤边把姑娘按倒,就去解自己的裤子。

刘三烤太知道黄葵的规矩了,肉票一跑就撕票,绝不能留活口,这姑娘只要一跑就必死无疑了,但弄死之前让他快活一下,可就没有人管得了了。他回头看了一眼,见其他人都围了过来,立即就下了死力气,想把女孩的头直接在江堤上拗断。他眼睛血红,巨大的欲望让他脑子里只有一件事情,别的什么都顾不上了。

就在这个时候,贴着堤边的水面,陈皮的头忽然探了出来,刘三烤冷不丁被吓了一跳。陈皮一下翻身上来，把刘三烤从姑娘身上撞了下去，然后用同样的姿势骑到他身上，反手用菠萝刀在他的咽喉上狂捅十几下，下手极快。

刘三烤的喉咙被捅烂，鼻孔和嘴巴里喷出大量的鲜血。

陈皮翻起身，就看到姑娘的眼睛也是血红的，和刘三烤一模一样。他对着天上大骂："老子只收了一百文，你搞么子。"

第十五章

长衫男人

江边的船排上，搭着很多蒿草棚子，棚子外挂满了一排一排的咸菜，棚内一个老婆子正用蒲扇拍着咸菜，赶走苍蝇，她的眼睛已经发白，白内障似乎非常严重。

棚子里摆了一个方桌，靠着水边的船排边全是煤炉和药罐，正在熬煮药物。方桌上放了三碟小菜，炮头和一个不起眼的小个子男人在一起吃饭。炮头夹了一口酸菜，看了看那个老婆子，又看了看桌子上的菜："大哥啊，你就吃这个？"

被叫大哥的小个子男人把自己碗里的白饭匀出半碗来，倒入一只新碗里，然后夹了两三筷子酸菜、花生和腊肉炒河蚌，端给老婆子。老婆子确实看不见，哆嗦着摸着小个子的手，摸到了碗和筷子，开始吃起来。

"你想我应该吃什么？"小个子大哥回到桌子上去，"这种东西，总归都是要吃的，穷年大年，无非就是油水轻点儿重点儿，常年吃得好了，日后没的吃了你更难受。"

边上的矮棚子里传来一个声音："你给他说这些，他听得明白才有个鸟怪。"说着，出来一个穿着长衫的中年人。他也坐到桌子边，拿起一双筷子。炮头和他对视了一眼，接着俩人都看了看小个子男人，小个子男人没有看他们，而是看了一眼在桌子下面摆着的一排尸体——苍蝇飞来飞去，对炮头说："你说说怎么回事吧。"

炮头有些尴尬，擦了擦头上的汗，拨弄着自己碗里的花生，挤出一个憨厚的笑容来，说道："和我没关系。"

小个子大哥帮他夹了几块蚌肉，又看了看长衫男人。长衫男人摇头："我待会儿要去百坪楼，三帮五派的请吃饭，现在我略微吃点儿就行。"长衫男人说的是西南官话，口齿清晰，看样子是个读书人。

小个子大哥就端起蚌肉菜的盘子，将里面剩下的蚌肉和汤汁倒进自己的碗里，搅拌搅拌，呼啦呼啦全部吃了。他问炮头："这么冷的天，你出那么多汗，你的毛病还没好哟？"

炮头摸了摸头上的汗，似乎是才发现，道："和大哥吃饭老子寒哟，慌张。"

"你莫做亏心事，慌张什么？"小个子大哥放下碗筷，心不在焉地盯着边上的药罐，炮头也看着药罐，头上的汗更多了。

"大哥让我做么子事，老子就做么子事，是不是亏心事我就不晓得了。"炮头大口地把饭往嘴里扒。

一边的长衫男人在自己碗里稍微夹了点儿酸菜，就来到桌子下面陈着尸体的地方，蹲了下来，用筷子把遮着尸体的麻布掀开。水香的尸体露出了个头，能看到她的头发散乱，一只眼睛已经变成了血疙瘩，半边脸都是凝固的干血。

长衫男人眯起了眼睛，继续夹开麻布，水香的身体露出来了。她的衣服已经敞开，露着浑圆的胸部，但裤子还老老实实地穿着，白嫩的胸口和腹部有无数的刀口，一刀一刀，密密麻麻，肉都翻了出来。

长衫男人扒了口饭，用筷子指了指水香的眼睛："这一刀，一刀毙命，而且是第一刀。"

"你咋知道，你捅的？"炮头立即道，"哦，老子就知道，你这个读书人不地道，你和这个婆娘早就有一腿，你的书都读到狗屎里去喽……"

小个子大哥不等炮头说完，一个巴掌打在他后脑勺儿上，炮头立即一缩脖子，不敢说话了。他骂出了一句明显不是当地方言的土话，似乎是云边少数民族的话。他根本不看炮头，端起花生米也蹲到水香的尸体前，长衫男人继续道："身上的伤都不致命，这把刀的形状很奇怪，刀刃弯曲但是很细，不是顺手的家伙，如果先捅在身上，水香肯定会挣扎，伤口就会被撑大。这些伤口翻出来的肉，虽然都是被这把刀拔出的时候带出来的，但伤口很整齐，说明捅的时候，水香已经不动了。"

长衫男人又用筷子指了指水香的眼睛："第一刀刺进脑子里，水香立即就死了，然后刺的其他刀。"

"什么仇怨？寻着来杀她的吗？"小个子大哥吃了颗花生米。

"不像。"长衫男人摇头，看了看其他的尸体，"她带上岸的十三个人，死了十二个。这些人就没有那么多刀伤，多数是从耳朵里被插死的。"

"行家？"

"没见过这样的行家，用这种家伙做事，其实挺麻烦的。"长衫男人站起来，敲了敲碗，坐回到座位上去，继续吃饭。炮头看了他一眼，眼中满是哀求。

长衫男人冷冷地看了炮头一眼，完全没有反应。炮头满头的汗，对患白内障的老婆子喊道："你这些煤炉，就不要生了嘛，燥得老子麻湿麻湿的。"

小个子大哥也坐了回来。这时，外边有人拖了一个人进来，这个人的胸口被捅了三刀，却没有死，满嘴的血已经干了，胸口捂着的草药渣还冒着水蒸气呢。他脸色苍白，已经站不起来了，被放倒在排上躺着。

长衫男人就问他："说吧，到底出了什么事？"

那伤员嘴唇发抖，用力吸了两三口气，才含糊地说道："那是个要饭的，我们去捉他，他也不逃，就是发脾气，说他只收了一百文钱。"

花签子

小个子大哥点上水烟，坐到伤员的边上："这是水黄葵，吸嘛，吸了就不疼了。"说着，给他抽了一口。水烟里似乎有什么药物，一口下去，伤员的疼痛似乎立即就缓和了下来。

伤员眼中露出感激的神色，小个子大哥一边让他多吸几口，一边问道："叫花子为啥子要弄你们？你们又弄人家的闺女了？"

伤员摇头，眼神涣散，似乎在回忆昨晚的事情："不晓得嘛，但是……但是他有面免捐旗，他一直问我那是谁的。"

后面炮头脸色惨白，抹了抹手上的汗，手不停地发抖。边上的长衫男人冷笑了一声，炮头眼睛血红地盯着他，脸上的肌肉都抖了起来。

"免捐旗？那你认得那个叫花子吗？"小个子大哥又让伤员抽了一口，就把水烟拿了回来，那个伤员点头："我认得出，我认得出，当家的，给我准备个銮驾，我带兄弟把他的花鼓摘回来。"小个子大哥就叹气，摆了摆手："莫要了，丢死人，昨天晚上就死了十二个，你要多少兄弟才够？"说着，他把手轻轻地放在伤员的口鼻上。

那伤员立即就不能呼吸了，挣扎着想把小个子大哥的手挣开，但只抖动了几下，似乎手脚和脖子都已经失去了力气，完全不能移动。他的眼睛直直地看着捂住口鼻的手，毫无办法。

小个子大哥没有回头，有点儿不悦地问道："你不是说那面旗烧干净了吗？为什么还在一个叫花子手里？"

炮头眼睛血红，几口扒完饭："老子找不到嘛，老子就把整个船都烧了，我哪知道那个小的拿去给别人了。"

"你没找到，你就敢说妥了，你是不是年纪大喽？脑壳坏喽？"小个子大哥平静地看着伤员的眼睛慢慢翻白，脸憋得通红，裤裆里流出尿来，人开始剧烈地抽搐。

"大哥，干啥说得那么难听？花鼓我都摘回来了，你还要老子怎么样？不就是块破布吗？"炮头说着就往外走。

"你去哪里？"后面的长衫男人问道。

"老子去弄你的破布，莫拐来拐克（方言，意思是不要拐来拐去），几裸连额（方言，意思是磨磨叽叽）。"说着，炮头跨过几具尸体走了出去。

小个子大哥皱着眉头看着没有出声，等到他手按住的伙计终于断气停止了抽搐，才抬脚走到排边在江水里洗手。看炮头已经上岸了，他脸上露出了很疲惫的表情，埋怨道："你个长衫搬舵，我说这个炮头不能用喽，迟早要闯祸，你怎么就没弄妥呢？你是要老子把你这个搬舵也换了吗？"

"没个炮头这四梁八柱就摆不平，大哥你之前弄他，他花鼓也摘了，确实一个不少，凡事讲个名正言顺，日本人打来打去，人心不稳，再没个名头就动梁柱，人心就散喽。"那个长衫男人也就是搬舵说道。

"那你抓紧弄个名正言顺的！"小个子大哥深吸了一口气，似乎气得够呛，指了指这些尸体，"瞧得出啥来？"

"大哥，这个叫花子是个新手，这手法一看就知道绝对没有学过，但他一路杀了我们这么多人，是根花签子（意思是狡猾的人）。我早就注意过他了，他前段时间摆摊一百文杀一个人，估计是有人给了他一百文，托他去要炮头的命。"

"一百文，咱们黄葵的炮头就值一百文？"小个子大哥笑了笑，起身来到一边的煤炉边，拿起一炉子汤药，递给那个患白内障的老婆子。老婆子吹着喝着，长衫男人就看到，在老婆子的怀里，似乎有一个什么东西正在吃奶，被衣服包着看不清楚，那东西闻到药的味道，焦躁起来，开始不停地蠕动。

"你去找找那个叫花子，问问他有没有兴趣当咱们的炮头，钱由他开。不行就弄妥了，不要让炮头把这事做了，我不想听他聒噪。"小个子大哥拍了拍长衫男人，忽然用非常标准的官话轻声道，"二十年水蝗你还没当腻吗？这条江就要变天了，现在应该做什么，这道理只有你我能懂。"

"我去办妥当。"长衫男人看了看那个老婆子的怀里说道。

说着，长衫男人也走了，小个子大哥揉了揉自己的腰，叹了口气。他把那个老婆子搀扶起来，用土话叽里咕噜地说了一通，那个老婆子也用土话回他，还一边拍着怀里的东西，似乎想让它安静下来。他把老婆子扶进排子上的一个棚屋里，往里面看了看，黑暗中，里面似乎挤满了人。

　　小个子大哥对着黑暗说了几句话，就把棚屋的门锁上，然后自己把桌子上的碗筷在江中洗了。

　　他一边洗一边看着江面，眼中全是厌恶。

找陈皮

陈皮走在江堤上，看着来往的一个个人都像黄葵的人，心中烦躁。他盘算着一会儿到百坪楼外的摊子，听隔壁吃饭的声音，找到一个就尾随杀了。

前面一个男人哭哭啼啼地训斥着边上的人，他心中觉得有些奇怪，跟着他们走了一段，看着那个哭哭啼啼的男人离开江堤，只剩下那个像账房先生一样的人，目送哭啼的男人走远，然后"呸"了一口，似乎内心是看不起自己主子的。

陈皮也没有在意，掏了掏兜里，已经没剩多少铜钱了，刚才他的计划，主要难度是要有足够的钱去百坪楼吃摊子，这点儿钱恐怕杀不了几个，心中很是苦闷。这时，那账房转头看到了陈皮，就对他叫道："叫花子，过来过来。"

陈皮抬眼看他，不知道他要做什么，那账房走到他面前，看了看他手里的铜钱，就问他道："你住马火庙吧？"

陈皮歪了歪头，不明白他的意图，但下意识地点了一下头。对方从怀里掏出一把铜钱来："行了行了，正巧，十文钱，走，帮我抬东西去。"

"你什么意思？这比在码头做苦力可多多了。"陈皮看了看十文钱，没动作。账房"啧"了一声，说着就把钱拍在了陈皮手里："德行！活该你要一辈子饭。走啊，愣着干什么？"

陈皮突然觉得有些丢脸。自从接了春申的活儿之后，他已经不把自己当卖苦力的了，如今被人这么说，竟然臊了起来。

账房看他没反应，就想把钱要回去，同时四处看，想找比较机灵的苦力。陈皮看了看百坪楼，又看了看账房，想了想自己剩的铜钱，没还他，冷冷地把钱收进了自己的衣服里。

在码头这种苦力活儿随处可找，有钱人家下船，管家就会找接散活儿的苦力，或者熟悉街道的纤夫，让他们帮忙抬东西到驿站。城里的大户要从仓库里运东西出来，也会提早发签子，拿了签子的会有一顿丰盛的早饭，以免体力不支损坏货物。

这两种活儿都比正常在码头拿短签卸货要给得多些。陈皮因为人长得木讷，所以少有人问津。

一路在街上，账房买了衣服、糕点、铺盖，三大箱子，都让陈皮挑着。陈皮一直东张西望，心里盘算怎么办，黄葵水蝗又不会写在脸上，到哪里去找他们？像昨天那样肯定是不行的。长江水蝗上岸，有几个堤口和码头，得一个一个去找。

心思不在，账房一路的各种念叨，陈皮都没听明白。

不到半个时辰，账房终于置办妥了，把东西检查一遍，拉拉绳子，就带着陈皮往马火庙赶。陈皮浑浑噩噩，等到了马火庙才发现自己又回来了。

乞丐一堆一堆地围在庙外的墙根处，陈皮把东西一放，就看到账房打量了一圈要饭的，问陈皮道："哎，你帮我找找，哪个是陈皮？"

陈皮愣了一下，看了看账房："你找陈皮做啥子？"

"关你屁事。"账房怒了，"哪个是？快告诉我。"

陈皮这才开始仔细打量这个账房，矮胖矮胖，很不起眼，自己从来没有见过，这人找自己做什么？买那么多东西，难道是提亲吗？账房看着陈皮，陈皮也看着账房，账房就发现陈皮丝毫没有任何想找人的样子。

他立即不耐烦了，对陈皮道："行了，没他妈屁用，滚吧。"账房来到乞丐面前，就矮身问道："各位地爷，打听个事儿，你们这儿有个叫陈皮的人吗？"

所有要饭的都抬起头来，看了看账房，指了指立在他身后的陈皮。账房回过头，陈皮没有理他，默默朝自己的角落走去。他走的是直线，面前的乞丐纷纷退开，都不敢正面和陈皮对视。

"这个，真是有缘千里来相会。您就是陈皮爷吗？"账房也是个人物，虽然满头是汗，但还是立即远远地给陈皮作揖，"您说，有缘分真是巧，您神龙见首不见尾，还戏弄小的，这实在是活泼。"

陈皮有点儿走神，刚才扛着那么重的箱子一路过来，体力有些透支。他转头看了看账房先生，心中琢磨着黄葵的事情，又奇怪账房为什么要找自己，觉得有些烦躁。

账房说完，也没等陈皮反应，立即把礼物全部摆开，轻声道："这一千文钱，是算昨晚陈皮爷帮我帮除害，除了那些我帮的无用之人，按市价折价给陈皮爷的，这些礼物、衣裳是见面礼，我东家想得个念想，如果这些东西还合意，能不能请陈皮爷吃个饭？"

"你帮？你帮是啥帮？"陈皮看着一千文，心中一动，立即坐了起来。

在那一瞬间，陈皮心中隐隐地感觉到了一丝变化，但这种感觉转瞬即逝，他无法捕捉。

他人生中，还是第一次有人带着礼物来找他，用这么客气的方式和他说话。

"呵呵呵呵……"看到陈皮对这些钱的反应，账房的心一下就放松了下来，俗人嘛，一千文就能动容，果然和搬舵先生预计的一样。他心中暗道。

账房吸了口气就笑道："我帮，我帮陈皮爷一定熟悉，最近不知道我帮怎么得罪了陈皮爷，陈皮爷把我们水香送上桥了，正巧我们东家看她不惯要收拾她，让陈皮爷代劳了，感谢感谢，不过，这说明陈皮爷和我们帮一定有所误会，所以在百坪楼的厚德间，我东家准备了酒菜，有事说事，无事叙旧，咱们把事说清楚了。以后这一百文的生意，我们黄葵可多的是，有的是和陈皮爷共事的机会。"

陈皮算是听懂了："你是黄葵的人？"

"正是，小的是账房。"

"你们的人在百坪楼等我吃饭？"陈皮忽然笑了，激动得手抖起来。

"宴席已经备好了。"账房笑盈盈地看着陈皮。他知道陈皮已经完全走上了搬舵事先设的套路。

他进入黄葵那么多年，一直跟随搬舵，这个长衫中年男人虽然怪癖很多，但是看人极准，一眼便可识穿大部分人，于是轻轻设了两三个套路，就能让人走进去，之后此人是生是死，就完全被这个长衫男人掌控了。

"俗人如蚁，拨之则动，捻之则死。"这是搬舵经常说的话。他自视甚高，很多人都觉得这个人在黄葵活不了多久，但一路下来，那么多年，想要动他的人，都死于非命，不仅大哥非常信任他，手下人听他口出狂言也不敢不信了，因为狂言从不落空就变成预言了。莽夫怕炮头，其他的三帮五派忌惮黄葵，却更多是因为这个搬舵。如果不是时局动荡，让搬舵来对付陈皮这样的小鬼，实在是跌份，估计也是水香的事情，让他内心不忿。

账房心中想着，看着陈皮。他接下来会恭敬地带着陈皮前往百坪楼，路上他会阿谀奉承，其他人会侧目他如此对待一个乞丐，但他不会在意，把陈皮带上百坪楼的包间之后，一切都会结束，搬舵甚至都不会再过问这件事情。是的，搬舵都不会记得这随手的一局，断送了一个人的命。

陈皮果然站了起来，来到礼物面前翻动，从里面扯出了一件衣服，给自己比画了一下。账房心中暗笑，心想，这小子竟然还懂得打扮一下，就看到陈皮把衣服搭到自己的肩膀上，没等他反应过来，陈皮一刀刺入了他心脏。

账房先生浑身一震，就看到心口的血漫延出来，陈皮用衣服把他的心口按住，然后使劲塞入伤口中。账房简直不敢相信，慢慢地倒在了陈皮的位置上。

陈皮看了看四周，没有人注意到这一点。他擦了擦手，回身脱掉衣服，到礼物处找出一件新的袄子来，穿戴整齐，发现自己竟然有几分气派。一千文往怀里一揣，带好两把王八盒子、九爪钩、菠萝刀，陈皮就往百坪楼走去。

他没有看到，长衫男人（也就是搬舵）就在不远处的树上，看着发生的一切。看到账房中刀，他一下乐了出来。他料想到陈皮是这样的人，但没想到，陈皮就这样杀人，真是粗鄙。

被算计的人，永远也不知道自己在被人算计。账房看着自己算计了那么多人，从来只觉得他是局外人，这就是俗人的悲哀。长衫男人的脸色忽然阴沉了下来，他又想起账房前天误闯进自己房里，当时自己玩着的小妾的那对脚竟然没遮上，给账房看到了一眼。

那小脚踝细得和筷子似的，自己恐怕再也找不到这么好的脚踝了。账房是非常得力，但自己好几天没睡好，没法接受账房这只猪的眼竟然看到自己私有的东西。他妈的，他回去肯定会琢磨这脚踝，他怎么可能不琢磨，说不定还会琢磨着自渎，这他妈怎么行？长衫男人起了一身鸡皮疙瘩，心中极其难过。他把那小妾活活打死的时候，哭得像个泪人一样，当时他就发誓，这账房也要死，要给这苦命的丫头偿命。

从树上下来，长衫男人对在树下等着的几个伙计使了个眼色："去告诉大哥，陈皮杀了我的账房，看不起黄葵，我要取他的命了。"一个伙计走了，其他的人在他的带领下，默默地跟着陈皮往百坪楼走去。

第十九章

百坪楼设局

他们离陈皮很远，天气见好，江面上波光粼粼，难得这么好的日头，晒得人热起来。边上的小弟给长衫男人递上茴香豆，一行人一边嗑豆，一边看着陈皮往百坪楼走去。

日头暖和，可能是心事除了，长衫男人心情好起来，走着走着哼起了小曲儿。伙计又递上水烟，他摆手："你们看到账房的下场了吗？"

所有的伙计都脸色煞白，互相看了看，点点头，也不敢搭话。

长衫男人指了指水烟："这种东西用多了就成习惯了，你们少用，人哪，习惯越少，我能算计你们的点就越少，懂不？"

所有人都不知道怎么反应好，没有人接话，长衫男人笑着看了他们一圈："怎么了？怕吗？"

其中一个伙计就道："搬舵先生和我们聊这些，说明小的们连被算计的资格都没有，就当说笑话在逗小的们，小的们明白。"

长衫男人哈哈大笑，显得格外开怀，指了指说话的伙计："有脑子，你来接账房的位置。"

那伙计愣住了，不知道是不是真的。

另一个伙计问道："搬舵先生，咱们为什么不直接把陈皮做了，咱们这么多人，就在江边上，有您坐镇，给咱们来个计谋，这陈皮哪用得到百坪楼的兄弟？这功劳咱就不能独拿吗？"

长衫男人嗑了粒豆子，嚼着笑道："杀陈皮？就凭你们？你知道人家这是什么身子？"伙计们不解，他远远看着陈皮走路的姿势，眯起眼睛，"这种人在咱们这一行叫作花签子，手快，耳朵灵，眼神好。普通人打架，看对方高不高、大不大。身上有功夫的人，搭手看对方腰胯。花签子打架，根本不管对方是谁，所有人对他们来说都一样，他看的是破绽。"

"破绽？"

"是的，花签子这种人，老天给饭吃，眼睛里全是别人的破绽，碰上手快刀利的花签子，十几二十个人根本近不了他的身。你们这些人，连怎么死的都不知道。"

"搬舵先生，那咱们不是还有您吗？您可以设计让他相信咱们，然后我们偷偷地下手。他反应再快，咱们那么多的暗箭，他能防得了？"有个伙计拍马屁道。长衫男人摇头，冷冷地看着陈皮："人能算计，畜生能算计吗？"

所有人都不解，长衫男人苦笑了下。他心中明白，陈皮这种人，是不可能被算计的。

陈皮最可怕的一点，是他对这个世道的理解完全没有世俗的逻辑。你要骗他，你要算计他，他听不懂你的话，也不明白你的暗示，你可能还没有说几句话，他已经不耐烦地把刀刺过来了。就像畜生一样，它盯着你的时候，脑子里只有它想要的东西，你的心肝脾肺。你和它讲任何道理，恐吓它，利诱它，它都无法理解。

"搬舵先生您太谦虚了，这不，这小子还是乖乖地往百坪楼去了……"

长衫男人嗑着豆，忽然停了下来，似乎是想到了什么："他一进百坪楼，就会被乱枪打死，我这不叫计谋。"说着，他转身离开堤坝，对伙计说道，"你们继续跟着，我想到个主意找找乐子。别跟丢了，有变数立即到东门斗鸡坑那儿来找我。"

伙计答应，长衫男人急急地就走了。他嘴角咧了起来，似乎是想到了什么大好的事。

长衫男人一走，几个伙计都面面相觑，再看陈皮，他还是悠闲地走着，其中一个伙计问："搬舵先生怎么了？刚才还那么闲恬，怎么忽然就走了？"

刚才被任命为账房的伙计面色沉重，身体微微颤抖，说道："按照我对搬舵先生的理解，他是想要开赌了。"

"开赌？赌什么？"

被任命为账房的伙计看着陈皮，知道搬舵先生一定不仅仅是把陈皮引向百坪楼那么简单，他不做自己没有乐子可寻的事情，谁都在他的算计里。所有一切他说的，都不会是他真实的想法，刚才他看似忽然起意离开了，其实肯定早就想好了。想到这里，伙计冒出一身的冷汗，不知道被留在堤坝上的自己，会面对什么。

第二十章

耍威风

长衫男人到东门外斗鸡坑的时候，三帮五派都到了，显然忽然挪到这个地方，让所有人都措手不及。斗鸡坑边有很多露天小摊位，几个穿着裘皮黄绢的人带着人挤在四张方桌的摊位上，看着面前的辣子豆腐和大头菜，也是哭笑不得。不过都是粗人，所以倒也没那么讲究，大家拿出带着的酒，都喝上了。

三帮五派，三帮开赌羊羔利，五派行娼偷水，都有自己的打手，里面不乏比黄葵大的帮派。但现在局势不稳，很多生意都仰仗着水路，黄葵忽然坐大，几个帮派之间的关系都很微妙。

见长衫男人来了，几个当家的都站了起来。长衫男人立即把他们按下来："不用不用，过意不去，过意不去，有突发事件所以咱们挪个窝子。"

所有人都摆手，长衫男人看了一圈，几个当家的都带着伙计在边上伺候，只有自己是一个人到的，就一边笑一边说："咱们就出来聊聊天吃个饭，让兄弟们也找地方吃东西吧。"同时，他松了自己的鞋子，这是要好好谈事，暂时不会走的意思。

其他人一看，于是就放松下来落座，一共九个人挤这么个地方，这些人平常耀武扬威惯了，如今倒坐得局促可笑。只有长衫男人十分受用，下了筷子就吃。他看到三帮五派中的官姐脸上有一块乌青，用粉压着还是十分扎眼，就"扑哧"笑了："官姐，你这是怎么了？"

"怎么了？"官姐抬眼看了看长衫男人，"你们家那个炮头，睡姑娘就睡姑娘，还把人家腿掰折了，人家哥哥来寻仇，这不一棍子打在我脸上。"

"敢打你官姐，你不把他皮扒了！"长衫男人觉得实在太好笑了，憋着笑了起来。

"呸，咱们做黑行也得讲理不是，做婊子不是人啊？一大好的人被弄成那个样子，我们可和你们黄葵不一样，什么道义都不讲。"

其他人陪着长衫男人笑，长衫男人笑得更厉害了："我不是这个意思，炮头是炮头，我是我，咱们的事是正事，上个婊子的事我管不着，你找我大哥去管。"

官姐也就不说话了，长衫男人喝了几口酒，看几个当家都看着自己，也不动筷子了，就道："大家别这样，小弟也是为难的，这年头卡利了，下头的水匪都被军队打散，湖北这个月又多了三十四号人。黄葵管着呢，他们都能安分，管不了他们就散出去了，到时候免不了零零碎碎的事情，这一条江还得大家一起照顾，我们这营生真养不了自己。"

"哎呀，你少废话，就知道你们要加，一面旗加多少？"一边一个大白胖子看得出来坐得实在不舒服，"我们能加就加，不能加，大不了不走水路了。"

"我都还没说呢，你就认了？"长衫男人忽然就有点儿不耐烦。官姐瞪了一眼白胖子："你他妈能不能少说话？你卖烟土的从云南走，我卖姑娘的，不南下你让我卖给蒙古族啊？"

长衫男人看了一眼官姐："欸，话说回来，我大哥托你准备的人怎么样了？"

官姐为难了一下，对长衫男人道："搬舵，前几次给你们当家送去的姑娘，还一个都没有回来呢。人都不见，你让我怎么再找姑娘给你们？"

长衫男人冷冷地看了看自己的酒："这话你自己和我大哥去说，我可不敢替你说。"

官姐的脸色一下就变得惨白，长衫男人看了看其他人："我大哥就这么点儿喜好，你们送呢，还能送个别，你们等他自己来要人呢，我真摆不平这事。"

所有人的脸色都不好看，都看着官姐，官姐强忍着吸了一口气，给身后的伙计使了个眼色。身后的伙计从后屋拖出来一个姑娘，只有十三四岁，从脖子到手和脚踝，都被裹得严严实实的，只露出一张脸。小姑娘非常漂亮，皮肤白嫩，只是眼白有些黄，显然是穷苦人家的孩子硬生生养白的。

"搬舵先生，做我们这一行，卖的是自己的身子，不是人命。这姑娘谁都没动过，我亲自挑的，您带回去养着，帮我们在你们当家的这里通融一下，让我见见前几批的姑娘，我也好对她们家里人有个说法。"

长衫男人看着小姑娘，小姑娘低着头不敢和他对视。他默默地走过去，抓起小姑娘的下巴，把她的嘴巴强行捏开，看里面的牙齿，牙齿整齐、洁白。长衫男人就笑了："官姐，哪儿弄来的？"

　　"淮扬。"官姐都不愿意回头和他对视。

　　长衫男人眯起眼睛，从姑娘的脖子一直摸到身子里，摸得姑娘发起抖来。长衫男人脖子上的青筋暴了出来，反手抓住小姑娘的下巴，忽然毫无预兆猛地一拧，当场就把小姑娘的脖子拧断了。

　　小姑娘瞬间倒地，官姐一下没有反应过来，转瞬就尖叫了起来："阿箩！"一下冲过去把小姑娘抱了起来，小姑娘口吐白沫，不停地发抖，已经不行了。

　　官姐眼睛通红地看着长衫男人，身边的伙计全部冲了过来。长衫男人指着官姐大喝一声："你想好了？"

　　官姐浑身发抖，咬得嘴角出血。长衫男人冷冷道："我是救你，官姐。你冷静一点儿，想想你刚才的举动，要是让我们当家的知道了会是什么后果。"

　　其他饭桌上的人都没有说话，长衫男人把手放下来，眼睛竟然湿润起来："你以为这件事情，大哥会不知道吗？你送我这个丫头，我要是收了，第二天，这个丫头、你、我，三个人的人头就会挂在百坪楼楼顶上。她可怜吗？当然可怜！怪谁？怪你自己！你他妈的觉得黄葵是什么！"

　　屋子里鸦雀无声。

　　"从洞庭湖到汉口第一天，黄葵一共两百四十三口人，被你们汉口的水蝗杀得只剩下十一个人，脑袋堆在岸上。我大哥问我，为什么？我回答不出来啊。"长衫男人指了指长江的方向，眼泪一下下来了，"我大哥抱着自己女儿的人头，就这么看着江面，看了七天七夜，我们就是讨口饭吃啊。我大哥后来说，他以后要你们汉口的人，他要多少女人来杀，就得给他多少女人来杀，这种事儿，我敢骗他吗？你们说，我敢骗他吗？"

　　"他要报复，去找杀你们的水蝗去啊，这姑娘还不到十三岁啊。"官姐号啕大哭。

　　"大家都是出来上桌的，就你们可怜？就她可怜？放狗屁！"长衫男人冷冷道。他一把把桌子上所有的菜全部掀翻到地上，从兜里掏出一沓免捐旗丢在桌子上："我再救你一次，我大哥要的女人，你如果不想给，那你就得给他其他的乐子，现在有个叫花子得罪了我们黄葵，正往百坪楼去，在他到楼里之前，你如果把他的头拿到这儿来，女人的事就算了，免捐旗你还是接着拿去，如果你做不到，长江水路你就别走了。"

官姐瞪着长衫男人，长衫男人看向其他人："一起来玩，各位，别扫兴啊。"

陈皮在堤上走着，越走越困，太阳晒得他躁了起来。一千文钱放在兜里，出奇
的重，他心里还是郁闷，杀了十三个人，少了三百文，不过也就算了。

路过一个堤口，陈皮忽然觉得疲惫，新衣服太暖和，他很不适应，于是靠在树
下坐了下来，开始打盹儿。

远远跟着的伙计也都停了下来，面面相觑。睡了没多久，陈皮忽然一下惊醒
了。他梦到了杀秦淮，那些铜钱一下就输没了。心中的郁结让他满头是汗，他狠狠
地跺了几下脚。

他看着一千文钱，忽然站起来，暗骂一声，往斗鸡坑走去，把百坪楼的事忘得
一干二净。

东门的斗鸡坑仍旧十分热闹，陈皮在一个坑前驻足看了半天。人山人海中，官
姐的伙计远远经过，前往堤坝，互相都没有注意到对方。陈皮来到了杀秦淮的斗鸡
坑外，掏出铜钱，就想打听杀秦淮什么时候上场，一进去就发现不用问了。

这个坑名声在外，围的人比外面的多得多，人声嘈杂，杀秦淮就在场上，正和
一只浑身通绿的斗鸡杀在一处。

杀秦淮脖子里的羽毛奓了起来，整个脑袋好像膨胀了两倍，恐吓对方。陈皮心
中郁闷，想到了之前输钱的几场，杀秦淮羽毛一张，几秒后，自己压的那只鸡就会
被啄死。

果然几乎瞬间，杀秦淮的脖子猛地向前，直击对面那只绿鸡的天灵盖。这是斗
鸡常用的套路，往往要啄几十下，才能让对方落败，但杀秦淮的嘴巴上带着张开的

利针，这些针非常细长，极容易刺入对方的眼睛。

那杀秦淮竟然也似知道这件事情，陈皮看它每次啄出都针对对方的眼睛。对面那只浑身通绿的斗鸡，脸上戴着铁甲，在下巴处翻出一根倒刺——有人的中指长，弯曲勾上，看杀秦淮啄过来，立即飞起，去刺杀秦淮的脖子。

斗鸡一旦斗起来，下手极重，杀秦淮啄中了绿斗鸡的脑门，火星溅起，把陈皮惊了一下，同时绿斗鸡也刺中了杀秦淮的脖子，直刺了进去。

杀秦淮痛得跳起来，连同鸡血飙上了半空，四周的人立即兴奋起来。

边上收赌金的伙计，这一次来收第二轮的赌金，杀秦淮受伤，赔率立即就上去了。一看陈皮他就过来了："欸，小爷，你还是反着买吗？来来来，别错过，杀秦淮，现在一赔四十，你买哪只呢？"陈皮拿出了一把铜钱，拍给他："杀秦淮。"伙计咬着土烟收了钱，开了条子给他，摇头笑："你这个结根（方言，认死理的意思）的嘛，蛮搞人（方言，让人受不了的意思）。"

刚说完，就见台上的绿斗鸡猛地发起了攻势。在巨大的声浪中，那只绿斗鸡仿佛吃了枪药一样，一连十几个飞起连啄，杀秦淮完全不躲，几乎对着它爹起脖子。钢针和倒刺在空中交击，两边都受了重伤，血溅得到处都是。

陈皮冷冷地看着，就发现不对，这只绿斗鸡的倒刺弧度非常致命，虽然每一次杀秦淮都能避开对方最直接的攻击，但是这根倒刺装在绿斗鸡的下巴处，杀秦淮看不到这个角度，导致几乎每一次都在绿斗鸡扬起脖子躲避时，它反而被割到，整个脖子上已经血流如注。

杀红了眼的杀秦淮抓住了一个极其好的机会，猛地连啄了三下，那绿斗鸡整个身子往后跳躲的时候，倒刺一下勾住了杀秦淮的脖子，拉出了一条大血口子。

杀秦淮落地，只走了两步，就站不住了，那绿斗鸡上来对着杀秦淮的脑袋就是连续攻击，杀秦淮跌跌撞撞地逃跑，逃到角落的草堆里，终于败了下来。

所有人大叫起来，撕赌票的撕赌票，开怀大笑的开怀大笑。

伙计拍了拍陈皮，露出了意味深长的笑，陈皮却完全没有看他。他呆掉了，看着耀武扬威的绿斗鸡浑身都是血，在场内也开始站立不稳，忽然觉得看到了自己。

毫无意义的厮杀，就如同自己以前一样，这两只斗鸡，根本不知道自己置对方于死地后能得到什么。

另一个伙计进入场内，一把抓起杀秦淮的脖子，就往后屋拖去。新场立即开始下注，新的斗鸡被带上来。

　　陈皮默默地看着，少有地觉得有些难过。他摸了摸心脏，忽然觉得肚子饿了。

　　"哎！"他叫住那个伙计，"那只死鸡多少钱？毛能不能先去了？"

第二十二章

冤家路窄

陈皮把杀秦淮藏在衣兜里后走出来，东张西望，看有没有看场子的。看到有几个人正在树下抽烟没有注意自己，他低下头把身子蜷缩起来往外走。

斗鸡有很多规矩，斗死的鸡的鸡头、鸡爪要送还原饲主，斗鸡大补，特别是有名的斗鸡，一羽难求。虽说这个坑是个赌坑，有庄家，和一般的私人斗鸡不同，但斗死的名鸡被卖出去也是不被允许的。一来，很多斗鸡长得都一样，只是装扮不同，庄家有时会利用这种情况作弊套利；二来斗鸡如果到大赌，往往会被喂烈药，卖了出去会吃死人的。

陈皮不懂那么多，避开看场子的就溜达了出去，来到一边的摊位上坐下，唤来伙计："哎，你这里给不给煲汤？"

那伙计看着陈皮衣兜里的斗鸡，惊得倒吸了一口凉气，看了看四周："爷，你个偷鸡撒？"

陈皮一巴掌拍在伙计太阳穴上，把伙计打了个趔趄，一下就撞在桌角上。边上三帮五派的当家的有两个转头过来看了看陈皮，一个又转过去和长衫男人喝酒，一个对陈皮道："豆皮快点儿。"

长衫男人夹了一口咸菜，摸了摸自己的后脖颈儿。白胖子就问长衫男人："你们黄葵搞个叫花子做什么？我记得这个陈皮是个叫花子嘛。"

长衫男人抬眼道："你看连你都知道，你们见过叫花子这么出名的吗？"

白胖子咧了咧嘴，长衫男人继续道："你们是没有见过，老子做水蝗的，在湖南见过大土匪，杀几千个人眼都不眨一下，那样子，就和陈皮一模一样，他那张脸，是人命填出来的。官姐，听我肺腑之言，用最好的人。"

官姐脸色发白，也不看他。长衫男人失笑，摇头道："闹啥子脾气，你自己的命保住就好了嘛，你认得黄葵了，以后也就不会出这种事情了。"他给官姐倒酒，官姐的眼泪下来了，浑身发抖，根本无法拿起酒杯。

长衫男人于是自己喝了，就摇头："可惜这个陈皮，不管之前多么逍遥，也就到今天了。也就我懂得怎么对付他，就是直接揞了，千万别说二话，别给他机会，上来就办踏实了。否则一旦他跑了，你就倒霉了，你不知道他什么时候会找回来。"

陈皮就在边上，看了看边上的一桌子人，发现他们在谈论自己，有人竟然是黄葵的手下。但他没有在意，站起来就往后厨走。摊位的后厨就是边上的砖头灶台，锅里烧着卤水，陈皮进来就给倒了，然后提起水桶到一边的水缸里打水，把水倒进锅里。后面做活儿的摊主看傻了，拿起菜刀就走了过来。陈皮一翻左手，九爪钩就甩了出来，掠过摊主的脑袋，落到他身后柜子顶上的辣子碗，然后把碗直接扯了回来。整碗辣子凌空飞落在陈皮手里，一点儿都没有洒出来。陈皮把辣子倒入水里，看了一眼拿刀的摊主。当叫花子极少吃到鸡，现在陈皮脑袋里什么都没有想，只想吃辣子炖鸡。

摊主把刀放回到架子上，慢慢绕开陈皮，来到三帮五派的桌子边上。虽然吃饭的人都在聚精会神地谈论，但他们的伙计全部看到了刚才那一幕，都目瞪口呆。

陈皮熟练地切葱，也不清洗，把能看到的看似不错的食材都丢进锅里，翻来翻去，看到一边用防晒的烂席盖着的东西，上去掀开，就看到刚才被拧断脖子的小姑娘。他愣了一下，小女孩脸色发青——天气寒冷，尸身已经开始发青了。他摸了摸小姑娘的身上，又找了找身下，没有发现更多的食物，于是又把席子盖了回去。

他起身的时候，就看到三帮五派都站了起来围在他身边。长衫男人饶有兴趣地看着陈皮，眼中放出了精光。显然，他从来没有算到过，他会在这里看到陈皮，但是他绝对不能让身边的人知道这一点。

陈皮偷偷地把鸡往裤裆里塞了塞，以为是被看场子的人发现了。长衫男人就开口说道："陈皮小兄弟，说着说着就来了，一起坐吧。"

陈皮看了看桌子上的咸菜，"呸"了一口，不屑一顾地拍了拍自己的裆口，他的裆口鼓出来一大条。长衫男人的脸一下就涨红了，他想起了水香，他妈的，这陈皮是在告诉自己，陈皮那活儿碰过他的女人，而且，为什么那么大？

长衫男人努力压住自己的怒气，但两个袖子里慢慢地垂下两只机簧针筒。他没有立即发难，因为他看到陈皮的手里也有东西，他知道就算他突然暴起，也一定比陈皮慢。对面这个小鬼，没有中他的计，在偶遇状态下，这个距离，自己不是对手。

"你有没有收到那一千文钱？"长衫男人说道，"那是我给的。听说你在找我们黄葵的一个人，我可以帮你。"

杀长衫男人

此时长衫男人的心里，已经出现了两个人，一个人正打量着陈皮，想着如何让他放松戒备；一个人只做一件事情，就是在陈皮放松戒备时，毫不犹豫地抬手射出袖子里的针。

只有一次机会，他心里明白得很，花签子，能够配得上这个称号的人，所有的反应都在正常人之上，也就是说，陈皮绝不会到需要躲他针的地步。如果陈皮全神贯注地看着他，他抬手的一刹那，陈皮肯定已经知道会发生什么。

要让陈皮转移注意力，三帮五派那么多人看着呢，刚才自己还侃侃而谈，现在却把自己逼上绝路了。如果自己不能干净利落地杀掉陈皮，他搬舵算无遗策的神话立即就会崩塌，到时候十个他也算不回来了。

陈皮一边看着长衫男人，一边继续切葱，可涌起的食欲减退了下去，因为他知道鸡汤应该是喝不成了。长衫男人说到了他的痛处，他有点儿意外，想了想一千个铜钱，又想到他刚才说的话，有点儿蒙。

陈皮把免捐旗从怀里扯了出来："你知道这是谁的？"

长衫男人点头："我知道，我也知道是一个小孩给你的这个，对吧？他给了你一百文钱，让你帮他杀了这面旗的主人。"

"不是你的吗？"陈皮看到了长衫男人桌子上放的免捐旗，"是你的啊，你骗谁呢？"

长衫男人面上毫无尴尬，继续说道："不是我的，你看，我们黄葵每一个人的旗都不一样，我手里的是放粮旗，是给打过招呼的同行的，你手里的是免捐旗，是我们黄葵炮头的旗，用来给帮过他的船户。不一样的，上面的小字不一样。"

免捐旗都一样，但长衫男人毫无破绽地把桌子上的旗展开，让陈皮去对比，他手里的机栝已经绷紧了。

陈皮看长衫男人动作没有什么异样，似乎很诚恳，比起吃鸡，解决掉春申的事他还是比较看重的，于是停下刀，但他看了看围观的人，这些人的表情都有些异样，他忽然觉得不太对。

"我不要看这面，你给我拿最下面那面，你换上来。"陈皮对长衫男人道。长衫男人笑着摇头看了看四周的人，觉得无奈，然后照办。几乎瞬间，陈皮回身把席子下的尸体扶了起来。

那小姑娘的尸体就趴在他身上，他拦腰抱着，小心翼翼地走到长衫男人面前，躲在尸体后面去看免捐旗。

长衫男人心中暗骂陈皮鸡贼，从他这个位置看，女尸几乎把陈皮全部挡住了，要射中非常困难。他立即给陈皮面前的酒碗倒上酒，让陈皮坐下："坐着慢慢聊。"

陈皮抱着女尸坐下来，喝了一口酒，其他人自然不敢落座，都看着这极其荒诞的一幕。

接着，陈皮探手去接长衫男人手里的旗，这些旗已经很旧了，油腻腻的，上面的图案都已经模糊发黑，拿到手里之后，第一眼和自己的对比，竟然无法对比。

就在这个瞬间，长衫男人的手几乎顺着拿过去的那面旗，探到了陈皮的面前，一下翻转手背，手背扭动牵动机栝，瞬间手送到陈皮的腋下，一根一指长的钢针也跟着射出。

陈皮的反应极快，立即扭动身子，想用尸体挡住，但他没有想到长衫男人敢把手伸到他腋下来，一只手一下抓住长衫男人的手指，一个反扭就拧断了三根手指。但钢针已经打了进去，陈皮就觉得腋下一麻，手再想发力竟然抬不动了。

长衫男人惨叫一声，他也是个人物，另一只手贴着陈皮拧断手指的手腕，一下就按在了陈皮的心脏位置，翻手机栝发出。陈皮这个时候已经有了防备，他知道躲肯定是躲不过，于是整个人往后一倒，钢针斜着打进体内，从肋骨刺了出来，陈皮摔倒在地。

看到陈皮爬不起来了，长衫男人惨叫着大笑起来。陈皮惊恐地看着自己的双手双脚，呈现出完全瘫软的状态，立即明白针上涂了东西。

长衫男人看了看自己完全被扭断的手指，又看了看四周围观的三帮五派，对他们说道："你们看到没有，这个龟儿子，动了我的女人。你们都睁眼看清楚了，动了我的东西，是什么下场。"说着，他拿起一把菜刀，来到陈皮面前蹲下，解开了陈皮的裤腰带，一把伸进去，却掏出了杀秦淮的鸡头。

一手的毛吓得长衫男人一哆嗦，陈皮用尽全身的力气，一夹杀秦淮的身子，奄奄一息的杀秦淮的脖子猛地弹出，尖啄直刺进长衫男人的眼睛，长衫男人惨叫翻倒在地。

陈皮咬破自己的舌头，反手甩出九爪钩，一下甩到灶台上，把刚才的辣子碗扯了过来，里面的辣子已经倒到汤里去了，只剩辣子粉，他捏了一把，直接抹到自己的伤口上。

巨大的疼痛让陈皮整个人翻了起来。他青筋暴出，全身冒汗，终于大吼一声爬起来，爬到翻滚的长衫男人面前。长衫男人举着已经空了的针筒，陈皮拍开针筒，一把夺过他的刀，骑在长衫男人身上，开始狂砍。

砍了半个时辰，长衫男人的人头被砍断，血流了一地。杀秦淮挂在陈皮的裤裆里，最终耷拉下了脑袋，结束了自己的一生。陈皮浑身冷汗，用尽全身的力气爬了起来，看了看自己身上的伤口，看了看四周的人，终于感觉到了焦躁之上的另外一种极致的情绪，就是狂怒。

"你们都是黄葵的？"陈皮狂吼了一声，提起长衫男人的人头朝白胖子丢了过去。所有人都摇头："不是不是。"

"谁还是黄葵的？"陈皮的脸上出现了极端冷静和狂怒交织的表情，白胖子指了指刚刚和官姐的打手一起回来的长衫男人的伙计。那个算是下任账房的人撒腿就跑，陈皮甩出九爪钩，一钩子直接抓在他后脖颈儿上，死命往回一扯把整个后脖颈儿扯了下来，血飘上半空，其他几个黄葵的人全部四散而逃。陈皮反手飞出菜刀，又砍死一个。九爪钩扯回来的半途陈皮一抖手腕，钩鞭缠上另外一个伙计，把他拉了一个四脚朝天，陈皮死命踹过去，一脚踩在他咽喉上，把脖子整个踩碎。

还有两个跑远了，陈皮掏出王八盒子，两枪打死。转头一看，所有的三帮五派全部飞也似的跑了。

但他们并不是害怕陈皮，这些人脸上全是兴奋的表情，那白胖子满脸抽搐，对手下的人说道："把所有的兄弟们都叫上，黄葵的搬舵死了！"

第二十四章

半个脑袋

陈皮的眼白不停地翻出来，随时有可能昏厥过去，完全是靠自己的意志力和剧烈的疼痛，支撑着自己的意识。

他用手指探入自己的伤口，将深深刺入体内的针拔了出来，丢到地上。看到桌子上的一堆免捐旗已经全部被三帮五派抢走了，他转头来到被菜刀砍死的人身边。

那人其实并没有死，正在抽搐，菜刀深深地卡在他的脊柱里。陈皮把他背到自己身上，这人已经完全软了，头耷拉在他的肩膀上。陈皮扶正他的头，问："炮头在哪里？"

那人不能动，但是抬起的眼皮指明了方向，陈皮四处看了看，人都已经跑光了。他拔出菠萝刀，把尸体上的人头全部割了下来，用他们的裤腰带串在一起——包括杀秦淮的尸体，围在腰上就往那人眼皮指的方向走去。

走了几步，他忽然想起什么，回头把那两根钢针也捡了起来。

话说两头，白胖子一行人迅速在百坪楼集结，每个帮派都拿出了所有的火枪，没枪的人带着瓦刀、短斧。他们把黄葵的水排围得水泄不通，但没有一个人敢进去。

水排连着岸的部分已经被撤掉了，想要上到排子上就要下水，显然这不是三帮五派擅长的。

黄葵的小个子大哥莫名其妙地看着围过来的人，心知不妙，肯定出了什么变故。他打开暗艙，扶出了一个瞎老婆子，让她坐到水排的边上，然后对着岸上喊道："搞么子事？"

白胖子举起了长衫男人的人头："黄葵儿，你的搬舵死了，有些事儿，是不是要重新谈撒？"说着，他给自己身后的人使了个眼色，他身后有一个戴着草帽的人，用扁担挑着两筐蓑笠，蓑笠的后面，还躲着一个老头。老头脸上有火疤，一看就是山上的老猎户，他安静地从蓑笠后面探出一把火枪，瞄准了小个子大哥。

白胖子轻声用土话说道："打飞他的脑瓢子，打准点儿。"

老猎户点头："你要他的脑瓢子飞到左边的桌子上，还是右边的桌子上。"

小个子大哥远远地看着，忽然转头用一种其他人听不懂的方言，对着老婆子说了什么，那老婆子的怀中一阵鼓动，忽然衣襟敞开，一团土黄色的东西猛地翻入水中。

那白胖子一看立即撒手往后退，人头落地还没滚落到岸边，水中猛地弹出一只干瘦的长臂，一把抓住了长衫男人的人头并拖入水中。只见那手上指甲有一截香烟那么长，全部是发黄的指甲。

片刻之间，那团东西已经回到了瞎老婆子的怀里，重新蜷缩成一团，人头从水中甩出滚到小个子大哥的脚下。

小个子大哥低头看了看，虽然被陈皮砍成了肉花，但是那么多年兄弟，他还是一眼就认了出来，一下瘫坐在地上。白胖子继续喊道："黄葵儿，搬舵死了，你养的那些个鼓爬子吓不住我们。一个小叫花子就能杀了你的搬舵，我们这么多人，给你条生路，把这些鼓爬子都杀了，然后滚出长江。"

小个子大哥看着白胖子。一边的官姐又叫道："你把我那些姑娘弄哪儿去了？把我的姑娘们还给我。"

小个子大哥抱着长衫男人的头，把脸转了过去，没有人看到，他的嘴角最大限度地咧了开来。令人惊讶的是，他不是难过，竟然是无法忍耐的狂喜。

长衫男人死了，我的天，长衫男人死了。

这真是他意料不到的结果，那么多年了，这个搬舵先生，一直在逼他做水蝗，做水蝗。是，是他从湖南把这批兄弟带过来的，但总不能一直做水蝗吧，整天待在江里提心吊胆。是，他们的势力是越来越大了，搬舵算无遗策，一步一步实现了黄葵的野心，但那到底是谁的野心？

最开始，他也以为是自己的野心，他要谁死，搬舵就让那个人死，哪怕用上八个月、一年，没有人能逃出去。三帮五派怕的不是黄葵的凶残，而是搬舵，他们怕搬舵手里的伎俩。

越到后来，他越力不从心，他逐渐发现，这些其实不是他的野心，而是搬舵的。

他根本就不想要这些，他想到城里去，买一批铺子，忘掉他杀的那些人、害的那些人，他想做个正常人，但是搬舵不允许。搬舵一直和他说，是他把兄弟们带出来当水蝗的，为了兄弟们，也要一直做下去。他没有办法反抗，他知道自己已经被搬舵架上去了，下面的人都极怕自己，怕自己养的那些鼓爬子，他不能下来，一下来，首先死的是自己。

但现在不同了，搬舵死了。他完全没有想到，那个叫陈皮的叫花子，可以杀了搬舵。

小个子大哥站起来，努力让自己不要表现得那么开心。他将长衫男人的人头放到饭桌上，然后找出一根竹签子，开始在上面写字，完全没有理会岸上的人。

官姐拉住白胖子，指了指水里："仔细看看。"白胖子看了看竹排下面，隐约能看到那里挂满了铁笼，里面不知道关着什么。他冷笑一声，毫不在意，对老猎户说："左边的。"

几乎瞬间，老猎户开枪了，小个子大哥刚写下第一个字，脑袋就被打飞了，脑浆和头盖骨的碎片全部溅在左边的桌子上，洒在长衫男人的人头上。

与此同时，三帮五派所有的人全部冲入水中，往竹排游去。小个子大哥的尸体站在那儿，只剩下半个脑袋，良久没有倒下。仅剩下的那一只眼睛，似乎在冷冷地看着湖面。接着，只有半个脑袋的小个子大哥忽然往前走了一步。他笑了。

　　三帮五派的人冲入水中，往排子上游去，岸边距排子有二十五六丈（现在一丈约等于3.33米）远。那老婆子眼睛不知道发生了什么，仍旧默默地坐在那儿。小个子大哥的尸体却迟迟不倒下去，犹如柱子一样站在那儿，在水里的人纷纷抬头看到了这一幕。

　　他们迟疑了起来，在水中停住。

　　白胖子"啧"了一声，对老猎户说："打断他的腿。"

　　老猎户那边没有声音，白胖子怒了，转头："你他妈的耳背是不是？"就看到老猎户的头耷拉在枪上，人靠在蓑笠上，蓑笠下面渗出了大量的鲜血。

　　他上去一把扯开蓑笠，就看到一个奇怪的东西正趴在老猎户的背上。老猎户整张头皮都被撕了下来，露出了白色的颅骨，人已经死透了。那东西一动不动地贴着老猎户的背，蓑笠被撩开的瞬间，它才猛转头看向白胖子。

　　白胖子看到了一张极其干瘦且有些小的畸形的脸，不仅是脸，这东西的脑袋也非常小，但一眼看去，它还是一个人，一个"小头人"。接着那东西移动了一下身子，真的是一个极其瘦小的"人"，浑身的皮肤都是褶皱，指甲全部角质化了，有一指多长。主要是它的头与身体不成比例地小，让人看着毛骨悚然。

　　白胖子"啊"地惊叫起来，反手去掏自己的枪。就看那"小头人"眼睛睁得巨大，一下蹿了过来，把白胖子扑倒在地，两只爪子从他的下巴直接刺了进去，把整张面皮连同头皮撕了下来。

　　几乎同时，在水中的人就看到在水排的后面，暗篷船靠近水面的六七个小门纷纷打开，无数的影子从小门钻了出来，跳入水中。接着，他们就看到排子下挂着的铁笼下面，出现了很多奇怪的小人影。

"上岸！"水中有人大喊，所有人开始往岸边退去。但三四秒后，立即传出一连串惨叫，水面上的人瞬间被拖入水中，他们死命挣扎，还是被拖到了排子下方。这些人终于看清了那些铁笼子，上面全部是有倒钩的铁钩。那些"小头人"把他们扯入水里，按在倒钩上，钩子刺穿了他们的下巴和衣服，他们拼命挣扎，但完全无法挣脱。

水面上冒起一团一团的血水，冲回到岸边的也就二十几个人，还没反应过来，岸上的那个"小头人"就猛冲过来，二十几个人拔枪把它打成了筛子，但瞬间，水中又爬出来无数的"小头人"。岸上的人四散而逃，有本事的退到树边射击。一时间枪声四起，到处溅血。

小个子大哥的尸体仍旧站着，一动不动。慢慢地，他伸出手来，拉了一下边上的一根拉绳，排子上所有的竹帘子都放了下来，接着，尸体的肩膀上裂出一个口子，一个脑袋从口子里伸了出来，看了看边上被打烂的脑袋，倒吸了一口凉气。那脑袋还动了动，破损的地方又伸出一只手来。

这是双头戏，是他早年做"玄灯匪"的时候学来的手艺。双头戏本来是两湖交界一带神婆道士的把戏，自己整个人蜷缩在衣服里，一手伸入死人的断头，控制断头的表情和嘴巴，一手行动，所以人看着矮小很多。技艺精湛的人，能使断头的表情惟妙惟肖，眼珠都能转动。

三帮五派火器很少，土枪打出去十丈子弹就飘了，这把戏本是他怕炮头暗算自己，所以才戴着暗甲，头也做了手脚，没想到白胖子能找到枪法这么准的神人。

小个子大哥来到桌子边，把刚才要写的签子写完，然后从后面的药罐里舀出一竹筒子药，封好后他吹了个口哨，一个"小头人"撩开帘子趴了上来。他把东西给它，那"小头人"跳回水中。

接着，他来到桌子上，非常利索地用手把长衫男人的脑袋里的骨头打碎，全部掏空了，在水中洗干净，长衫男人的脸上有几道大豁口，洗干净之后看上去还行。最后，他尝试着把长衫男人的脑袋套到自己的肩膀上，加工了很长时间，才勉强把脑袋套了进去。

几番扭曲之后，小个子大哥重新动了起来，犹如一个生龙活虎的人，只是脸已经变成了长衫男人的。他动了动表情，十分古怪，显然没有之前的头好使，但如今也没有其他办法了。

重新撩开帘子，他看到岸边杀得不可开交。

"黄葵儿，你他妈养那么多鼓爬子，你得害多少人？"官姐被护在中间，身边几个贴身的已经杀红了眼。

"他们长得奇怪一点儿，就不是人了吗？"小个子大哥喊道。三帮五派惊讶地看着长衫男人的脸，脸皮开肉绽，但古怪地笑着看着他们。

"搬舵先生！"

"搬舵不是死了吗？"

"不对啊，声音是黄葵儿的。"

"会不会是假死？"

"人头啊，大哥！怎么假啊！"

小个子大哥在排子边坐下，转头看到江面上已经出现了好几十只船，那是炮头回来了。"大家出来走江湖，打打杀杀难免的，三帮五派我也不能全灭了，炮头已经回来了，今天三帮剩一帮，五派留三派，不想死的，打死刚才最得力的手下保命，谁先谁活命。"

所有人看着远处开来越来越多的黄葵船，全部愣住了，长衫男人没有骗人，这段时间黄葵的人数已经超过任何一个帮派了。

小个子大哥用奇怪的方言喝了几声，鼓爬子退了开去，给这些人留出了喘息的空间。大家面面相觑，表情非常复杂，很多人的脸上都露出了绝望的表情。五派里的一个老头喝道："留得青山在，我们走！"

他刚一动，所有的鼓爬子全部围了过去，封死了他们的去路。所有人又厮杀在一处。

混乱中，官姐一个手下表情非常冷静，他看了一圈形势，又看了看官姐，官姐说："别怕，拼了。"那个手下摇头，把枪对准自己的太阳穴，大喊了一声："黄葵儿看着。"说着就要开枪，被官姐一把夺了下来。

"官姐你教的人真好。"小个子大哥说道，边上几个帮派的当家立即看向自己的伙计，气氛变得非常微妙。

就在这个时候，在不远的地方，陈皮小便完从堤坝边的灌木后走了出来，他左右看了看，发现一边有很多的渔船正在驶来，上面都挂着黄葵的旗帜，另一边全是人在打斗。陈皮吸了吸鼻子，他肩膀上的人抬头指了指第一艘船上的人："炮头！"

炮头站在船头，冷冷地看着排子和堤坝上的人，掏出了竹筒，喝了三大口里面的中药，然后递给下面的人："记得喝足三口黄葵汤，喝少了全身麻痹，喝多了就死。喝三口，杀三天三夜不会累，跟着爷去摘花鼓。"

下面的人纷纷来喝，炮头活动了一下脖子，刚想冷笑，一只九爪钩从岸上不起眼的地方飞过来，一把钩在他脸上，"哎呀"一声后，他整个人被拽进了江里。

"可逮着你啦！"岸边的陈皮扯着爪鞭，兴奋地大骂，"可他妈整死爷爷了。"

远处的三帮五派看着气势汹汹的炮头忽然就被钩进了江里，被钓鱼一样拖向岸边，忽然明白了过来，再次转头看向小个子大哥。官姐手下也放下了对准自己的枪，官姐冷冷地说道："咱们不能不如叫花子，干死这个龟孙养的。"

小个子大哥默默地看着刚才发生的一幕，第一次，他觉得非常尴尬。

　　船上黄葵的伙计目瞪口呆地看着发生的这一幕，直到船开出去六七丈才反应过来，头船立即撑竹竿停下，几个伙计对着岸上的陈皮喝骂，另几个已经跳入水中追了上去。

　　岸上的陈皮已经杀红了眼，丝毫没有理会这些。他死命拽着爪鞭，像拉纤一样把炮头往岸上拉。

　　这九爪钩是十分有讲究的，爪鞭扯得越紧，爪子收得越死，炮头虽然力气极大，但是在水中游动总比不上陈皮在岸上找一棵树绕上一圈子拔河一样拔，而且抓在脸皮上那个剧疼也让炮头没法用力。炮头只得顺着爪鞭的力道冲向岸边，一个翻身就上到岸上，陈皮二话不说，抬起水香的王八盒子就打。

　　炮头被拽蒙了，一看枪头，勉强翻身重新入水，子弹几乎擦着他的肩膀过去，这一下力气用猛了，半张脸皮都被撕了下来。他还没来得及疼，陈皮赶到岸边对着水里的影子又是三梭子，子弹瞬间打光。

　　几乎同时，陈皮身下的水中一炸，一个黄葵伙计翻身出水，短刀几乎贴着陈皮的肚子刺，陈皮速度极快，刀还没抬起来，他已经抬脚踩到了刀刃上，脚掌一压，刀刃被就扭了。同时，陈皮拔出菠萝刀对着伙计的耳朵就猛扎，刀柄没入。

　　菠萝刀带着脑浆拔出，陈皮回头就看到撕掉半张脸的炮头和十几个黄葵的伙计全部出水，家伙都掏了出来。炮头两眼血红，药性已经上来了，刚想对陈皮说话，陈皮的九爪钩再次飞出，一下就抓住他的头皮。炮头这一次立即用手抓住爪鞭，用尽全身力气拉住，用力去抠爪子，想把爪子解下来，还大吼："放开！老子流血了！"

但这钩子一扣一松全靠爪鞭的力气和爪心的机栝，虽然学起来非常简单，但得知道窍门才能松下来。这种场合，炮头根本解不下来。陈皮冷笑一声，将爪鞭系在自己腰上："你跑，让你跑，今天这一百文钱，老子必须得结了。"

炮头大骂："跑你个鬼儿，老子什么时候跑了？"他竟然反向用力，用自己的脑壳死顶着爪钩，钩子变形松动，炮头死死拽住，掏出了自己的王八盒子，甩了两下对着陈皮就射。陈皮瞬间翻进长江里，炮头用力一拽将他重新拽了出来，一看，竟然不是陈皮，而是他腰间的一串人头。

在炮头身后，陈皮瞬间翻身上来，欺身朝炮头猛冲过去，黄葵的伙计立即惊呼，炮头反手一梭子，陈皮瞬间左甩，上半身以一个人类几乎不可能完成的角度歪倒，子弹全部避过。炮头回身整个身子一扭，陈皮贴地翻身，掏出了第二把王八盒子，用力甩水，再度开枪，炮头竟然以几乎和陈皮一样的动作避过了子弹。

陈皮整个身子几乎压在地面上，犹如贴着地面爬行的蛇，一个翻滚，连踹了三脚后忽然加速，炮头最后一梭子子弹全部没有打中。陈皮已经滚到炮头的左边，用尽全身的力气犹如爆炸的弹片一样把整个身子弹向炮头。

炮头完全是一样的反应，缩起身子一下暴起，两个人都掏出小刀，炮头的力气非常大，一刀刺出，陈皮双手去挡，整个人被推了出去。但陈皮已顺势抓住炮头的手腕，双腿一下盘上他的手臂，然后用尽全身的力量一扭，炮头竟顺着这个转动的方向翻身，同时另一只手用九爪钩一下刺入陈皮的腿中。

陈皮吃痛松腿，带着九爪钩子，一个翻身站住。此时，黄葵的伙计全部冲了过来。陈皮矮身滚在人群里，避开乱刀，连出三刀，刀刀刺入对方的膝盖，三个人惨叫翻倒。炮头扯动九爪钩的爪鞭，把陈皮扯出人群，陈皮抓住爪心的机栝一下把爪鞭和钩子分开。

陈皮翻了起来，看了看脚上流血的伤口，眼神竟然变得呆滞而狂热，露出了一个奇怪的笑容，看着炮头："你是不是年纪大了？"

/ 第二十七章 /

炮头逃走

陈皮已经明显地感觉到，炮头和自己是一类人，都本能一样明白如何去攻击和躲避，但同时，陈皮也知道了炮头不是自己的对手，原因正如他刚才说的，他觉得炮头年纪大了。

炮头喘着气，脸色阴沉，同样的话，黄葵的大哥也和他说过，从洞庭湖来到汉口，自己也算是尽心尽力。作为一个屠手，这些年除了大哥和搬舵他谁都不放在眼里，却不知道为何，年头的时候大哥对他心生嫌隙，说他年纪大了。

黄葵有"击鼓传花"的习惯，就是夜里在江上击鼓摘花，鼓声起而发，鼓声停，以得了多少个船户的人头计数，数多者可担当炮头的职位。因他在位，已经很久没有人来挑战了，不久之前却被逼着摘了一次，虽然赢了，但他很不痛快，在帮中的地位也不稳当起来。

但他知道，大哥一般是不会错的，这才是让他内心时刻恐惧的根源。陈皮又忽然说这么一句，他心中"咯噔"一下，更是不悦。

"小兄弟，你是来为那个小孩子报仇的喽？"炮头阴阴地说道，"你家里几口人？不怕黄葵寻仇去吗？"

炮头从来不会紧张，打斗对于他来说从来不是一件难事，这经常让他在特殊场合说出特别平静和不符合现场的话来，这种镇定到似乎自己不在场的感觉，让人毛骨悚然。

陈皮没有给炮头任何反应，在炮头说话的瞬间，他忽然发力跑了起来，毫不犹豫头也不回地跑进了堤坝一边的林子里，几下不见了踪影。

炮头愣了一下，花了几秒钟才意识到，陈皮跑了。

黄葵的伙计都面面相觑，扶起伤者看向陈皮跑掉的方向。炮头眉角抽动，他有一种强烈的被人戏弄的感觉。

他感觉到体内的黄葵酒越来越上头，脸上的疼痛已经感觉不到了，一边黄葵的伙计陆续上岸，他抬眼看了看杀成一片的江排那边，阻止了去找陈皮的黄葵伙计，让他们去江排。

不管怎么说，还是要先把大哥保下来，行帮如行军，狠人面前最怕气势衰竭。

伙计们收拾家伙就朝江排那边冲去，炮头低头看了看手中的爪鞭，把它抛入江中，也跟了上去。没走几步，就在众目睽睽之下，陈皮从他们身后又跑了回来，掠过众人，跳入了江中。

炮头实在是厌烦了，就看着陈皮"扑通扑通"往爪鞭落水的地方游去，然后潜水下去。他想让身边的伙计下水去截陈皮，但是他明白身边任何一个人都不是陈皮的对手。但他自己又不能卡在这里和陈皮缠斗，整个黄葵被一个叫花子在这里拖住，没有道理。

他短暂一想，就挥手让所有人冲向排子，管不了那么多了。手还没挥完，水中九爪钩又飞出，一下挂到了他身边一个伙计的后脖子上，伙计直接被拽进了水里。

"嬲你妈妈别（方言，骂人的话）。"炮头边跑边对着水中大骂，几乎就在贴着岸的水下，九爪钩一下又飞了出来，像摘桃子一样，一个一个地把炮头身边的人全部拽入水中。六七个人入水之后，黄葵的伙计全部乱了，都往林子里跑去。炮头还从来没有遇到过这样的窘境，他强迫自己冷静下来，他从来不惊慌的状态忽然被动摇了。他人生中第一次在这种场合慌张起来。

就在他犹豫的瞬间，九爪钩毫不迟疑地再次从水中甩了上来，一下抓向他的胯下。炮头惊恐地看着爪子合拢，他用尽自己全身的力气往后退了一步，爪子一下钩住了他胯下的衣服，猛地往水中扯去。

炮头一把把九爪钩扯掉，裤裆被抓出一个大破洞，这一次他再也不放手了，拔河一样地疯狂发力，大吼着把陈皮从水中一直拖到岸上，然后把陈皮凌空拽了起来，一下掐住陈皮脖子，又瞬间发现不对，他掐住的是一个早就被刺穿了耳朵的黄葵伙计。忽然背后一动，他转头就看到陈皮不知道什么时候已经上岸绕到了他的背后，几乎已经贴上来了。

炮头大惊，整个人往后翻身，湿衣服在地上滚出一道印子来，陈皮一击落空。

炮头惊恐地一连几个翻身翻到了安全距离，他抬头的时候，满脸的难以置信，他看到了一个和自己一样强的花签子，不过好像有哪里不太一样。

不是年纪，年纪不是致命的，是……是聪明。他意识到，面前的这个小鬼，打斗起来，是用脑子的。

炮头喘着气，转身朝着排子跑过去，恐惧让他无法思考，他明白一个有脑子的花签子意味着什么。

江排之上，小个子大哥和三帮五派已经杀得白热化，江面上全是鲜血。鼓爬子浑身是伤，有的围在大哥的四周，有的潜伏在水里。三帮五派的人数至少减少了一半，还有受伤勉强支撑的。

炮头失魂落魄地冲了过来，三帮五派的所有人都看到了炮头身后的那个叫花子，他搭上已经崩溃的黄葵伙计们的肩膀，一刀一刀地刺入他们的耳朵。所有人都忘记了反抗，只是四散奔逃。

小个子大哥默默地看着，他的内心已经知道，这一次，是真的大势已去了。

但即便如此，这个小小的、无法预测的叫花子，也终究会是这场闹剧的牺牲品。

"好了好了。"他转头对三帮五派说道，"我们不要再这么小孩子气了，坐下来聊一聊条件嘛。再这么斗下去，对谁都没有好处。"

第二十八章

誓杀陈皮

冰冷的江风吹着所有人的脸，到处是血，这样的厮杀以前并不是没有过，但，从来没有持续过这么长时间，再杀下去，不会有任何一方得到好处。

没有人回答，但惨叫声和砍杀声慢慢地平息了下来，所有人都看向小个子大哥，这个间隙，整个世界只剩下无数的喘息声。

还活着的人环顾四周，在这个时候，虽然不足以认清谁的兄弟死了，谁的朋友死了，但人数寥寥，满地的残肢血溪。杀红了眼的人，终于感觉到手中脱力，刀落到地上，怎么捡都捡不起来。

小个子大哥说的是对的，到了这个时候，他们也不得不承认，城里的势力很多，这一场厮杀所有人都元气大伤，等待他们的不会是一家，而是更大的混乱。

小个子大哥默默地看着他们，心中的厌倦无以复加，他的声音在江面上回荡："不管你们承认不承认，胜负都不在咱们了。"他看向炮头和后面的陈皮，"他们两个，谁能活下来，咱们两边，谁就能赢，所以别杀了，留着这条命，咱们来打个赌吧。"

"黄葵儿，你少废话，要谈判，你先告诉我，你把我家那些姑娘怎么了？"官姐冷冷道。

黄葵大哥看了看官姐身边的那些人，知道官姐如今说这话，已经没有人有力气帮她了，他假装没有听到，继续说道："这样如何？炮头和陈皮，如果陈皮最后杀了炮头，就当我们黄葵全输，我们也不用拼到最后一个人，我就此离开，这条水路就让给你们了。如果炮头最后杀了陈皮，你们几家都把明年的年金给我做典当钱，这条水路我也不留了，还是让出来给你们，我留着这条命就此上岸。"

几个人面面相觑，小个子大哥看炮头即将跑到，加快了语速："这是俺们活命最后的办法，否则，你们说这里的人，最后能活下几个？我黄葵儿做水蝗，死是从来不怕的，如果你们心齐，我们也可以就此再杀。"

说完，小个子大哥从喉咙里发出了一串奇怪的声音，所有的鼓爬子立即弓起了背，做出了再次搏杀的姿态，三帮五派也全部举刀。一个首领站了出来，抬手阻止两边："黄葵儿，你说话算话？"

"我们都没有耍赖的本钱了。"小个子大哥疲惫地说道，"我可以再让你们一步，最多只能再让这一步了，只要陈皮活着到我的排子上，就算我输。"

三帮五派的人互相看着，一时无法决定。小个子大哥在水排边上蹲了下来，厌烦、疲惫、解脱，虽然看不到他真正的表情，但他已经完全不想再掩饰了。看到陈皮已经追到炮头的身后，他最后问道："三走六七，九行二八，拍三下，不答应，我们就各凭命大。"说着开始拍掌，一下，两下，第三下他故意拍得慢了一些，那首领举手喝道："行，我们赌！"

没有人有异议，连官姐都没有再说话，小个子大哥脸上毫无喜悦，他一声呼啸，所有的鼓爬子全部退了回去，水里的则爬上水排。很多在水中的黑影，一动不动，俨然已经冻死了。

此时三帮五派也明白了，黄葵儿绝不可能要诈了。

小个子大哥默默地回到水排内侧的一堆茅草边上，扯着嗓子喊了起来："炮头！你看看你现在是什么样子！！"

"让你的鼓爬子帮忙！"远远地，炮头一个翻滚躲过陈皮，冲到了三帮五派中间，所有人都退了出去，给炮头留出了一个巨大的场地。炮头看着四周的人，忽然觉得气氛不妙。

陈皮气喘吁吁地追到，浑身是血，笑得嘴都快咧到耳朵根了，他从来没有这么舒服过。他几乎已经忘记了春申，忘记了自己到底在干什么。黄葵的伙计四散奔逃，剩下的终于反应了过来，开始将陈皮团团围住。陈皮看着乌泱乌泱的人，缓缓地后退，他身后是一串一串的尸体。

没人敢率先上去攻击他。

所有的人围成了一个巨大的圈子，河滩变成了一个巨大的斗鸡坑，陈皮恍惚了起来。他看着炮头，炮头在三帮五派和黄葵的伙计中间。从绝对数量上来说，黄葵仍旧占着很大的优势，貌似小个子大哥失算了，所有人的眼睛，都盯着陈皮一个人看。

我会被这个人杀掉，当时所有的水蝗心中，都坚信这一点。

小个子大哥搬掉很多茅草杂物，几只形状奇特的老鼓露了出来。

炮头喘着粗气，脸上阴沉了下来，意识到情况不对。忽然，他听到了打鼓的声音从水排上传来。

"摘花鼓？"炮头疑惑地问道。小个子大哥回到水排边，指了指陈皮："炮头，莫得惊慌，我来告诉你，怎么摘这个叫花子的花鼓。"

"搬舵？"炮头的眼睛放光，一下子放松了下来。他看向陈皮，心想，这下好了，你小子算倒霉了。

黄葵酒

　　用着搬舵脸的小个子大哥只用一句话，就让炮头沉下心来了。

　　炮头血气上涌，他这么一跑，黄葵酒已经翻上了脸，雪白的皮肤翻出了一片一片的潮红。黄葵酒来自湖南的少数民族区域，喝下去，三个时辰内人会没有痛觉，不会疲倦。但是调酒非常重要，单一的黄葵酒喝下去，人会全身麻痹中毒，只有掺入其他药物才能发挥作用。

　　黄葵的伙计在火拼之前，都会喝这种黄葵酒，这也是黄葵战无不胜的法宝之一。如何调制只有小个子大哥知道。陈皮背上背着的人能够指路，就是黄葵酒在起作用。

　　但陈皮刀刀致命，不是刺入膝盖破坏关节，就是插入耳朵，将人直接毙命。在打斗上，黄葵酒的效力完全没有用，还没疼就直接死了。

　　正是因为这样，黄葵的伙计才惊恐万分，他们依靠药酒已成习惯，一旦没用，反而让他们乱了阵脚。不过听到花鼓响起，其他的黄葵伙计如释重负，知道责任落在了炮头的身上。

　　陈皮喘着气，抹了抹脸上的血，看到黄葵的伙计让出了一条路，路的尽头，炮头踢着地上的死尸，挑选兵器，很快捡起了一把短刀。双手持短刀，炮头活动了一下手腕。

　　小个子大哥冷冷地看着陈皮，看着这个偶然毁掉他一切的人。从他这个距离，他甚至看不清陈皮的表情，但已经无关紧要了。陈皮非常厉害，从他一个人能把黄葵冲杀成这样就知道他不是一般人，但陈皮只是在靠本能，这个世界上，还有另外一种东西更重要——经验，特别是对手没有经验的时候。

花签子都爱用短刀，有两个原因。一个是他们本能地熟悉人的运动习惯，贴身搏斗和刺杀对于他们来说，和使用长兵刃一样简单，他曾经旁敲侧击地和炮头聊过，在炮头的眼里，人是一根棍子，手脚都是棍子上的武器，而在普通人眼里，人是人，人手上的东西才是武器。这是理念上的高低，是无法用练习去填补的。在花签子眼里，所有人的运动方式比普通人能思考的复杂得多。反之他们思考自己也是一样，所以，他们只需要一把短刀就够了。

第二个原因是他们懂得取舍。花签子经常受伤但是对方往往惨死，是因为在正规的武术中，很少有人会把故意受伤作为一种招式，但是花签子会。

要在最短的时间内杀死陈皮，炮头需要牺牲掉耳朵。在这之前，他手里的两把短刀必须脱手。因为只有这样，陈皮才有可能顺势贴到他身旁，去刺他的耳朵。

陈皮一定会用这种方式结束战斗，从耳朵刺入脑子，真正的一刀毙命。这是陈皮的习惯，也是陈皮最自信的得手方式，只要这一刀刺进了炮头的耳朵，陈皮立即就会松懈。

那个时候，只要炮头不死，就是陈皮的死期。所以，最关键的就是，如何让炮头在陈皮刺入其耳朵的瞬间，可以不死。

小个子大哥对一只鼓爬子耳语了片刻，鼓爬子游过江面，趴到了炮头的背上耳语。炮头不住地点头。最后，炮头忽然笑了。他看着陈皮，忽然双刀上翻，刮到脑后，用力一带，将自己的两只耳朵都割了下来，顿时鲜血流满了脖颈。炮头丝毫感觉不到疼痛，将两只耳朵甩落在地，二话不说，就朝着陈皮冲了过去。

第三十章

尾声

这不是打斗，因为炮头所有的破绽全部露了出来，陈皮心中凛然，他觉得不对，但已经杀红了眼，左脚还是踏出迎了上去。陈皮避过炮头连续划出的几十刀，在间隙中，他对准炮头的下巴就是一刀。炮头猛地后退，忽然双刀脱手，飞向陈皮。

陈皮一刀劈掉一把，另一把贴着他的脖子飞了过去，他转身就看到炮头已经贴到了他一拳开外的地方，正一把抓向他的头发。他想都没想，一下把头发送了上去，就在炮头大喜的瞬间，他整个身子抱住炮头的手臂翻了上去，直接硬扯掉头发。头发扯掉的剧痛让他大叫，他反手一刀，直刺炮头的耳朵。

刀刚刺出，他就心叫不好，因为，他翻手刺出的瞬间，就发现了炮头的真实目的。

他看人的耳郭就能判断耳朵孔的位置，所以才能一刀入脑，用筷子都能杀人，如今出手的瞬间，才发现耳郭已经被炮头自己割了，他一慌之下，手就不稳，加上炮头头一歪，刀就刺在了炮头的太阳穴边上，没能刺入耳朵孔。

炮头的脑袋壳极其硬，陈皮的刀划过头皮，切出一道可怕的血口，黄葵酒让炮头毫无痛觉，在那个瞬间，炮头一把抓住了陈皮的脖子。

陈皮愣了一下，没有任何反抗，他不知道怎么反抗，因为所有之前被他刺入耳朵的人，此时都应该是个死人。

炮头把他整个人从自己手臂上拽了下来，用尽全身的力气抬起膝盖，然后将他的脑袋砸在自己的膝盖上。

陈皮整个鼻子都凹陷了进去，血炸了出来，炮头看着陈皮，简直不敢相信自己的眼睛，不相信自己竟然能抓住这个叫花子。接着，他大吼了起来，将陈皮高高举起，对着自己的膝盖直接一砸，膝盖顶上陈皮的腰窝，就听到一声脊椎骨的折断声，陈皮整个人一下被折成了一个不自然的角度，摔翻在地上。

江风吹过，鸦雀无声，小个子大哥冷冷地看着一切，手心里已经全是汗。

这一切几乎就是在一瞬间发生的，等所有人反应过来，一切都已经结束了。

炮头跌跌撞撞的，也脱了力，耳朵和头皮上流出的血已经把他染成了一个血人，他一下坐倒在陈皮边上，低头四处找刀。

他看到了陈皮的刀，刀还死死地攥在陈皮的手里，他用力去掰，发现陈皮的手犹如石头一样，完全掰不动。他的指甲划破陈皮手上的皮肤，把肉都抠了下来，手还是纹丝不动。

他自己的手在抖，四处找自己的刀，也找不到。他用尽全身的力气，把自己翻到陈皮的身上，还能感觉到陈皮的体温和呼吸，叫花子还活着，他不能让叫花子活着，他死死地掐住陈皮的脖子，但是手已经没有了力气，他只好用肘部压住陈皮的喉管，用体重压了上去。

炮头的血像下雨一样滴在陈皮的脸上，陈皮睁大了眼睛，他的腰部在剧烈地疼痛，但是他还是能感觉到下半身，他无法呼吸，只能通过抽搐勉强获得一些氧气，他看不清炮头的脸，也无法思考。他的嘴巴尝到了咸味，那是炮头的血，他张大嘴巴想吸取任何一口氧气，血被他吸入了喉咙旦，渐渐地，他就感觉不到疼痛了，他觉得自己快要死了。

然而却不是，那个时候，也许是炮头满是黄葵酒的血流入了他的喉咙，强烈的镇痛和兴奋作用，让他的眼睛清明了起来。他的腰不疼了，脸也不疼了，疲软的身体逐渐恢复了知觉，他看向炮头，缓缓地把手抬了起来，对准喉咙划了一刀。

炮头完全没有反抗，他的眼睛被血迷住了，也许根本没有看清楚这一刀，又或许完全没有想到，陈皮还能行动。

他倒在了陈皮的身上，咽喉中的血液流出，陈皮大口地喝着，慢慢地，滚烫的血让他暖和了起来，陈皮终于站了起来。

他的腰仍旧是歪的，他看了看炮头的尸体，就像那只杀秦淮一样瘫软在地上，还在不停地抽搐。这一次，终于是自己赢了。

四周的人看着这一幕，他们的赌注都已经下完了。

陈皮来到江边，艰难地俯下身子，冲洗脸上、脖子上的血。在水中不远的地方，还有一只鼓爬子，小小的诡异的脑袋探出江面，也不知道是死的还是活的。

陈皮甚至都没有再看排子一眼，转身往庙的方向走去，平账了，他心里告诉自己，终于这一百文算是赚到手了。

狗日的，太不容易了，但是他累得一点点脾气都没有了。走了几步，他被一个中年女人拦住了。

"还剩一个，你一起杀了吧。"官姐指了指排子上的黄葵老大，"你今天不杀他，他以后一定会杀你的。"

"走开。"陈皮对官姐说道。他推开这个女人往前走去，才走了几步，忽然丁零当啷，一串铜钱丢在了他的脚下。

他低头看了看，那是一串百文铜钱，回头见官姐正看着他，浑身瑟瑟发抖。陈皮抬眼看了看水排，鼓爬子爬上了水排，小个子大哥默默地看着这边，看不清表情。

陈皮想了想，把铜钱捡了起来……

图书在版编目（CIP）数据

盗墓笔记. 十年 / 南派三叔著. -- 北京：北京联
合出版公司, 2019.12（2025.8重印）
ISBN 978-7-5596-3794-9

Ⅰ.①盗… Ⅱ.①南… Ⅲ.①长篇小说—中国—当代
Ⅳ.①I247.5

中国版本图书馆CIP数据核字(2019)第239488号

盗墓笔记. 十年

作　　者：南派三叔
选题策划：北京磨铁图书有限公司
责任编辑：李　伟
封面设计：TOPIC DESIGE
内文排版：刘珍珍

北京联合出版公司出版
（北京市西城区德外大街83号楼9层　100088）
三河市中晟雅豪印务有限公司印刷　新华书店经销
字数312千字　700毫米×980毫米　1/16　印张18
2019年12月第1版　2025年8月第22次印刷
ISBN 978-7-5596-3794-9
定价：46.00元